Graham Greene

Das Attentat

Roman

Zsolnay

Die Originalausgabe erschien 1936 unter dem Titel
A Gun For Sale bei William Heinemann Ltd., London

Neu-Edition der Werke
in neuer Übersetzung
Band 5

1. Auflage

Bearbeitung: Christine Wessely

Umschlaggestaltung: Network! München
Satz: Mitterweger Werksatz GmbH, Plankstadt
Druck und Bindung: Ebner Ulm
Printed in Germany 1993

CIP-Titelaufnahme der Deutschen Bibliothek:

Greene, Graham:
Das Attentat: Roman / Graham Greene. Aus d. Engl. v.
Klaus Kamberger. – Wien: Zsolnay, 1993
(Die Graham-Greene-Edition in neuer Übersetzung / Graham
Greene; Bd. 5)
Einheitssacht.: A gun for sale ‹dt.›
ISBN 3-552-04429-9

ERSTES KAPITEL

1

Ein Mord bedeutete für Raven nicht viel. Es war einfach ein neuer Job. Man mußte sich vorsehen. Man mußte seinen Verstand benutzen. Es hatte nichts mit Haß zu tun. Er hatte den Minister nur einmal gesehen: Sie hatten ihn Raven gezeigt, als er aus der neuen Wohnsiedlung zwischen den kleinen, mit Lichtern besteckten Weihnachtsbäumen hervorgekommen war, ein alter, mürrischer Mann ohne Freunde, von dem es hieß, er liebe die Menschheit.

Der kalte Wind schnitt Raven ins Gesicht, in der weiten Straße auf dem Kontinent. Das war ein guter Grund, den Mantelkragen bis über den Mund hochzuschlagen. Eine Hasenscharte war in seinem Beruf ein ernstes Handicap; man hatte sie in seiner Kindheit schlecht versorgt, so daß die Oberlippe vernarbt und entstellt blieb. Wer ein so deutliches Erkennungsmerkmal mit sich herumtrug, mußte sich ein erbarmungsloses Vorgehen zulegen. Von Anfang an war es daher für ihn eine Notwendigkeit gewesen, sämtliche Zeugen zu eliminieren.

Er hatte einen Aktenkoffer bei sich. Er sah aus wie alle anderen jungen Männer, die von der Arbeit nach Hause strebten; sein dunkler Mantel verlieh ihm das Aussehen eines kleinen Angestellten. Er ging die Straße hinunter, fest und gleichmäßig, wie Hunderte andere auch. Eine Straßenbahn fuhr vorüber, beleuchtet in der frühen Dämmerung. Er nahm sie nicht. Ein sparsamer junger Mann, hätte man denken können, der sein Geld für zu

Hause sparte. Vielleicht war er jetzt gerade auf dem Weg zu seinem Mädchen.

Aber Raven hatte nie ein Mädchen gehabt. Die Hasenscharte verhinderte das. Er war noch sehr jung gewesen, als er begriff, wie abstoßend sie wirkte. Er trat in eines der hohen grauen Häuser und stieg die Treppen hinauf, eine verbitterte, sauertöpfische, verklemmte Gestalt.

Im Flur des obersten Stockwerks stellte er vor der letzten Wohnungstür seinen Aktenkoffer ab und zog Handschuhe an. Er holte eine Zange aus der Manteltasche und zwickte die Telefonleitung an der Stelle durch, wo sie über der Tür heraustrat und zum Aufzugsschacht führte. Dann drückte er auf die Klingel.

Er hoffte, den Minister allein anzutreffen. Diese kleine Wohnung unterm Dach war das Heim des sozialistischen Politikers; er führte ein einsames, geradezu ärmliches Leben, und man hatte Raven erzählt, daß seine Sekretärin ihn stets um halb sieben verließ; er war gegenüber seinen Angestellten sehr rücksichtsvoll. Aber Raven war eine Minute zu früh, und der Minister war eine halbe Stunde zu spät. Eine Frau öffnete die Tür, eine ältliche Frau mit einem Kneifer und mehreren Goldzähnen. Sie hatte ihren Hut auf und den Mantel über dem Arm. Sie war gerade im Gehen gewesen und ärgerlich, noch einmal aufgehalten zu werden. Sie ließ ihn nicht zu Wort kommen, sondern fuhr ihn auf deutsch an: »Der Minister ist beschäftigt.«

Er wollte sie verschonen, nicht weil ihm das Töten etwas ausgemacht hätte, sondern weil seine Auftraggeber es lieber sehen würden, wenn er sich an seine Instruktionen hielt. Wortlos streckte er ihr sein Empfehlungsschreiben entgegen. Solange sie nicht hörte, daß er Ausländer war, und solange sie seine Hasenscharte nicht sah, war sie sicher. Sie nahm den Brief mit spitzen Fingern und hielt ihn nah an ihren Kneifer. Sehr gut, dachte er, sie ist kurzsichtig. »Warten Sie hier«, sagte sie und ging durch den Korridor zurück. Er konnte ihre gouvernantenhafte Stimme mit dem mißbilligenden Tonfall hören, dann stand sie wieder draußen im Korridor und sagte: »Der Minister wird Sie empfangen. Kommen Sie, bitte.« Er konnte die fremde Sprache nicht verstehen, aber ihre Gesten sagten ihm, was sie meinte.

Seine Augen nahmen den Raum sofort fotografisch auf, wie kleine versteckte Kameras: den Schreibtisch, den Armsessel, die Landkarte an der Wand, die Tür zum angrenzenden Schlafzimmer, das breite Fenster, das auf die kalte, weihnachtlich erleuchtete Straße ging. Als einzige Heizung diente ein kleiner Ölofen, auf dem der Minister gerade etwas kochte. Ein Küchenwecker auf dem Schreibtisch zeigte sieben Uhr. Eine Stimme sagte: »Emma, legen Sie noch ein Ei ins Wasser.« Der Minister kam aus dem Schlafzimmer. Er hatte versucht, sein Äußeres ein wenig in Ordnung zu bringen, aber die Zigarettenasche auf seiner Hose hatte er übersehen, und seine Finger waren voller Tintenflecken. Die Sekretärin holte ein Ei aus einer der Schreibtischschubladen. »Und das Salz. Vergessen Sie nicht das Salz«, sagte der Minister. In schleppendem Englisch erklärte er: »Das verhindert, daß die Schale platzt. Setzen Sie sich, mein Freund. Fühlen Sie sich wie zu Hause. Emma, Sie können gehen.«

Raven nahm Platz und richtete seinen Blick auf die Brust des Ministers. Er dachte: Ich gebe ihr nach dem Wecker da drei Minuten, um zu verschwinden. Er hielt den Blick weiter auf die Brust des Ministers gerichtet: Genau dort werde ich ihn treffen. Er klappte den Mantelkragen herunter und beobachtete mit bitterer Wut, wie der alte Mann seine Hasenscharte sah und wegschaute.

Der Minister sagte: »Es ist Jahre her, seit ich von ihm gehört habe. Aber ich habe ihn nie vergessen, niemals. Im Zimmer nebenan kann ich Ihnen sein Foto zeigen. Das ist gut, daß er sich an einen alten Freund erinnert. So reich und mächtig, wie er jetzt ist. Sie müssen ihn fragen, wenn Sie zurückfahren, ob er sich an die Zeit erinnert –« Eine Glocke schrillte los.

Raven dachte: das Telefon. Ich habe die Leitung durchgeschnitten. Es zerrte an seinen Nerven. Aber es war nur der Wecker, der auf dem Schreibtisch läutete. Der Minister stellte ihn ab. »Ein Ei ist fertig«, sagte er und beugte sich über den Topf. Raven öffnete seinen Aktenkoffer: Im Deckel hatte er seine Automatic mit Schalldämpfer befestigt. Der Minister sagte: »Es tut mir leid, daß das Klingeln Sie aufgeschreckt hat. Wissen Sie, ich mag meine Eier genau vier Minuten gekocht.«

Auf dem Korridor hörte man schnelle Schritte. Die Tür ging auf. Raven warf sich wütend auf seinem Sitz herum, das Blut schoß in seine Hasenscharte. Es war die Sekretärin. Er dachte: Mein Gott, was für ein Haushalt. Sie lassen einen einfach nichts ordentlich erledigen. Er vergaß seine Oberlippe, er war verärgert, er war erbost. Sie kam herein, ihre Goldzähne blitzten in einem gezierten Lächeln, das gewinnend wirken sollte. Sie sagte: »Ich war gerade in der Tür, da hörte ich das Telefon«; dann zuckte sie leicht zurück und sah woanders hin, zeigte ein unbeholfenes Taktgefühl für seine Mißbildung. Es war nicht zu übersehen. Es war das Todesurteil für sie. Er riß die Automatic aus dem Aktenkoffer und schoß dem Minister zweimal in den Rücken.

Der Minister stürzte über den Ölofen. Der Kochtopf fiel hinunter, und die beiden Eier zerschlugen am Boden. Raven schoß dem Minister noch einmal in den Kopf, wobei er sich über den Schreibtisch lehnte, um ganz sicherzugehen. Er jagte die Kugel direkt in die Schädelbasis, ließ sie zerbersten wie den Kopf einer Porzellanpuppe. Dann wandte er sich der Sekretärin zu; sie stöhnte; sie brachte kein Wort hervor; Speichel floß ihr aus dem alten Mund. Er nahm an, daß sie um Gnade bettelte. Er zog noch einmal den Abzug durch; sie schwankte, als hätte ein Tier sie in die Seite gestoßen. Aber er hatte sich verkalkuliert. In ihrem altmodischen Gewand und den vielen Schichten nutzlosen Stoffs, unter denen sie ihren Leib verbarg, gab sie ein schlechtes Ziel ab. Und sie war zäh, so zäh, daß er seinen Augen nicht traute; sie war durch die Tür, ehe er noch einmal feuern konnte, und schlug sie hinter sich zu.

Aber sie konnte nicht abschließen; der Schlüssel steckte auf seiner Seite. Er drückte die Türschnalle auf und nieder; die ältliche Frau hatte erstaunliche Kräfte; die Tür gab nur fünf Zentimeter nach. Mit kreischendem Ton fing sie an, irgend etwas zu schreien.

Er durfte keine Zeit mehr verlieren. Er trat von der Tür zurück und schoß zweimal durch die Füllung. Er hörte, wie der Kneifer auf den Fußboden fiel und zerbrach. Er hörte sie noch einmal schreien, dann erstarb die Stimme; es klang nun, als ob sie schluchzte. Es war ihr Atem, der durch die Wunden strömte. Raven war zufrieden. Er wandte sich wieder dem Minister zu.

Er hatte den Auftrag, eine Spur zu legen, und ein Beweisstück sollte er verschwinden lassen. Das Empfehlungsschreiben lag auf dem Schreibtisch. Er stopfte es in seine Tasche, und zwischen die steifen Finger des Ministers steckte er einen Fetzen Papier. Raven war nicht besonders neugierig; auf das Schreiben hatte er nur einen kurzen Blick geworfen, und der Spitzname, mit dem es unterzeichnet war, sagte ihm nichts; er war ein Mann, auf den man sich verlassen konnte. Jetzt sah er sich in dem kleinen, nackten Zimmer um, ob er nicht irgendeinen Hinweis übersehen hatte. Den Koffer und die Automatic sollte er zurücklassen. Es war alles sehr einfach.

Er öffnete die Schlafzimmertür; seine Augen nahmen die Szene wieder fotografisch auf, das Einzelbett, den Holzstuhl, die verstaubte Kommode, das Foto eines jungen Juden mit einer kleinen Narbe auf dem Kinn, der so aussah, als hätte man ihn mit einem Knüppel geschlagen, zwei hölzerne Haarbürsten mit den Initialen J.K., überall Zigarettenasche: das Heim eines alten, einsamen, unordentlichen Mannes; das Heim des Kriegsministers.

Durch die Tür hörte er deutlich eine flüsternde Stimme, ein Flehen. Raven griff wieder nach der Automatic; war das möglich, daß eine alte Frau derart zäh war? Es zerrte wieder an seinen Nerven, ähnlich wie der Wecker zuvor, als ob sich ein Geist in seinen Job einmischen wollte. Er öffnete die Tür des Arbeitszimmers; sie lag mit dem Gewicht ihres Körpers dagegen, und er mußte sie beiseite schieben. Sie sah aus, als sei sie bereits tot, aber er ging auf Nummer Sicher. Der Lauf seiner Automatic berührte dabei fast ihre Augen.

Es war Zeit zu verschwinden. Die Automatic nahm er mit.

2

Sie saßen nebeneinander und zitterten, während die Dämmerung hereinbrach; ihr kleiner, heller, im Inneren verrauchter Käfig schaukelte sie über die Straßen; der Bus rumpelte hinunter nach Hammersmith. Die Schaufenster glitzerten wie Eis, und sie sagte: »Sieh mal, es schneit.« Ein paar dicke Flocken trieben vorüber, als sie über die Brücke fuhren. Sie fielen wie kleine Papierschnipsel hinab in die dunkle Themse.

Er sagte: »Solange diese Fahrt dauert, bin ich glücklich.«

»Wir sehen uns morgen ja wieder, Jimmy.« Sie zögerte jedesmal, bevor sie seinen Namen aussprach. Für einen Menschen mit seinem Ernst und seinem Gewicht war das ein alberner Name.

»Es sind die Nächte, die mich quälen.«

Sie lachte. »Sie zermürben einen.« Aber plötzlich wurde sie ernst: »Ich bin auch glücklich.« Wenn sie über das Glück sprach, war sie immer ernst; sie lachte lieber, wenn es ihr schlecht ging. Sie mußte einfach ernst werden, wenn es um Dinge ging, die ihr wichtig waren, und Glücklichsein machte sie nachdenklich, weil ihr all die Dinge einfielen, die ihr Glück wieder zerstören könnten. Sie sagte: »Es wäre schrecklich, wenn es Krieg gäbe.«

»Es wird keinen Krieg geben.«

»Der letzte begann auch mit einem Mord.«

»Das war ein Erzherzog. Dieser hier war nur ein alter Politiker.«

Sie sagte: »Paß auf. Du zerbrichst die Platte – Jimmy.«

»Zum Teufel mit der Platte.«

Sie fing an, die Melodie des Liedes zu summen, das sie gekauft hatte; und die dicken Flocken fielen jenseits der Scheibe und schmolzen auf dem Pflaster.

Er sagte: »Das ist ein dummes Lied.«

Sie sagte: »Es ist ein hübsches Lied – Jimmy. Ich kann dich einfach nicht Jimmy nennen. Du bist kein Jimmy. Du bist zu groß dazu. Detective-Sergeant Mather. Du bist der Grund, warum die Leute über Polizistenstiefel ihre Witze reißen.«

»Wie wäre es denn mit ›Liebling‹?«

»Liebling, Liebling«, kostete sie mit der Zungenspitze und zwischen Lippen, die so rot leuchteten wie Beeren im Winter. »O nein«, entschied sie, »so werde ich dich nennen, wenn wir erst einmal zehn Jahre verheiratet sind.«

»Also dann – ›Schatz‹?«

»Schatz, Schatz. Nein, das gefällt mir nicht. Es klingt, als würde ich dich schon seit einer Ewigkeit kennen.« Der Bus fuhr hügelan an den Fish-and-Chips-Läden vorbei: Sie sahen die Glut in einer Kohlenpfanne und konnten die gerösteten Kastanien riechen. Die Fahrt war fast zu Ende, nur noch zwei Straßen und linksherum an der Kirche vorbei: Man konnte sie schon sehen, und ihr Turm ragte wie ein Eiszapfen über den Häusern empor. Je näher sie ihrem Zuhause kamen, desto trauriger wurde sie, je näher sie ihrem Zuhause kamen, desto munterer redete sie drauflos. An bestimmte Dinge dachte sie einfach nicht: an die abblätternden Tapeten an den Wänden, an die vielen Treppen hinauf bis zu ihrem Zimmer, an das kalte Abendessen mit Mrs. Brewer und an den nächsten Tag und den Weg zur Stellenvermittlung, wo man ihr vielleicht wieder einen Job draußen in der Provinz verschaffen würde, weit weg von ihm.

Mather sagte bedrückt: »Du hängst nicht so an mir, wie ich an dir. Es dauert noch fast vierundzwanzig Stunden, bis ich dich wiedersehe.«

»Es wird sehr viel länger dauern, wenn ich einen Job bekomme.«

Sie drückte seinen Arm. »Sieh mal, sieh dir das Plakat an.« Aber sie waren schon vorbei, ehe er es durch die beschlagene Scheibe erkennen konnte. *Allgemeine Mobilmachung in Europa.* Es legte sich wie ein Gewicht auf ihr Herz.

»Was stand darauf?«

»Ach, nur wieder dieser alte Mord.«

»Der hat sich richtig festgesetzt in deinem Hirn. Ist jetzt schon eine Woche her. Hat nichts mit uns zu tun.«

»Nein, das hat er nicht, oder?«

»Wenn er hier bei uns passiert wäre, dann hätten wir ihn bereits geschnappt.«

»Ich möchte gerne wissen, warum er das getan hat.«

»Politik. Patriotismus ...«

»So, da wären wir. Besser, wir steigen aus. Mach nicht so ein jämmerliches Gesicht. Hast du nicht gesagt, daß du glücklich bist?«

»Das war vor fünf Minuten.«

»Ach«, sagte sie, leichten und schweren Herzens, »das Leben vergeht heutzutage schnell.« Sie küßten sich unter der Straßenlampe; sie mußte sich auf die Zehenspitzen stellen, um an ihn heranzukommen; er wirkte so tröstlich wie ein großer Hund, sogar wenn er verdrossen und dumm war, aber einen Hund schickte man nicht allein hinaus in die kalte, dunkle Nacht.

»Anne«, sagte er, »laß uns heiraten, ja? Gleich nach Weihnachten.«

»Wir besitzen keinen Penny«, sagte sie, »das weißt du doch. Nicht einen Penny – Jimmy.«

»Ich kriege eine Gehaltserhöhung.«

»Du kommst zu spät zum Dienst.«

»Verdammt, du hängst nicht so an mir.«

Sie stichelte: »Nicht die Bohne – Liebling«, und dann ging sie die Straße hinauf bis zur Nummer 54 und betete dabei, laß mich schnell zu etwas Geld kommen, *jetzt* und *schnell*; sie hatte überhaupt kein Selbstvertrauen.

Ein Mann ging an ihr vorbei die Straße hinauf; er sah nervös und verfroren aus, als er in seinem schwarzen Mantel an ihr vorbeiging; er hatte eine Hasenscharte. Armer Teufel, dachte sie und vergaß ihn, während sie die Tür zu Nummer 54 öffnete und die langen Treppen hinaufstieg bis zum Dachgeschoß – der Treppenläufer endete schon im ersten Stock. Sie legte die neue Platte auf, und die dummen, sinnlosen Verse und die langsame, einschläfernde Melodie gingen ihr ans Herz:

’s ist ein Garten nur für dich,
doch das Paradies für mich.
Blaue Blüten sind’s für dich,
doch deiner Augen Blau für mich.

Der Mann mit der Hasenscharte kam die Straße wieder herunter; der schnelle Fußmarsch hatte ihn nicht aufgewärmt; wie Kay aus dem Märchen von der *Schneekönigin* trug er die Kälte in sich, während er ging. Die Flocken fielen weiter und schmolzen auf dem Pflaster zu Matsch; Worte eines Liedes tropften aus dem hell erleuchteten Zimmer im dritten Stock herab, dazu das Kratzen einer abgenutzten Nadel.

Sie erzählten, ein Mann hätt’ die Schneeblüte heut’
aus dem kühlen Grönland gebracht.
Doch ich weiß, daß die Kühle, die Sanftheit und Helle es ist
deiner weichen Hand in der Nacht…

Der Mann hielt seinen Schritt kaum an; er ging die Straße hinunter, er hatte es eilig; der Klumpen Eis in seiner Brust verursachte ihm keinen Schmerz.

Raven saß im »Corner House« an einem leeren Tisch neben einer Marmorsäule. Mit Abscheu starrte er auf die lange Liste süßer eisgekühlter Getränke, der Parfaits, Sundaes, Coupes und Splits. Ein Mann am Tisch nebenan aß ein Butterbrot und trank dazu einen Malzdrink. Er duckte sich unter Ravens Blick und nahm die Zeitung zur Hand. Die Schlagzeile bestand aus einem Wort: *Ultimatum*.

Mr. Cholmondeley bahnte sich seinen Weg zwischen den Tischen hindurch.

Er war fett und trug einen Smaragdring. Sein breites, eckiges Gesicht quoll ihm in Falten über den Kragen. Er sah aus wie ein Grundstücksmakler oder vielleicht wie ein Mann mit außergewöhnlichem Erfolg im Verkauf von Miederhöschen. Er setzte sich zu Raven an den Tisch und sagte: »Guten Abend.«

Raven sagte: »Ich dachte schon, Sie würden überhaupt nicht mehr kommen, Mr. Chol-mon-deley«, und dabei betonte er jede einzelne Silbe.

»Chumley, mein Lieber, Chumley«, korrigierte ihn Mr. Cholmondeley.

»Ist ja egal, wie man ihn ausspricht. Ich nehme nicht an, daß es ihr richtiger Name ist.«

»Jedenfalls habe ich ihn mir ausgesucht«, sagte Mr. Cholmondeley. Sein Ring funkelte im Schein der nach oben strahlenden Lampen, während er in der Speisekarte blätterte. »Nehmen Sie ein Parfait.«

»Ich finde es verrückt, bei diesem Wetter Eis zu essen. Sie brauchen nur nach draußen zu gehen, wenn Ihnen heiß ist. Ich möchte keine Zeit verschwenden, Mr. Cholmondeley. Haben Sie das Geld bei sich? Ich bin pleite.«

Mr. Cholmondeley sagte: »Der *Maiden's Dream* ist hier sehr gut. Gar nicht zu reden vom *Alpine Glow*. Oder vom *Knickerbocker Glory*.«

»Seit Calais habe ich nichts mehr in den Magen gekriegt.«

»Geben Sie mir den Brief«, sagte Mr. Cholmondeley. »Danke.« Er sagte zu der Kellnerin: »Ich hätte gern einmal *Alpine Blow*, mit einem Gläschen Kümmel drüber.«

»Das Geld«, sagte Raven.

»Hier in dem Koffer.«

»Alles in Fünfernoten?«

»Sie können nicht erwarten, daß wir Ihnen zweihundert in kleinen Scheinen auszahlen. Und ich habe damit ohnehin nichts zu tun«, sagte Mr. Cholmondeley, »ich bin nur der Mittelsmann.« Sein Blick wurde weich, als er auf einen *Himbeer-Split* am Nebentisch fiel. Sehnsüchtig gestand er Raven: »Ich bin eine Naschkatze.«

»Wollen Sie nichts darüber hören?« sagte Raven. »Die alte Frau ...«

»Bitte, bitte«, sagte Mr. Cholmondeley, »ich möchte gar nichts hören. Ich bin nur der Mittelsmann. Ich trage keine Verantwortung. Meine Klienten ...«

Raven schob seine Hasenscharte geringschätzig vor und sagte bitter: »Das ist eine feine Bezeichnung.«

»Wie lange die Kellnerin für mein Parfait braucht«, jammerte Mr. Cholmondeley. »Meine Klienten zählen tatsächlich zu den besten Leuten. Diese Akte der Gewalt – sie betrachten sie als Krieg.«

»Und ich und der alte Mann ...« sagte Raven.

»Liegen im Schützengraben an der Front.« Er lachte leise über seinen eigenen Humor; sein breites, weißes, offenes Gesicht erinnerte an einen Vorhang, auf den man groteske Schattenbilder werfen konnte: ein Kaninchen, einen Mann mit Hörnern. Seine kleinen Augen zwinkerten vor Vergnügen, als er die riesige Menge Eiscreme erblickte, die ihm in einem hohen Glas serviert wurde. Er sagte: »Sie haben Ihre Arbeit sehr gut gemacht, sehr ordentlich. Man ist sehr zufrieden mit Ihnen. Sie können sich jetzt einen langen Urlaub leisten.« Er war fett, er war vulgär, er war falsch, aber er erweckte den Eindruck großer Macht, wie er so dasaß, während ihm das Eis vom Mund tropfte. Er strahlte Wohlhabenheit aus, er gehörte zu denen, die etwas besaßen, während Raven nichts anderes besaß als den Inhalt seiner Brieftasche, die Kleider, die er anhatte, die Hasenscharte und die Automatic, die er eigentlich hatte zurücklassen sollen. Er sagte: »Ich verziehe mich jetzt.«

»Auf Wiedersehen, mein Guter, auf Wiedersehen«, sagte Mr. Cholmondeley und saugte an seinem Strohhalm.

Raven stand auf und ging. Dunkel, schmal und zur Zerstörung geschaffen, fühlte er sich nicht wohl zwischen den kleinen Tischen und den leuchtenden Fruchtsaftgetränken. Er trat hinaus auf den Piccadilly Circus und ging dann die Shaftesbury Avenue entlang. Die Schaufenster waren voller Flitterkram und Stechpalmenzweigen. Das Gefühl, das sich bei ihm dabei einstellte, machte ihn wütend. Er ballte die Fäuste in den Taschen. Er lehnte sein Gesicht an die Schaufensterscheibe eines Modegeschäfts. Schweigend beobachtete er ein hübsch gewachsenes Mädchen, das drinnen über eine Puppe gebeugt arbeitete. Verächtlich ließ er seine Blicke über ihre Beine und Hüften gleiten; so viel Fleisch im Weihnachtsangebot, dachte er.

Eine Art unterschwellige Grausamkeit trieb ihn in das Geschäft. Als das Mädchen auf ihn zukam, ließ er seine Hasenscharte mit dem gleichen Vergnügen auf sie los, mit dem er vielleicht ein Maschinengewehr auf eine Bildergalerie gerichtet hätte. Er sagte: »Das Kleid da in der Auslage. Was kostet es?«

Sie sagte: »Fünf Guineen.« Sie mochte ihn nicht mit »Sir« anreden. Seine Lippe war ein Kennzeichen, das ihn weiter unten einordnete. Es verriet, wie arm seine Eltern gewesen waren, die sich keinen besseren Chirurgen hatten leisten können.

Er sagte: »Es ist hübsch, nicht?«

Sie lispelte artig: »Esch wird scher oft bewundert.«

»Weich. Dünn. Auf Kleider wie dieses muß man sehr achtgeben, wie? Für eine hübsche reiche Frau, nicht?«

Ohne besondere Überzeugungskraft log sie: »Es ist ein Modell.« Sie war eine Frau, sie wußte Bescheid, sie wußte, wie billig und gewöhnlich der kleine Laden in Wirklichkeit war.

»Es ist erstklassig, wie?«

»O ja«, sagte sie und fing gleichzeitig den Blick eines feinen Pinkels in einem violetten Anzug durch die Scheibe ein, »es ist erstklassig.«

»In Ordnung«, sagte er, »ich gebe Ihnen fünf Pfund dafür.« Er zog einen Geldschein aus der Brieftasche von Mr. Cholmondeley.

»Soll ich es Ihnen einpacken?«

»Nein«, sagte er. »Das Mädchen holt es selber ab.« Er grinste sie mit seiner entstellten Lippe an. »Wissen Sie, sie ist auch erstklassig. Ist das das beste Kleid, das Sie haben?« Als sie nickte und den Geldschein weglegte, sagte er: »Dann ist es genau richtig für Alice.«

Dann war er wieder draußen auf der Avenue, mit einem Rest seines verächtlichen Lächelns auf den Lippen, dann in der Frith Street und um die Ecke ins German Café, wo er ein Zimmer hatte. Dort wartete eine ärgerliche Überraschung auf ihn, ein kleiner Tannenbaum in einem Kübel, mit bunten Glaskugeln behängt, und eine Weihnachtskrippe. Er sagte zu dem alten Mann, dem das Café gehörte: »Glauben Sie daran? An diesen Quatsch?«

»Wird es wieder Krieg geben?« sagte der alte Mann. »Man liest ja Schreckliches.«

»Dieser ganze Aufwand, nur weil es keinen Platz in der Herberge gab. Früher gab es immer Plumpudding. Ein Dekret des Kaisers Augustus. Sie sehen, ich kenne den Kram, habe meine Schulbildung. Jedes Jahr haben sie es einmal vorgelesen.«

»Ich habe schon einen Krieg miterlebt.«

»Ich hasse Sentimentalität.«

»Na ja«, sagte der alte Mann, »fürs Geschäft ist sie gut.«

Raven griff nach dem Kindlein: Es war fest mit der Krippe verbunden, alles in einem Stück: billiger, bemalter Gips. »Dann haben sie ihn kaltgemacht, wie? Sie sehen, ich kenne die ganze Geschichte. Habe meine Schulbildung.«

Er ging nach oben in sein Zimmer. Man hatte es noch nicht in Ordnung gebracht. In der Waschschüssel war noch das schmutzige Wasser, und der Wasserkrug war leer. Der fette Mann fiel ihm ein, wie er sagte: »Chumley, mein Lieber, Chumley. Es wird Chumley ausgesprochen«, und dazu hatte er seinen Smaragdring funkeln lassen. Er ging hinaus, beugte sich über das Treppengeländer und schrie wütend: »Alice!«

Sie kam aus dem Zimmer nebenan, eine Schlampe, die eine Schulter nach oben gezogen, ein paar Strähnen ihrer gebleichten Haare im Gesicht. Sie sagte: »Sie brauchen nicht zu brüllen.«

Er sagte: »Hier drinnen ist ja ein Schweinestall. So können Sie mich nicht behandeln. Gehen Sie hinein und machen Sie sauber.« Er gab ihr einen Schlag seitlich gegen den Kopf, und sie duckte sich, wagte aber nichts zu sagen, außer: »Wer, glauben Sie, sind Sie denn?«

»Los doch«, sagte er, »Sie buckliges Weibsstück.« Er fing an, über sie zu lachen, während sie sich über das Bett beugte. »Ich habe Ihnen zu Weihnachten ein Kleid gekauft, Alice. Hier ist die Quittung. Gehen Sie hin, und holen Sie es sich. Es ist ein hübsches Kleid. Es wird Ihnen stehen.«

»Sie halten sich wohl für witzig«, sagte sie.

»Ich habe für den Spaß einen Fünfer bezahlt. Also, beeilen Sie sich, Alice, sonst hat der Laden zu.« Aber sie revanchierte sich und rief durch das Treppenhaus hinauf: »Ich sehe auch nicht schlechter aus als Sie mit Ihrer gespaltenen Lippe.« Alle im Haus konnten sie hören, der alte Mann im Gastraum, seine Frau im Wohnzimmer, die Gäste an der Theke. Er konnte sich vorstellen, wie sie grinsten. »Aber Alice, Sie sind wirklich eine abscheuliche Partnerin in unserem Zweiergespann.« Er litt nicht wirklich darunter; man hatte ihn von klein auf Tropfen für Tropfen vergiftet: Jetzt bemerkte er seine Verbitterung kaum mehr.

Er ging ans Fenster, öffnete und machte Kratzgeräusche auf dem Sims. Das Kätzchen kam heran, rieb sich ein wenig an der Regenrinne, machte einen Satz auf seine Hand zu. »Du kleines Biest«, sagte er, »du kleines Biest.« Er zog einen kleinen Pappbehälter Sahne für zwei Pence aus der Manteltasche und goß sie in seine Seifenschale. Sie hörte auf zu spielen und stürzte mit einem winzigen Maunzer auf ihn zu. Er packte sie am Genick und setzte sie auf die Kommode vor die Sahne. Sie wand sich aus seiner Hand los. Sie war nicht größer als die Ratte, die er im Heim gezähmt hatte, aber weicher. Er kraulte sie hinter den Ohren, und sie schlug wieder mit der Pfote nach ihm. Ihre Zunge schleckte über die Sahne.

Zeit zum Essen, sagte er zu sich selber. Mit all dem Geld konnte er gehen, wohin er wollte. Er konnte eine piekfeine Mahlzeit zu sich nehmen, bei Simpson's, zusammen mit den Geschäftsleuten; sich ein Stück Braten nach dem anderen abschneiden, dazu jede Menge Gemüse.

Als er an der Telefonzelle in der dunklen Nische unterhalb der Treppe vorbeikam, schnappte er seinen Namen auf: »Raven.« Der alte Mann sagte: »Er hat hier ein Dauerzimmer. Er war fort.«

»Sie da«, sagte eine fremde Stimme, »wie heißen Sie? Alice? Zeigen Sie mir sein Zimmer. Behalten Sie die Tür im Auge, Saunders.«

Raven kroch auf den Knien ins Innere der Telefonzelle. Die Tür ließ er angelehnt, weil er es einfach nicht ertragen konnte, eingeschlossen zu sein. Er konnte nicht hinaussehen, aber er brauchte den, dem die Stimme gehörte, auch gar nicht zu sehen, um ihn zu erkennen: Polizei, Zivilkleidung, Scotland-Yard-Akzent. Der Mann war so nahe, daß der Boden der Zelle unter seinen Schritten mitvibrierte. Dann kam er wieder herunter. »Da ist niemand. Er hat Hut und Mantel mitgenommen. Er muß ausgegangen sein.«

»Mag sein«, sagte der Alte. »Er gehört zu den Leisetretern.«

Der Fremde fing an, ihn auszufragen. »Wie sieht er aus?«

Der Alte und das Mädchen sagten im gleichen Atemzug: »Er hat eine Hasenscharte.«

»Das hilft uns«, sagte der Detektiv. »Rühren Sie nichts in seinem Zimmer an. Ich schicke jemanden her, der seine Fingerabdrücke abnimmt. Welcher Typ ist er?«

Raven konnte jedes Wort verstehen. Er hatte keine Vorstellung, hinter was sie her waren. Er wußte, daß er keine Spuren hinterlassen hatte; er war kein Mann, der sich etwas vormachte; er wußte. Er trug das Bild von diesem Zimmer und der ganzen Wohnung in seinem Kopf mit sich herum, so klar, als hätte er Fotos davon. Sie hatten nichts gegen ihn in der Hand. Es war gegen seine Instruktionen gewesen, die Automatic zu behalten, aber die spürte er jetzt sicher unter seiner Achselhöhle. Außerdem hätten sie ihn, wenn sie irgendeinen Beweis gefunden hätten, gleich in Dover angehalten. Er lauschte mit dumpfem Ärger auf die Stimmen; er wollte sein Dinner; er hatte seit vierundzwanzig Stunden nichts Anständiges mehr gegessen, und jetzt, mit zweihundert Pfund in der Tasche, konnte er sich alles kaufen, alles.

»Ich kann es mir schon vorstellen«, sagte der Alte. »Heute abend hat er sich sogar über die Weihnachtskrippe meiner armen Frau lustig gemacht.«

»Ein widerlicher Kerl«, sagte das Mädchen. »Ich wäre nicht traurig, wenn Sie ihn einsperren würden.«

Überrascht sagte er zu sich selbst: Sie hassen mich.

Sie sagte: »Er ist ekelhaft durch und durch. Diese Lippe. Zum Fürchten.«

»Ein widerwärtiger Kunde also.«

»Ich habe ihn nicht gern im Haus«, sagte der Alte. »Aber er bezahlt seine Rechnungen. Man kann niemanden hinauswerfen, der bezahlt. Nicht heutzutage.«

»Hat er Freunde?«

»Das ist zum Lachen«, sagte Alice. »Er und Freunde. Was sollte er mit Freunden anfangen?«

Er fing auf dem Boden in seiner kleinen Zelle an, leise

vor sich hin zu lachen. Ich bin es, über den sie da sprechen, ich. Und dabei starrte er hinauf zur Glasscheibe, die Hand an der Automatic.

»Sie scheinen mit irgendwie verbittert zu sein. Was hat er Ihnen getan? Wollte er Ihnen nicht gerade ein Kleid schenken?«

»Das war nur einer seiner miesen Scherze.«

»Aber Sie wollten es doch annehmen.«

»Darauf können Sie wetten, daß ich das nicht getan hätte. Glauben Sie denn, ich würde von ihm ein Geschenk annehmen? Ich hatte vor, es zurückzugeben und ihm dann das Geld zu zeigen. So hätte ich dann etwas zum Lachen gehabt, nicht wahr?«

Er dachte wieder mit bitterem Interesse: Sie hassen mich. Wenn sie die Tür hier aufmachen, schieße ich den ganzen Verein über den Haufen.

»Ich würde ihm gerne eins auf seine Lippe hauen. Und dazu würde ich lachen. Ich sage Ihnen, ich würde lachen.«

»Ich postiere einen Mann drüben auf der anderen Straßenseite«, sagte die fremde Stimme. »Geben Sie ihm einen Wink, wenn unser Mann ankommt.« Die Tür des Cafés fiel zu.

»Ach«, sagte der Alte, »ich wünschte, meine Frau wäre hier. Nicht für zehn Shilling würde sie darauf verzichten.«

»Ich rufe sie an«, sagte Alice. »Sie wird zum Plaudern bei den Masons sein. Sie kann dann herüberkommen und Mrs. Mason gleich mitbringen. Bei dem Spaß müssen sie dabei sein. Gerade vor einer Woche sagte Mrs. Mason erst, daß sie sein häßliches Gesicht nicht mehr in ihrem Laden sehen wollte.«

»Ja, sei ein nettes Mädchen, Alice. Ruf sie.«

Raven griff mit der Hand unter seine Schulter und löste die Waffe aus der Halterung; er stand auf und lehnte sich flach gegen die Wand der Telefonzelle. Alice öffnete die Tür und schloß sich selbst mit ihm ein. Er legte ihr die Hand über den Mund, bevor sie Zeit hatte zu schreien. Er sagte: »Werfen Sie keinen Penny in den Schlitz. Ich schieße, wenn Sie es tun. Ich schieße, wenn Sie anrufen. Tun Sie, was ich Ihnen sage.« Er flüsterte in ihr Ohr. Sie waren so nahe zusammen, als befänden sie sich in einem Einzelbett. Er fühlte ihre verkrüppelte Schulter, die gegen seine Brust drückte. Er sagte: »Heben Sie den Hörer ab. Tun Sie so, als sprächen Sie mit der alten Dame. Los. Mir macht es einen Dreck aus, Sie zu erschießen. Sagen Sie, hallo, Frau Gröner.«

»Hallo, Frau Gröner.«

»Erzählen Sie die ganze Geschichte.«

»Sie sind hinter Raven her.«

»Warum?«

»Diese Fünf-Pfund-Note. Sie haben im Geschäft gewartet.«

»Was soll das heißen?«

»Sie haben die Seriennummer. Sie war gestohlen.«

Er war übers Ohr gehauen worden. Sein Gehirn arbeitete mit mechanischer Präzision, wie ein Rechenautomat. Man mußte ihn nur mit den Zahlen füttern, und schon kam die Antwort heraus. Eine tiefe, düstere Wut packte ihn. Hätte Mr. Cholmondeley jetzt neben ihm in der Zelle gestanden, er hätte ihn erschossen. Es hätte ihm nicht das geringste ausgemacht.

»Wo gestohlen?«

»Das sollten Sie doch wissen.«

»Werden Sie nicht unverschämt. Wo also?«

Er wußte nicht einmal, wer die Auftraggeber von Cholmondeley waren. Was passiert war, war offensichtlich: Sie hatten ihm nicht getraut. Sie hatten das Ganze so arrangiert, daß er damit aufflog. Ein Zeitungsjunge lief draußen vorbei und rief: »Ultimatum. Ultimatum.« Sein Verstand registrierte den Tatbestand, mehr nicht: Es schien, als habe das Ganze mit ihm nichts zu tun. Er wiederholte: »Wo gestohlen?«

»Ich weiß nicht. Ich kann mich nicht erinnern.«

Obwohl er ihr die Automatic in den Rücken preßte,

versuchte er doch, sie regelrecht zu bitten: »Erinnern Sie sich, ja? Es ist wichtig. Ich habe es nicht getan.«

»Ganz sicher haben Sie das nicht«, sagte sie böse in das Telefon, das gar keine Verbindung hatte.

»Geben Sie mir eine Chance. Ich will nichts weiter von Ihnen, als daß Sie sich erinnern.«

Sie sagte: »Es fällt mir nicht ein, nicht um Ihr Leben.«

»Ich habe Ihnen doch das Kleid geschenkt, nicht?«

»Das haben Sie nicht. Sie haben nur versucht, Ihr Geld anzubringen, das ist alles. Sie wußten nicht, daß sie die Seriennummern an alle Geschäfte in der Stadt weitergegeben haben. Im Café haben wir sie auch bekommen.«

»Wenn ich es getan hätte, warum wollte ich dann wissen, woher es stammt?«

»Das wäre der beste Spaß von allen, wenn Sie auch noch für etwas eingelocht würden, was Sie gar nicht getan haben.«

»Alice«, rief der Alte aus dem Café, »kommt sie herüber?«

»Ich gebe Ihnen zehn Pfund.«

»Unbrauchbare Banknoten. Nein, danke, Mr. Großzügig.«

»Alice«, rief der Alte wieder; sie hörten, wie er den Gang heraufkam.

»Sie tun mir unrecht«, sagte er bitter und stieß ihr die Automatic zwischen die Rippen.

»Sie brauchen mir nichts über Gerechtigkeit zu erzählen«, sagte sie. »Wo Sie mit mir umgehen, als säße ich im Gefängnis. Mich schlagen, wenn es Ihnen gefällt. Überall Asche auf dem Boden verstreuen. Ich habe genug am Hals mit Ihren Klamotten. Milch in der Seifenschale. Reden Sie mir nicht von Gerechtigkeit.«

In der engen, dunklen Zelle an ihn gepreßt, wurde sie für ihn plötzlich zu einem lebenden Wesen. Das überraschte ihn so, daß er gar nicht mehr an den Alten dachte, bis er die Tür aufmachte. Aus dem Dunkel der Zelle flüsterte er wild: »Kein Wort, oder ich verpasse dir eine.« Er hatte sie jetzt beide vor sich, außerhalb der Telefonzelle. Er sagte: »Hört mal. Mich kriegen sie nicht. Ich gehe in kein Gefängnis. Es macht mir nicht das geringste aus, euch beide umzulegen. Es macht mir nichts aus, wenn sie mich hängen. Meinen Vater haben sie auch gehängt ... das war gut genug für ihn ... Geht vor mir her auf mein Zimmer. Irgend jemanden holt der Teufel für dies alles.«

Als sie oben waren, schloß er die Tür ab. Unten schlug ein Gast wieder und wieder auf die Glocke. Er wandte sich an sie. »Ich hätte nicht übel Lust, euch umzulegen. Daß ihr ihnen von meiner Hasenscharte erzählt habt. Das war nicht fair.« Er trat ans Fenster; er wußte, daß man von dort leicht nach unten kam – deswegen hatte er das Zimmer ausgesucht. Sein Blick fiel auf das Kätzchen, das an der Kommodenkante hin und her strich wie ein winziger Tiger in seinem Käfig und sich nicht traute zu springen. Er nahm es hoch und warf es auf sein Bett; es versuchte, ihn dabei in den Finger zu beißen; dann stieg er durch das Fenster auf die Feuerleiter. Dicke Wolken zogen am Mond vorbei, und die Erde schien mit ihnen zu wandern, eine öde, eisige Kugel auf ihrem Weg durch die unermeßliche Dunkelheit.

4

Anne Crowder wanderte in ihrem schweren Tweedmantel in dem engen Zimmer auf und ab; sie wollte keinen Shilling dafür verschwenden, die Münzgasheizung in Betrieb zu setzen, denn es würde erst gegen Morgen warm werden. Sie sagte zu sich selbst, ich bin glücklich, daß ich diesen Job bekommen habe. Ich bin froh, wieder arbeiten zu können, aber überzeugt klang das nicht. Es war jetzt acht Uhr; vier Stunden blieben ihnen noch bis Mitternacht. Sie würde ihn anschwindeln müssen und ihm erzählen, daß sie den Zug um neun Uhr und nicht den um fünf Uhr in der Frühe nehmen wollte, sonst würde er sie schon zu bald ins Bett schicken. Das war ihm zuzutrauen. Nur nicht romantisch werden. Sie lächelte zärtlich und hauchte in ihre Finger.

Unten im Haus läutete das Telefon. Sie dachte zuerst, es sei die Türglocke, und rannte zum Spiegel in der Kleiderschranktür. Die matte Kugellampe gab nicht genug Licht, um zu sehen, ob ihr Make-up auch der hellen Beleuchtung in der Astoria Dance Hall standhalten würde. Sie begann noch einmal mit dem Make-up; wenn sie zu blaß war, würde er sie früher nach Hause bringen.

Die Hauswirtin steckte ihren Kopf zur Tür herein und sagte: »Es ist Ihr junger Herr. Am Telefon.«

»Am Telefon?«

»Ja«, sagte die Hauswirtin und schob sich, auf einen kleinen Schwatz erpicht, herein, »er hörte sich an, als sei er auf dem Sprung. Ungeduldig, würde ich sagen. Er hätte mir fast den Kopf abgerissen, als ich ihm einen guten Abend wünschte.«

»Ach«, sagte sie verzweifelt, »das ist bloß so seine Art. Sie dürfen es ihm nicht übelnehmen.«

»Er wird wohl für heute abend absagen, nehme ich an«, sagte die Hauswirtin. »Es ist immer dasselbe. Ihr Mädchen, immer irgendwo auf Achse, kriegt nie ein ordentliches Verhältnis zustande. Was spielt Ihr denn diesmal? *Dick Whittington*, nicht wahr?«

»Nein, nein, *Aladin*.«

Sie sprang die Treppe hinunter. Es war ihr verdammt gleichgültig, ob jemand sah, wie sie sich beeilte. Sie sagte: »Bist du das, Schatz?« Mit dem Telefonieren gab es immer Probleme. Seine Stimme klang an ihrem Ohr so heiser und zitternd, daß sie sie kaum erkannte. Er sagte: »Du hast ja Jahre gebraucht. Ich bin hier in einer öffentlichen Telefonzelle. Ich habe meine letzten Pennies hineingeworfen. Hör zu, Anne, ich kann mich heute abend nicht mit dir treffen. Es tut mir leid. Es ist der Dienst. Wir sind hinter dem Mann her, der diesen Tresor ausgeraubt hat. Ich habe dir davon erzählt. Ich werde die ganze Nacht damit zu tun haben. Wir sind auf eine von den Banknoten gestoßen.« Seine aufgeregte Stimme drang schmerzhaft an ihr Ohr.

Sie sagte: »Oh, das ist wunderbar, Schatz. Ich weiß, du wolltest ...« Aber sie hielt es nicht durch. »Jimmy«, sagte sie, »Jimmy, ich sehe dich dann nicht mehr. Für Wochen.«

Er sagte: »Es ist hart, ich weiß. Ich hatte gedacht ... Hör mal. Du solltest besser nicht den Zug in der Frühe nehmen, warum auch? Und um neun Uhr geht keiner. Ich habe nachgeschaut.«

»Ich weiß. Ich habe das nur gesagt ...«

»Am besten fährst du noch heute abend. Dann kannst du dich noch ausruhen, bevor die Proben beginnen. Der Zug geht um Mitternacht von Euston ab.«

»Aber ich habe noch nicht gepackt ...«

Er nahm das nicht zur Kenntnis. Er liebte es, zu planen und zu entscheiden. Er sagte: »Wenn ich gerade in der Nähe des Bahnhofs bin, werde ich versuchen ...«

»Ihre zwei Minuten sind um.«

Er sagte: »Ach, verdammt, und ich habe keine Münzen mehr. Schatz, ich liebe dich.«

Sie bemühte sich, es genauso wie er herauszubringen, aber sein Name stand ihr im Wege, lähmte ihre Zunge. Niemals brachte sie ihn ohne Zögern heraus – »Jim-« Die Verbindung brach ab. Sie dachte bitter: Er sollte auch nicht ohne Münzen in der Tasche ausgehen. Sie dachte: Das ist nicht in Ordnung, ihn so zu unterbrechen, er ist doch Polizist. Dann ging sie wieder die Treppe hinauf; sie weinte nicht; es war nur, als wäre jemand gestorben und hätte sie allein und verängstigt zurückgelassen, voller Angst vor den neuen Gesichtern und dem neuen Job, den groben Scherzen, die sie mit einem draußen auf dem Land machten, den Kollegen, die frisch und munter daherkamen, und voller Angst, daß sie vergessen könnte, wie schön es war, geliebt zu werden.

Die Hauswirtin sagte: »Genauso habe ich es mir gedacht. Wie wäre es, kommen Sie mit hinunter und trinken mit mir eine Tasse Tee? Wir könnten ein wenig miteinander plaudern. Es tut gut zu reden. Wirklich gut. Mir hat einmal ein Arzt gesagt, das macht die Lungen frei. Könnte doch sein, nicht? Man kann ja gar nichts dagegen tun, daß man Staub hineinbekommt, und ein gutes Gespräch bläst ihn eben wieder hinaus. Ich würde mich jetzt noch nicht mit der Packerei aufhalten. Es sind noch Stunden Zeit. Mein lieber Mann wäre sicher noch nicht tot, wenn er mehr geredet hätte. Ist doch so. So blieb ihm irgend etwas Giftiges im Halse stecken und kostete ihn schon in den besten Mannesjahren das Leben. Hätte er mehr geredet, dann hätte er es hinausgeblasen. Besser als spucken.«

5

Der Kriminalreporter schaffte es nicht, sich Gehör zu verschaffen. Immer wieder versuchte er, es seinem Chef klarzumachen: »Ich habe etwas über den Tresorraub erfahren.«

Der Chefreporter hatte zuviel getrunken. Sie hatten alle zuviel getrunken. Er sagte: »Sie können nach Hause gehen, lesen Sie *The Decline and Fall* . . .«

Der Kriminalreporter war ein ernsthafter junger Mann, der nicht trank und nicht rauchte; es schockierte ihn, daß irgend jemand sich in einer der Telefonzellen übergeben mußte. Er schrie, so laut er konnte: »Sie sind auf eine von den Banknoten gestoßen.«

»Schreib es nieder, schreib es nieder, alter Junge«, sagte der Chefreporter, »und dann steck es dir an den Hut.«

»Der Mann ist geflohen – hatte ein Mädchen als Geisel – ist eine mordsgute Story«, sagte der ernste junge Mann. Er hatte einen Oxford-Akzent; das war der Grund gewesen, warum sie ihn zum Kriminalreporter gemacht hatten; den Spaß hatte sich der Leiter des Nachrichten-Ressorts ausgedacht.

»Geh nach Hause und lies den Gibbon.«

Der ernste junge Mann kriegte jemanden am Rockärmel zu packen. »Was ist los hier? Seid ihr alle verrückt geworden? Machen wir heute keine Zeitung – oder was?«

»In achtundvierzig Stunden ist Krieg«, brüllte ihm einer ins Gesicht.

»Aber was ich hier habe, ist eine herrliche Geschichte. Er nahm ein Mädchen und einen alten Mann als Geisel, kletterte aus dem Fenster ...«

»Geh nach Hause. Wir haben keinen Platz dafür.«

»Sie haben sogar den Jahresbericht über den Kensington Kitten Club sterben lassen.«

»Es gibt auch keinen Marktbericht.«

»Den Limehouse-Brand bringen wir als einspaltigen Kurzbericht.«

»Geh nach Hause und lies den Gibbon.«

»Er konnte sich absetzen, obwohl ein Polizist die Eingangstür überwachte. Das Überfallkommando ist ausgerückt. Er ist bewaffnet. Die Polizei hat sich auch mit Revolvern ausgerüstet. Es ist eine entzückende Geschichte.«

Der Chefreporter sagte: »Bewaffnet! Hau ab und stärk dich erst mal mit einem Glas Milch. Über kurz oder lang sind alle bewaffnet. Sie haben ihre Beweise veröffentlicht. Es ist sonnenklar, daß ihn ein Serbe erschossen hat. Italien unterstützt das Ultimatum. Sie haben achtundvierzig Stunden Zeit, sich den Forderungen zu beugen. Wenn du Rüstungsaktien kaufen willst, mach schnell, und du machst dein Glück.«

»Heute in einer Woche bist du in der Army«, sagte jemand.

»O nein«, sagte der junge Mann, »nein, ganz bestimmt nicht. Wissen Sie, ich bin Pazifist.«

Der Mann, dem in der Telefonzelle übel geworden war, sagte: »Ich gehe nach Hause. In der nächsten Nummer gibt es selbst dann keinen Platz mehr, wenn die Bank von England in die Luft fliegen sollte.«

Eine dünne, piepsende Stimme sagte: »*Mein* Manuskript kommt hinein.«

»Ich sage dir, wir haben keinen Platz.«

»Für mich gibt es Platz. Gasmasken für alle. Spezielle Luftschutzübungen für Zivilisten in allen Städten mit mehr als fünfzigtausend Einwohnern.« Er kicherte.

»Das Komische daran ist – also, das ist –« Aber niemand erfuhr jemals, was so komisch war: Ein Junge kam zur Tür herein und warf ihnen einen Bürstenabzug der Seite eins hin: noch feuchte Lettern auf grauem, feuchtem Papier; die Schlagzeilen verkündeten: »Jugoslawien bittet um Aufschub. Adriaflotte im Alarmzustand. Randalierer stürmen italienische Botschaft in Paris.« Plötzlich waren alle ganz still, als ein Flugzeug über sie hinwegzog; es flog niedrig über ihren Köpfen durch die Dunkelheit in Richtung Süden, ein rotes Licht unter dem Leitwerk, blaß schimmernde, durchscheinende Flügel im Mondlicht. Sie beobachteten es durch das breite Glasdach über ihnen, und plötzlich wollte keiner mehr einen weiteren Drink haben.

Der Chefreporter sagte: »Ich bin müde. Ich gehe zu Bett.«

»Soll ich diese Geschichte weiterverfolgen?« fragte der Kriminalreporter.

»Wenn es dich glücklich macht. Aber von jetzt an gelten nur Neuigkeiten wie die da.«

Sie starrten hinauf zum Glasdach, zum Mond, in den leeren Himmel.

6

Auf der Bahnhofsuhr standen die Zeiger auf drei Minuten vor Mitternacht. Der Kontrolleur an der Sperre sagte: »Weiter vorne ist noch Platz.«

»Ein Freund möchte mich begleiten«, sagte Anne Crowder. »Kann ich hier am Ende einsteigen und dann vorgehen, wenn wir losfahren?«

»Sie haben die Türen schon versperrt.«

Sie sah verzweifelt an ihm vorbei. Im Buffet gingen die Lichter aus; von diesem Bahnsteig aus gingen keine Züge mehr.

»Sie müssen sich beeilen, Miss.«

Ihr Blick fiel auf das Werbeplakat einer Zeitung, und während sie am Zug entlangrannte und sich dabei umsah, sooft es möglich war, ging ihr unwillkürlich durch den Kopf, daß vielleicht der Krieg erklärt werden würde, bevor sie sich wiedersahen. Er würde in den Krieg ziehen; er tat immer das, was die anderen Leute taten, sagte sie sich gereizt, dabei wußte sie, daß es gerade seine Zuverlässigkeit war, die sie liebte. Sie hätte ihn nicht geliebt, wenn er ein Eigenbrötler gewesen wäre und sich zu allen Dingen seine eigene Meinung gebildet hätte; sie hatte zu hautnah mit querköpfigen Genies und zweitrangigen Schauspielerinnen zu tun, die alle von sich glaubten, sie seien eigentlich Stars für die großen Bühnen, als daß sie ein solches Anderssein hätte bewundern können. Sie wünschte sich einen ganz gewöhnlichen Mann, von dem sie schon im voraus wußte, was er als nächstes sagen würde.

Eine Reihe hell erleuchteter Gesichter zog an ihr vorbei; der Zug war voll, so voll, daß man in den Erste-Klasse-Waggons Leute mit scheuen, verlegenen Gesichtern sah, die sich in den weichen Sitzen fremd und unwohl fühlten und fürchteten, daß der Schaffner sie wieder hinauswerfen würde. Sie gab die Suche nach einem Waggon der dritten Klasse auf, zog an einer Tür, ließ ihr Exemplar von *Woman and Beauty* auf den einzigen noch freien Sitz fallen und kämpfte sich über ausgestreckte Beine und vorstehende Koffer zum Fenster durch. Die Lok stieß Dampf aus, der Qualm zog über den Bahnsteig, und man konnte kaum bis zur Sperre hinübersehen.

Eine Hand zupfte an ihrem Ärmel. »Entschuldigen Sie«, sagte ein fetter Mann, »brauchen Sie noch lange da am Fenster? Ich möchte mir etwas Schokolade kaufen.«

Sie sagte: »Nur einen Augenblick, bitte. Jemand möchte sich noch von mir verabschieden.«

»Er ist aber nicht da. Es ist zu spät. Sie können das Fenster nicht für sich allein einnehmen. Ich brauche meine Schokolade.« Er schob sie zur Seite und winkte mit einer Hand, die ein im Licht funkelnder Smaragdring schmückte. Sie versuchte, über eine Schulter zur Sperre hinüberzuschauen; er füllte fast ganz das Fenster aus. Er rief: »Boy, Boy!« Dazu winkte er mit dem Smaragdring. Er sagte: »Was für Schokolade gibt es? Nein, die nicht. Eine süße.«

Plötzlich sah sie Mather durch eine Lücke. Er war an der Sperre vorbei und kam den Zug entlang, suchte nach ihr, suchte in allen Waggons dritter Klasse, rannte an der ersten Klasse vorbei. Sie flehte den dicken Mann an: »Bitte, lassen Sie mich vor. Ich sehe meinen Freund.«

»Einen Augenblick. Einen Augenblick. Haben Sie Nestlé-Schokolade? Geben Sie mir eine Shilling-Packung.«

»Bitte, lassen Sie mich vor.«

»Haben Sie es nicht kleiner als in einer Zehn-Shilling-Note?« sagte der Boy.

Mather kam, rannte an der ersten Klasse vorbei. Sie trommelte gegen die Fensterscheibe, aber er hörte sie nicht unter all dem Pfeifen und dem Lärm, den die Gepäckkarren machten, die die letzten Stücke zum Güterwagen rollten. Türen schlugen zu, ein Pfeifen, der Zug fuhr an.

»Bitte, bitte.«

»Ich bekomme noch mein Wechselgeld«, sagte der fette Mann, und der Boy lief neben dem Waggon her und zählte ihm die Münzen in die Hand. Als sie endlich ans Fenster kam und sich hinauslehnte, hatten sie das Bahnsteigende schon hinter sich, und sie erkannte nur noch eine kleine Gestalt auf der Rampe aus Asphalt. Er konnte sie nicht mehr sehen. Eine ältliche Frau sagte: »Sie sollten sich nicht zu weit hinauslehnen. Das ist gefährlich.«

Auf den Zehenspitzen balancierte sie zurück zu ihrem Sitz, und sie spürte, wie sie sich rundherum unbeliebt machte; alle dachten: »Sie gehört gar nicht in diesen Waggon. Wozu zahlen wir denn für die erste Klasse, wenn ...« Aber sie hatte nicht vor zu weinen; sie holte sich Kraft aus all den bekannten Binsenweisheiten, die ihr ganz automatisch durch den Kopf gingen – daß man einmal verschüttete Milch nicht mehr trinken kann und daß in fünfzig Jahren ohnehin alles vorbei ist. Dennoch bemerkte sie mit heftigem Widerwillen an der herabbaumelnden Kofferkarte des fetten Mannes, daß er dasselbe Ziel hatte wie sie, nämlich Nottwich. Er saß ihr gegenüber mit der *Passing Show*, den *Evening News* und der *Financial Times* auf dem Schoß und aß süße Milchschokolade.

ZWEITES KAPITEL

1

Raven ging, ein Taschentuch gegen seine Lippe gedrückt, über den Soho Square, die Oxford Street entlang und dann die Charlotte Street hinauf. Es war gefährlich, aber doch weniger gefährlich als seine Hasenscharte offen zu zeigen. Er bog nach links und dann nach rechts in eine enge Straße, wo vollbusige Frauen in Schürzen einander lauthals die Neuigkeiten zuriefen und ein paar Kinder mit ernsten Gesichtern die Rinnsteine durchforschten. Er hielt vor einer Tür mit einem Messingschild an, auf dem stand: Dr. Alfred Yogel, 2. Stock; North American Dental Company, 1. Stock. Er stieg hinauf und läutete. Von unten roch es nach gekochtem Gemüse, und irgendwer hatte mit einem Stift eine nackte Figur an die Wand gekritzelt.

Eine Frau in Schwesterntracht öffnete die Tür, eine Frau mit faltigen, gewöhnlichen Zügen und unordentlichem grauem Haar. Ihre Tracht war reif für die Reinigung; sie zeigte Fettflecken und Flecken, die von Blut oder von Jod stammen konnten. Sie brachte einen scharfen Geruch von Chemikalien und Desinfektionsmitteln mit. Als sie Raven sah, wie er das Taschentuch vor seinen Mund hielt, sagte sie: »Der Zahnarzt ist einen Stock tiefer.«

»Ich möchte Dr. Yogel sprechen.«

Sie sah ihn aus der Nähe an, mißtrauisch, und ihr Blick glitt an seinem dunklen Mantel herunter. »Er ist beschäftigt.«

»Ich kann warten.«

Eine einzige Kugellampe baumelte hinter ihr in dem schäbigen Korridor. »Zu so später Stunde empfängt er normalerweise niemanden mehr.«

»Ich werde für die Mühe, die ich ihm mache, bezahlen«, sagte Raven. Sie musterte ihn mit dem gleichen abschätzigen Blick wie der Türsteher eines zwielichten Nachtclubs. Sie sagte: »Sie können hereinkommen.« Er folgte ihr in ein Wartezimmer: die gleiche nackte Kugellampe, ein Stuhl, ein runder Eichentisch mit dunklen Farbspritzern. Sie schloß die Tür hinter ihm, und er hörte, wie sie im Nebenzimmer zu reden begann. Sie redete und redete. Er nahm das einzige Magazin, das auf dem Tisch lag, *Good Housekeeping*, achtzehn Monate alt, und fing an, mechanisch zu lesen: »Kahle Wände sind heutzutage sehr beliebt, ein einzelnes Bild sorgt vielleicht für den nötigen Farbfleck ...«

Die Schwester öffnete die Tür und wedelte mit der Hand. »Er will Sie sprechen.« Dr. Yogel wusch sich die Hände in einem Waschbecken an der Wand hinter seinem langen gelben Schreibtisch und einem Drehstuhl. Sonst gab es keine Möbel in dem Zimmer bis auf einen Küchenstuhl, ein Schränkchen und eine Couch. Sein Haar war pechschwarz; es sah gefärbt aus, und sehr dicht war es auch nicht mehr; er hatte es in dünnen Strähnen auf die Kopfhaut geklatscht. Als er sich ihm zuwandte, zeigte er ein glattes, festes, aber gutmütiges Gesicht mit dicken, sinnlichen Lippen. Er sagte: »Und was kann ich für Sie tun?« Man merkte ihm an, daß er mehr an den Umgang mit Frauen als mit Männern gewohnt war. Die Schwester stand mit strengem Blick hinter ihm und wartete.

Raven nahm das Taschentuch herunter. Es sagte: »Können Sie schnell etwas unternehmen mit dieser Lippe?«

Dr. Yogel ging auf ihn zu und tippte mit seinem kleinen, fetten Zeigefinger dagegen. »Ich bin kein Chirurg.«

Raven sagte: »Ich kann es bezahlen.«

Dr. Yogel sagte: »Das ist eine Arbeit für einen Chirurgen. Das ist einfach nicht mein Fach.«

»Das weiß ich«, sagte Raven und fing dabei die schnellen Blicke auf, die die Schwester und Dr. Yogel wechselten. Dr. Yogel zog die Lippe an beiden Seiten hoch; seine Fingernägel waren nicht ganz sauber. Er sah sich Raven genau an und sagte: »Wenn Sie morgen um zehn wiederkommen ...« Sein Atem roch ein wenig nach Brandy.

»Nein«, sagte Raven. »Ich möchte, daß es sofort gemacht wird.«

»Zehn Pfund«, sagte Dr. Yogel hastig.

»In Ordnung.«

»Bar.«

»Ich habe sie bei mir.«

Dr. Yogel setzte sich an seinen Schreibtisch. »Wenn Sie mir jetzt Ihren Namen sagen ...«

»Meinen Namen brauchen Sie nicht zu wissen.«

Dr. Yogel sagte sanft: »Irgendeinen Namen ...«

»Also dann, Chumley.«

»CHOLMO ...«

»Nein. Ich buchstabiere: CHUMLEY.«

Dr. Yogel füllte ein Blatt Papier aus und reichte es der Schwester. Sie ging hinaus und schloß die Tür hinter sich. Dr. Yogel ging zu dem Schränkchen und nahm eine Schale mit Skalpellen heraus. Raven sagte: »Das Licht ist schlecht.«

»Ich bin daran gewöhnt«, sagte Dr. Yogel. »Ich habe gute Augen.« Aber als er ein Skalpell gegen das Licht hielt, zitterte seine Hand ganz leicht. Er sagte sanft: »Legen Sie sich auf die Couch, alter Junge.«

Raven legte sich hin. Er sagte: »Ich habe ein Mädchen gekannt, das bei Ihnen war. Sie hieß Page. Sie sagte, Sie hätten ihr prima aus der Klemme geholfen.«

Dr. Yogel sagte: »Darüber hätte sie nicht reden dürfen.«

»Ach«, sagte Raven, »bei mir sind Sie sicher. Ich lege keinen herein, der mich anständig behandelt.« Dr. Yogel holte einen Kasten aus dem Schränkchen, der aussah wie ein tragbares Grammophon, und trug ihn zur Couch hinüber. Er zog einen langen Schlauch und eine Maske heraus. Er lächelte mild und sagte: »Einen eigenen Anästhesisten haben wir hier nicht, alter Junge.«

»Halt«, sagte Raven, »Sie geben mir keine Narkose.«

»Ohne sie würde es weh tun, alter Junge«, sagte Dr. Yogel und kam mit der Maske näher, »es würde schmerzen wie die Hölle.«

Raven setzte sich auf und schob die Maske zur Seite. »Ich will nicht«, sagte er, »kein Gas. Das habe ich noch nie gehabt. Ich bin noch nie weggetreten. Ich möchte sehen, was passiert.«

Dr. Yogel lächelte mild und zog spielerisch an Ravens Lippe. »Besser, Sie gewöhnen sich daran, alter Junge. Übermorgen kriegen wir es alle mit Gas zu tun.«

»Wie meinen Sie das?«

»Na, es sieht doch nach Krieg aus, nicht?« sagte Dr. Yogel. Er sprach hastig, wickelte noch mehr Schlauch von der Rolle, dreht sanft, aber unerbittlich an ihr. »Die Serben können doch nicht auf diese Art und Weise einen Kriegsminister erschießen, und weiter passiert nichts. Italien ist bereit einzugreifen. Und die Franzosen wärmen sich gerade auf. In einer Woche stecken wir selber mit drinnen.«

Raven sagte: »Und all das wegen eines alten Mannes ...« Er erklärte: »Ich habe die Zeitungen noch nicht gelesen.«

»Ich wünschte, ich hätte es vorher gewußt«, sagte Dr. Yogel. Er machte jetzt Konversation und schloß dabei die Gasflasche an. »Ich hätte ein Vermögen in Munitionsaktien gemacht. Die sind bis in den Himmel gestiegen, alter Junge. Jetzt lehnen Sie sich zurück. Es dauert nur einen Moment.« Er näherte sich wieder mit der Maske. Er sagte: »Sie müssen nur tief einatmen, alter Junge.«

Raven sagte: »Ich habe Ihnen gesagt, ich will kein Gas. Haben Sie mich verstanden? Sie können an mir herumschneiden, soviel Sie wollen, aber ich nehme kein Gas.«

»Das ist sehr dumm von Ihnen, alter Junge«, sagte Dr. Yogel. »Es wird weh tun.« Er ging zum Schränkchen zurück und griff wieder nach einem Skalpell, aber seine Hand zitterte jetzt mehr als zuvor. Irgend etwas verschreckte ihn. Und dann hörte Raven von draußen den zarten Klingelton, den ein Telefon von sich gibt, wenn der Hörer abgehoben wird. Er sprang von der Couch hoch; es war bitter kalt, aber Dr. Yogel schwitzte; er stand neben dem Schränkchen, das Skalpell in der Hand, unfähig, ein Wort zu sagen. Raven sagte: »Bleiben Sie ruhig. Sagen Sie kein Wort.« Er riß die Tür plötzlich auf, und da stand die Schwester in dem kleinen dunklen Vorzimmer mit dem Telefon am Ohr. Raven stellte sich seitlich so hin, daß er beide im Auge behielt. »Legen Sie den Hörer wieder auf«, sagte er. Sie legte auf und sah ihn mit ihren kleinen, kalten Augen an. Er sagte wütend: »Sie wollen mich hereinlegen –« Er sagte: »Ich hätte nicht übel Lust, euch beide niederzuschießen.«

»Alter Junge«, sagte Dr. Yogel, »alter Junge. Sie haben das alles falsch verstanden.« Aber die Schwester sagte nichts. Sie war es, die in dem Team den Mumm hatte, sie war hart geworden in ihrer langen Laufbahn, in der es viele Ungesetzlichkeiten gegeben hatte, sogar mehrere Tote. Raven sagte: »Gehen Sie von dem Telefon weg.« Er nahm Dr. Yogel das Messer aus der Hand und säbelte und sägte an dem Telefondraht herum. Ihn bewegte etwas, was er bisher noch nie gespürt hatte: Ein Gefühl, daß ihm hier Unrecht geschah, ließ ihn ins Stottern geraten. Diese Menschen hier waren so wie er; sie bewegten sich nicht innerhalb der vom Gesetz gezogenen Grenzen; zum zweitenmal war er von selben Gesetzlosen hintergangen worden. Er war immer allein gewesen, aber noch nie so allein wie diesmal. Der Telefondraht gab nach. Er nahm sich vor, kein Wort mehr zu sagen, weil er fürchtete, daß seine Wut ihn überwältigen und er sie niederschießen könnte. Es war jetzt nicht der richtige Moment zum Schießen. Er ging die Treppe hinunter, und in ihm war es düster und einsam. Er hielt das

Taschentuch vor sein Gesicht, und aus dem kleinen Radiogeschäft an der Ecke tönte es: »Wir erhielten gerade folgende Nachricht ...« Dieselbe Stimme verfolgte ihn die Straße hinab, kam aus den offenen Fenstern der ärmlichen Häuser, neutral und ausdruckslos: »New Scotland Yard. Gesucht wird James Raven. Ungefähr achtundzwanzig Jahre alt. Leicht erkennbar an seiner Hasenscharte. Etwas über mittelgroß. Zuletzt wurde er gesehen in einem dunklen Mantel und mit schwarzem Filzhut. Alle Hinweise, die zu seiner Festnahme führen ...« Raven ließ die Stimme hinter sich, ging hinaus in den Verkehr der Oxford Street und in Richtung Süden.

Es gab zu vieles, was er nicht verstand: diesen Krieg, über den sie da redeten, und warum man ihn hereingelegt hatte. Er mußte Cholmondeley finden. Cholmondeley selber zählte zwar nicht viel, er handelte auf Anweisung, aber wenn er Cholmondeley fand, dann konnte er es aus ihm herausquetschen. Er stand unter Druck, wurde gejagt, war ganz allein, und in ihm saß das Gefühl, daß ihm schlimmes Unrecht geschah, aber zugleich erfüllte ihn ein eigentümlicher Stolz. Er ging in der Charing Cross Road an den Geschäften für Musikalien und für Gummiwaren entlang, und stolzgeschwellt sagte er zu sich selber: Es bedurfte schon eines ganzen Mannes, um einen Krieg zu beginnen, wie er es gerade schaffte.

Er hatte keine Ahnung, wo Cholmondeley wohnte; er kannte nur seine Deckadresse. Ihm ging der Gedanke durch den Kopf, daß eine geringe Chance bestand, wenn er den kleinen Laden überwachte, an den Cholmondeleys Briefe geschickt wurden; vielleicht konnte er ihn dort sehen: Aber es war eine sehr dünne Chance, wenn sie auch angesichts seiner Flucht besser als gar nichts war. Über den Rundfunk wurde er schon gesucht, in den Abendzeitungen würde über die Fahndung nach ihm berichtet werden, und da war es möglich, daß Cholmondeley es vorzog, für eine Weile zu verschwinden. Da war es möglich, daß er zuvor noch einmal nach seiner Post sehen würde. Das hing indessen davon ab, ob er diese Adresse auch für andere Briefe als die von Raven benutzte. Raven hätte seine Chance nicht einmal auf eins zu tausend eingeschätzt, wäre Cholmondeley kein solcher Dummkopf gewesen. Er hatte nicht allzu oft mit ihm Eis essen müssen, um das herauszubekommen.

Der Laden lag in einer Nebenstraße gegenüber einem Theater. Er bestand aus einem einzigen, winzigen Raum, in dem nichts feilgeboten wurde, was über dem Niveau von *Film Fun* und *Breezy Stories* lag. Es gab Postkarten aus Paris in versiegelten Umschlägen, amerikanische und französische Magazine und Bücher über Geißelungen, für die der pickelige Junge oder seine Schwester, wer gerade im Laden war, zwanzig Shillinge kassierte, von denen man fünfzehn zurückerhielt, wenn man das Buch wiederbrachte.

Der Laden war nicht leicht zu überwachen. Eine Polizistin hielt ein wachsames Auge auf die Straßenmädchen an der Ecke, und gegenüber war die lange, glatte Seitenmauer des Theaters mit dem Eingang zur Galerie. Vor dieser Mauer stand man so ungedeckt wie eine Fliege an der Tapete, es sei denn, dachte er, während er darauf wartete, daß die Ampel auf Grün umsprang, es sei denn, das Stück war ein großer Erfolg.

Und es war ein Erfolg. Obwohl die Eingangstüren erst in einer Stunde geöffnet wurden, stand schon eine ziemlich lange Schlange vor der Tür zur Galerie. Raven mietete um fast das ganze restliche Kleingeld, das er noch besaß, einen Klappstuhl und setzte sich. Der Laden lag direkt gegenüber. Der Junge machte keinen Dienst, nur seine Schwester. Sie saß direkt hinter der Tür und hatte ein altes grünes Kleid an, das aussah, als hätten sie es von einem der Billardtische aus dem Pub gleich nebenan heruntergezogen. Sie hatte ein eckiges Gesicht, das nie jung ausgesehen haben konnte, und sie schielte, was auch ihre wuchtige Nickelbrille nicht verbergen konnte. Sie mochte irgendwo zwischen zwanzig und vierzig alt sein, das Zerrbild einer Frau, schmuddelig und verkommen, so saß sie zusammengekrümmt unter den Fotos mit den schönsten Körpern und den hübschesten leeren Gesichtern, die die Schmutz-und-Schundfotografen nur auftreiben konnten.

Raven saß und beobachtete: das Taschentuch über dem Mund, einer von sechzig in der Schlange für die Galerie, beobachtete er. Er sah, wie ein junger Mann vor dem Schaufenster anhielt und verstohlen einen Blick auf *Plaisirs de Paris* warf, bevor er weitereilte; er sah, wie ein alter Mann den Laden betrat und mit einem Päckchen in braunem Umschlagpapier wieder herauskam. Aus der Schlange ging jemand auf die andere Straßenseite. und kaufte Zigaretten.

Eine ältliche Frau mit einem Kneifer auf der Nase saß neben ihm. Sie sagte über die Schulter: »Das ist es, was mir an Galsworthy immer so gefallen hat. Er war ein Gentleman. Man wußte, woran man war, wenn Sie verstehen, was ich meine.«

»Es kommt einem immer vor wie auf dem Balkan.«

»›*Gesellschaft*‹ hat mir besonders gefallen.«

»Er war ein so humaner Mensch.«

Ein Mann stellte sich zwischen Raven und den Laden und hielt ein kleines Stück Papier hoch. Er steckte es in den Mund und hielt das nächste Stück hoch. Ein Straßenmädchen kam auf der anderen Seite der Straße vorbeigeschlendert und sagte etwas zu dem Mädchen in dem Laden. Der Mann steckte auch das andere Stück Papier in den Mund.

»Sie sagen, die Flotte ...«

»Er bringt einen zum *Denken.* Das ist es, was ich an ihm mag.« Raven dachte: Wenn er nicht kommt, bevor die Schlange sich in Bewegung setzt, muß ich gehen.

»Irgend etwas Neues in der Zeitung?«

»Nichts Neues.«

Der Mann auf der Straße nahm die Papierstücke wieder aus dem Mund und fing an, sie zu reißen und zu falten und wieder zu reißen. Dann öffnete er das Papier und hatte ein Sankt-Georgs-Kreuz aus Papier in der Hand. Es flatterte lose im kalten Wind.

»Er hat sich mit allem Nachdruck für die Gesellschaft gegen Vivisektion eingesetzt. Das hat mir Mrs. Milbanke erzählt. Sie hat mir einen seiner Schecks mit seiner Unterschrift gezeigt.«

»Er war wirklich human.«

»Und ein *wirklich* großer Dichter.«

Ein Mädchen und ein Junge, die beide glücklich aussahen, applaudierten dem Mann mit der Papierfahne, und er nahm seine Mütze ab und ging die Schlange entlang, um Münzen einzusammeln. Ein Taxi hielt am Ende der Straße, und ein Mann stieg aus. Es war Mr. Cholmondeley. Er ging in den Bücherladen, und das Mädchen stand auf und folgte ihm. Raven zählte sein Geld. Er hatte zwei Shilling und Sixpence und dazu hundertfünfundneunzig Pfund in gestohlenen Noten, mit denen er nichts anfangen konnte. Er versenkte sein Gesicht noch tiefer in das Taschentuch und sprang plötzlich auf wie jemand, dem übel wird. Der Papierreißer kam bei ihm an, hielt ihm die Mütze hin, und Raven sah voller Neid auf das mehr als ein Dutzend Pennies, das Sixpence- und das Threepenny-Stück. Für den Inhalt der Mütze hätte er gerne hundert Pfund gegeben. Er stieß den Mann grob zur Seite und ging davon.

Am anderen Ende der Straße war ein Taxi-Stand. Dort lehnte er sich an die Wand wie ein Kranker und wartete, bis Cholmondeley herauskam.

Er sagte: »Folgen Sie dem Taxi«, und sank erleichtert in den Sitz zurück. Sie fuhren durch die Charing Cross Road zurück, dann durch die Tottenham Court Road und die Euston Road, vor der all die Fahrräder schon für die Nacht weggeschlossen waren und wo die Gebrauchtwagenhändler von der Great Portland Street um die Ecke sich auf einen schnellen Drink trafen, bevor sie in ihren alten Schulschlipsen und in ihrer müden, trüb gewordenen Freundlichkeit in ihre Wohnstätten zurückkehrten.

Er war es nicht gewohnt, gejagt zu werden; das hier war besser: zu jagen.

Auch der Taxameter machte ihm keinen Strich durch die Rechnung. Er hatte noch einen Shilling übrig, als Mr. Cholmondeley sich hinter dem Euston-Kriegerdenkmal vor dem großen, verrauchten Eingang zum Bahnhof absetzen ließ. Vorschnell gab er dem Fahrer das Geldstück: vorschnell deswegen, weil er vielleicht lange aushalten mußte mit nichts als seinen hundertfünfundneunzig Pfund in der Tasche und nichts, womit er sich wenigstens ein Sandwich hätte kaufen können. Denn Mr. Cholmondeley marschierte nun mit zwei Gepäckträgern im Schlepptau zur Gepäckaufbewahrung, wo er drei Koffer, eine Tasche mit Golfschlägern, einen kleinen Aktenkoffer und eine Hutschachtel deponierte. Raven hörte, wie er nach dem Bahnsteig fragte, von dem der Mitternachtszug abfuhr.

Raven setzte sich in der großen Halle neben ein Modell von Stephensons »Rocket«. Er mußte nachdenken. Es gab nur einen Mitternachtszug. Wenn Cholmondeley auf dem Weg zu seinen Auftraggebern war, um ihnen Bericht zu erstatten, dann befanden sie sich irgendwo im verrauchten Industriegebiet des Nordens; denn vor Nottwich gab es keine Station. Aber da sah er sich wieder mit seiner Armut im Reichtum konfrontiert; die Seriennummern der Geldscheine waren überallhin durchgegeben worden; ganz sicher hatten sie auch die Beamten an den Fahrkartenschaltern. Einen Augenblick lang sah es so aus, als sei die Verfolgungsjagd an der Sperre zum Bahnsteig 3 zu Ende.

Aber langsam nahm in Ravens Kopf ein Plan Gestalt an, während er unter der »Rocket« zwischen den Bündeln und Krümeln der Sandwich-Esser saß. Er *hatte* eine Chance, denn möglicherweise hatten die Schaffner in den Zügen die Nummern nicht bekommen. Das war die Art Schlupfloch, das die Behörden vielleicht vergessen hatten. Auf der anderen Seite blieb natürlich die Möglichkeit, daß die Banknote seine Anwesenheit im Zug nach Nordengland verriet. Er mußte eine Fahrkarte bis zur Endstation kaufen, und es war ganz leicht, seine Spur bis zu der Stadt zu verfolgen, in der er ausstieg. Die Verfolger würden ihm auf den Fersen sein, aber er hätte vielleicht einen Vorsprung von einem halben Tag, in dem er wiederum *seiner* Beute näherkommen könnte. Raven konnte sich nie in andere Menschen hineinversetzen; sie schienen nicht so zu leben wie er; und wenn er auch einen Groll gegen Mr. Cholmondeley hegte, ihn genügend haßte, um ihn zu töten, so konnte er sich doch nicht vorstellen, was in Mr. Cholmondeley vorging und wovor er sich fürchten mochte. Er war der Windhund, und Mr. Cholmondeley nur die Hasenattrappe; aber in diesem Fall war auch der Windhund selbst wieder ein Gejagter.

Er war hungrig, aber er konnte es nicht riskieren, einen Geldschein zu wechseln; er hatte nicht einmal eine passende Münze für die Toilette. Nach einer Weile stand er auf und ging auf dem Bahnhof auf und ab, um sich in dem eisigen Wind und dem gefrierenden Schneematsch warm zu halten. Um elf Uhr dreißig sah er von einem Standort hinter einem Schokoladenautomaten aus, wie Mr. Cholmondeley sein Gepäck abholte, und er folgte ihm in einiger Entfernung, bis er durch die Sperre und dann den hell erleuchteten Zug entlangging. Der Weihnachtstrubel hatte eingesetzt; die Menschenmenge sah anders aus als gewöhnlich, man merkte ihnen an, sie fuhren heim. Raven hielt sich im Schatten einer Anzeigentafel und hörte ihr Lachen und ihr Rufen, sah lächelnde Gesichter, die sich unter den Bahnsteigleuchten hochreckten; die Masten waren geschmückt, so daß sie wie riesige Kekse aussahen. Die Koffer waren voller Geschenke, ein Mädchen hatte einen Stechpalmenzweig an ihren Mantel gesteckt, hoch oben unter dem Dach baumelte ein Mistelzweig im Licht der Scheinwerfer. Bei jeder Bewegung spürte Raven die Automatic unter seinem Arm scheuern.

Zwei Minuten vor zwölf rannte Raven nach vorn, der

Dampf der Lokomotive zischte über den Bahnsteig, die Türen wurden zugeworfen. Zu dem Kontrolleur an der Sperre sagte er: »Ich hatte keine Zeit mehr, eine Fahrkarte zu kaufen. Ich bezahle im Zug.«

Er versuchte, gleich in einen der ersten Wagen einzusteigen. Sie waren voll und schon geschlossen. Ein Träger rief ihm zu, weiter nach vorn zu gehen, und er rannte los. Er schaffte es gerade noch rechtzeitig. Einen Sitzplatz konnte er nicht finden, dafür blieb er im Gang stehen und preßte sein Gesicht gegen die Scheibe, um die Hasenscharte zu verbergen, und sah zu, wie London hinter ihm zurückblieb: die Lichter eines Bahnwärterhäuschens und drinnen ein Topf auf dem Herd, in dem Kakao heiß gemacht wurde, ein Signal, das auf Grün schaltete, eine lange Linie von altersgeschwärzten Häusern, die starr gegen den kalten Sternenhimmel standen; er sah hinaus, weil ihm nichts anderes übrigblieb, um seine Lippe zu verbergen, aber er sah hinaus wie einer, der etwas gerne aus seinem Blick verschwinden sieht.

2

Mather ging über den Bahnsteig zurück. Er war traurig, daß er Anne verpaßt hatte, aber es war nicht wichtig. Er würde sie in ein paar Wochen wiedersehen. Es war nicht so, daß seine Liebe weniger stark war als ihre, nur wußte er genauer, was er wollte. Er hatte einen Auftrag; wenn er ihn durchzog, dann wurde er vielleicht befördert, und sie konnten heiraten. Ohne Schwierigkeiten wischte er Anne aus seinem Bewußtsein.

Saunders wartete auf der anderen Seite der Sperre. Mather sagte: »Gehen wir.«

»Wohin als nächstes?«

»Zu ›Charlie's‹.«

Sie setzten sich auf den Rücksitz ihres Wagens und tauchten wieder ein in die engen, schmutzigen Straßen hinter dem Bahnhof. Eine Prostituierte streckte ihnen die Zunge heraus. Saunders sagte: »Was ist mit ›J-J-J-Joe's‹?«

»Ich glaube, das bringt nichts, aber wir werden nachsehen.«

Der Wagen hielt zwei Türen von einer Fischbraterei entfernt an. Ein Mann, der neben dem Fahrer saß, stieg aus und wartete auf Instruktionen. »Gehen Sie außen herum zum Hintereingang, Frost«, sagte Mather. Er gab ihm zwei Minuten Zeit, und dann ging er zu dem Fischladen und hämmerte gegen die Tür. Drinnen ging ein Licht an, und Mather konnte durch das Fenster die lange Theke erkennen, den Berg alter Zeitungen und den kalten Grillrost. Die Tür ging einen Spalt auf. Er schob seinen Fuß hinein und drückte sie weit auf. Er sagte: »'n Abend, Charlie« und sah sich um.

»Mr. Mather«, sagte Charlie. Er war fett wie ein orientalischer Eunuch und schwenkte beim Gehen schüchtern die Hüften wie ein Straßenmädchen.

»Ich will mit Ihnen reden«, sagte Mather.

»Oh, ich bin entzückt«, sagte Charlie. »Dort entlang, Mr. Mather. Ich war gerade auf dem Weg ins Bett.«

»Klar doch«, sagte Mather. »Volles Haus gehabt heute abend?«

»Ach, Mr. Mather. Was sind Sie doch für ein Spaßvogel. Nur ein oder zwei Oxford-Boys.«

»Hören Sie. Ich suche nach einem Burschen mit einer Hasenscharte. Ungefähr achtundzwanzig Jahre alt.«

»Den gibt es hier nicht.«

»Dunkler Mantel, schwarzer Hut.«

»Ich kenne ihn nicht, Mr. Mather.«

»Ich würde mich gern mal in Ihrem Keller umsehen.«

»Natürlich, Mr. Mather. Da unten sind nur ein oder zwei Oxford-Boys. Haben sie etwas dagegen, wenn ich vorausgehe? Nur, damit ich Sie vorstellen kann, Mr. Mather.« Er ging die steinernen Stufen voraus. »Ist sicherer.«

»Ich kann auf mich selber aufpassen«, sagte Mather. »Saunders, bleiben Sie im Laden.«

Charlie öffnete eine Tür. »Also, Jungs, keine Angst. Mr. Mather ist ein Freund von mir.« Sie standen nebeneinander am anderen Ende des Raumes und sahen ihn drohend an, die Oxford-Boys mit ihren gebrochenen Nasen, den Blumenkohlohren, den Spuren von Faustkämpfen.

»'n Abend«, sagte Mather. Drinks und Karten waren von den Tischen verschwunden. Schwerfällig stieg er die letzten Stufen in den mit Steinfliesen ausgelegten Raum hinab. Charlie sagte: »Also, Jungs, ihr braucht keine Angst zu haben.«

»Warum holt ihr nicht ein paar Cambridge-Boys in diesen Club?« sagte Mather.

»Ach, was für ein Spaßvogel Sie sind, Mr. Mather.«

Sie verfolgten ihn mit ihren Blicken, während er den Fußboden überquerte; sprechen wollten sie nicht mit ihm; er war »der Feind«. Sie brauchten sich nicht diplomatisch zu verhalten wie Charlie, sie konnten ihren Haß zeigen. Sie beobachteten jede Bewegung, die er machte. Mather sagte: »Was habt ihr da in dem Schrank?« Ihre Blicke folgten ihm, als er auf die Schranktür zuging.

Charlie sagte: »Geben Sie den Jungs eine Chance, Mr. Mather. Sie meinen es nicht böse. Das hier ist ein bestens geführter Club.« Mather zog die Schranktür auf. Vier Frauen kollerten ihm entgegen. Sie sahen aus wie aus dem Spielzeugladen, alle von dem gleichen Hersteller mit ihren glänzenden, spröden Haarschöpfen. Mather lachte. Er sagte: »Jetzt bin ich dran mit Lachen. Das ist wirklich ein Ding, das ich in einem Ihrer Clubs nicht erwartet hätte, Charlie. Gute Nacht, allseits.« Die Mädchen stiegen heraus und klopften sich den Staub ab. Von den Männern sprach niemand.

»Wirklich, Mr. Mather«, sagte Charlie und lief rot an, während er die Stiege hinaufkletterte. »So etwas will ich wirklich in meinem Club nicht haben. Ich weiß nicht, was Sie jetzt denken. Aber die Jungs meinen es nicht böse. Nur, Sie wissen ja, wie das ist. Sie wollen ihre Schwestern nicht gerne allein lassen.«

»Was ist denn das?« sagte Saunders oben an der Treppe.

»Also habe ich ihnen gesagt, sie könnten ihre Schwestern und ihre Mädchen mitbringen, daß sie sich dazusetzen . . .«

»Was ist denn das?« sagte Saunders. »M-M-M-Mädchen?«

»Vergessen Sie es nicht, Charlie«, sagte Mather. »Ein Bursche mit Hasenscharte. Sie sagen mir besser Bescheid, wenn er hier aufkreuzt. Sie möchten doch nicht, daß Ihr Club geschlossen wird.«

»Ist eine Belohnung ausgesetzt?«

»Für Sie gibt es bestimmt eine Belohnung.«

Sie stiegen wieder in ihr Auto. »Lesen Sie Frost auf«, sagte Mather. »Dann zu ›Joe's‹.« Er zog sein Notizbuch heraus und strich den nächsten Namen aus. »Und nach ›Joe's‹ noch zu sechs weiteren –«

»Wir werden nicht vor drei d-d-durch sein«, sagte Saunders.

»Routine. Er ist inzwischen längst aus der Stadt. Aber früher oder später löst er wieder eine Note ein.«

»Fingerabdrücke?«

»Jede Menge. Allein an der Seifenschüssel waren genug, um ein ganzes Album anzulegen. Muß ein Bursche sein, der auf Sauberkeit achtet. Ach, er hat keine Chance. Es ist lediglich eine Frage der Zeit.«

Die Lichter der Tottenham Court Road zuckten über ihre Gesichter. Die Schaufenster der größeren Geschäfte waren noch erleuchtet. »Das ist eine nette Schlafzimmereinrichtung«, sagte Mather.

»Ist eine Menge W-Wirbel, nicht wahr?« sagte Saunders. »Wegen ein paar Banknoten, meine ich. Gibt es vielleicht einen K-K-K . . .«

Mather sagte: »Wenn diese Burschen da drüben so tüchtig wären wie wir, dann gäbe es wohl keinen Krieg. Wir jedenfalls hätten den Mörder inzwischen dingfest gemacht. Dann könnte die ganze Welt sehen, ob die Serben . . . Oh«, sagte er mit weicher Stimme, während sie gerade an ›Heal's‹ vorbeifuhren, einem Leuchten zarter Farben, einem Glanz von Stahl, und ließ seine Phantasie spielen soweit wie möglich, »das wäre eine Aufgabe, an die ich mich gerne heranmachen würde. Einen Mörder fangen, während die ganze Welt zuschaut.«

»Nur ein paar B-Banknoten«, jammerte Saunders.

»Nein, da liegen Sie falsch«, sagte Mather, »es ist die Routine, die zählt. Heute sind es Fünf-Pfund-Noten. Nächstesmal ist es vielleicht etwas Größeres. Aber es ist die Routine, die zählt. So sehe ich das jedenfalls«, sagte er und ließ seine Gedanken, die so fest verankert waren, an ihrer Vertäuung so weit treiben, wie es nur ging, während sie über den St. Giles' Circus in Richtung Seven Dials fuhren und vor jeder Bude hielten, in der der Dieb untergetaucht sein konnte. »Mir macht es nichts aus, ob es Krieg gibt. Wenn er vorbei ist, dann möchte ich noch immer diesen Job hier machen. Es ist die Organisation, die mir gefällt. Ich möchte immer zu der Seite gehören, die die Organisation in der Hand hat. Auf der anderen Seite gibt es vielleicht die Genies, aber man bekommt es auch mit all den schäbigen Gaunern zu tun, mit der Grausamkeit und Selbstsucht und dem Stolz.«

Bis auf den Stolz gab es das alles auch bei »Joe's«, wo sie ihm von ihren leeren Tischen entgegenblickten und ihn den Laden durchsuchen ließen, die Extra-Asse in den Ärmeln, den verwässerten Schnaps an sicherem Ort versteckt, und jeder sah ihn an mit seinem besonderen Ausdruck von Grausamkeit und Geltungsbedürfnis. Vielleicht gab es auch den Stolz irgendwo in einer Ecke, über ein Blatt Papier gebeugt, vertieft in ein endloses Spiel Tick-tack-toe mit sich selber, weil es niemanden in diesem Club gab, mit dem zu spielen er sich herabließ.

Wieder strich Mather einen Namen auf seiner Liste, und sie fuhren weiter Richtung Kensington. Überall in London waren Wagen mit dem gleichen Auftrag unterwegs: Er war Teil einer Organisation. Er wollte kein Anführer sein, er hatte aber auch nicht den Wunsch, sich irgendeinem von Gott gesandten fanatischen Anführer zu unterwerfen, sondern es gefiel ihm, daß er einer von Tausenden war, die mehr oder weniger gleichberechtigt für ein konkretes Ziel arbeiteten – nicht für die Chancengleichheit, nicht für eine Regierung durch das Volk oder eine Regierung der Reichsten oder der Besten, nur einfach für die Abschaffung des Verbrechens, das Unsicherheit bedeutete. Er liebte die Sicherheit, das Gefühl, daß er eines Tages ganz unvermeidlicherweise Anne Crowder heiraten würde.

Aus dem Lautsprecher im Wagen tönte es: »Die Streifenwagen begeben sich zurück in den Bereich von King's Cross für intensivierte Fahndung. Raven ist gegen sieben Uhr abends zum Bahnhof Euston gefahren. Möglicherweise nicht mit der Bahn weitergefahren.« Mather beugte sich zum Fahrer vor: »Rechts ab und zurück zur Euston Station.« Sie waren gerade auf Höhe von Vauxhall. Ein weiterer Streifenwagen kam hinter ihnen her durch den Vauxhall-Tunnel. Mather hob seine Hand, als er überholte. Sie folgten ihm zurück über die Themse. Die mit Flutlicht angestrahlte Uhr am Shell-Mex-Gebäude zeigte halb zwei. Im Glockenturm von Westminster brannte Licht: Das Parlament hatte eine Nachtsitzung, während der die Opposition ihren Kampf gegen eine allgemeine Mobilmachung verlor.

Es war sechs Uhr morgens, als sie wieder zum Embankment zurückkehrten. Saunders war eingeschlafen. Er sagte: »Das ist gut.« Er träumte, daß er keinen Sprachfehler hatte; daß er finanziell unabhängig war; daß er mit einem Mädchen Champagner trank; alles war gut. Mather zählte zusammen, was er notiert hatte; er sagte zu Saunders: »Ganz sicher ist er in einen Zug gestiegen. Das möchte ich wetten –« Dann sah er, daß Saunders schlief, und er zog sich eine Decke über die Knie und fing wieder an nachzudenken. Sie bogen durch das Tor von New Scotland Yard ein.

Mather sah Licht im Zimmer des Chief Inspectors und stieg hinauf.

»Was gibt es zu berichten?« fragte Cusack.

»Nichts. Er muß einen Zug erwischt haben, Sir.«

»Ein bißchen haben wir, an das wir uns halten können. Raven ist jemandem zur Euston Station gefolgt. Wir versuchen, den Fahrer des ersten Wagens zu finden. Und noch etwas, er hat einen Arzt namens Yogel aufgesucht, der ihm seine Lippe operieren sollte. Hat ihm dafür von diesem Geld angeboten. Hantiert noch immer mit dieser Automatic herum. Wir wissen genau Bescheid über ihn. Als Kind hat er in einer Erziehungsanstalt gesteckt. Seitdem war er schlau genug, uns aus dem Weg zu gehen. Ich kann mir nicht vorstellen, warum er jetzt so aus seinem Fahrwasser geraten ist. Ein schlauer Bursche wie er. Er verfolgt eine Spur.«

»Hat er noch viel Geld außer diesen Banknoten?«

»Wir glauben nicht. Haben Sie eine Idee, Mather?«

Der Himmel über der Stadt begann sich zu verfärben. Cusack knipste seine Schreibtischlampe aus und ließ das Zimmer im grauen Licht. »Ich glaube, ich gehe zu Bett.«

»Ich nehme an«, sagte Mather, »daß alle Fahrkartenschalter die Nummern dieser Banknoten haben.«

»Alle.«

»Ich stelle mir vor«, sagte Mather, »daß ich, wenn ich nichts als diese unbrauchbaren Banknoten hätte und einen Schnellzug erwischen wollte –«

»Woher wollen Sie wissen, daß es ein Schnellzug war?«

»Ja, ich weiß nicht, warum ich das gesagt habe, Sir. Oder vielleicht – wenn es ein Personenzug mit vielen Aufenthalten in der Nähe von London gewesen wäre, dann hätte sich sicher schon jemand bei uns gemeldet –«

»Da könnten Sie recht haben.«

»Also, wenn ich einen Schnellzug erwischen wollte, dann würde ich bis zur letzten Minute warten und im Zug zahlen. Ich nehme kaum an, daß die Zugschaffner die Nummern haben.«

»Ich glaube, Sie haben recht. Sind Sie müde, Mather?«

»Nein.«

»Also, ich bin es. Würden sie hierbleiben und Euston, King's Cross und St. Pancras anrufen, jede einzeln? Stellen Sie eine Liste von allen Schnellzügen auf, die nach sieben abgehen. Bitten Sie sie, sie sollen den Strecken entlang alle Bahnstationen anrufen und nachprüfen lassen, ob jemand ohne Fahrkarte unterwegs war und erst im Zug eine gelöst hat. Dann haben wir bald herausgefunden, wo er ausgestiegen ist. Gute Nacht, Mather.«

»Guten Morgen, Sir.« Er nahm es gern genau.

3

Es gab an diesem Tag keine Morgendämmerung in Nottwich. Nebel lag über der Stadt wie ein nächtlicher Himmel ohne Sterne. Die Luft in den Straßen war klar. Man hätte sich nur einbilden müssen, daß es Nacht war. Die erste Straßenbahn kam aus dem Depot gekrochen und zog über ihre stählerne Spur hinunter zum Marktplatz. Eine alte Zeitung flatterte im Wind gegen die Eingangstür des Royal Theatre und breitete sich vor ihr aus. Durch die Straßen am Rande von Nottwich in der Nähe der Zechen trottete ein alter Mann und klopfte mit einem Stock gegen die Fenster. Das Schaufenster des Schreibwarenhändlers in der High Street war voll von Gebetbüchern und Bibeln: Zwischen ihnen lag eine gedruckte Karte, ein Überbleibsel vom Jahrestag des Waffenstillstands, ähnlich wie der alte vergilbte Mohnblumenkranz am Kriegerdenkmal: »Blicke empor und schwöre bei den Gefallenen des Krieges, daß du niemals vergessen wirst.« An der Strecke blinkte ein Signal grünes Licht in den dunklen Tag, und die erleuchteten Waggons zogen langsam am Friedhof vorbei, an der Klebstoffabrik und über den breiten, ordentlich mit Beton eingefaßten Fluß. Von der katholischen Kirche fing eine Glocke an zu läuten. Eine Pfeife ertönte.

Der vollbesetzte Zug fuhr langsam in einen neuen Morgen: Auf allen Gesichtern lag dick der Ruß, alle hatten in ihren Kleidern geschlafen. Mr. Cholmondeley hatte zuviel Süßes gegessen; seine Zähne brauchten eine

Reinigung; sein Atem war süß und muffig. Er steckte den Kopf in den Gang, und Raven drehte ihm sofort den Rücken zu und starrte hinaus auf die Gleise, auf die Güterwagen, beladen mit Kohle aus den heimischen Zechen; aus der Klebstoffabrik wehte ein Geruch von verdorbenem Fisch herüber. Mr. Cholmondeley tauchte wieder in sein Abteil zurück und zur anderen Seite, um herauszubekommen, an welchem Bahnsteig der Zug einfuhr. Er sagte: »Entschuldigen Sie« und trampelte auf Füßen herum; Anne lächelte sanft in sich hinein und hakte gegen seinen Knöchel. Mr. Cholmondeley starrte sie an. Sie sagte: »Es tut mir leid« und fing an, ihr Gesicht mit Puder und Kosmetiktüchern wenigstens so weit in Ordnung zu bringen, daß sie den Gedanken an das Royal Theatre ertragen konnte, an die kleinen Garderoben und die Ölheizung, an die Rivalitäten und an die Skandale.

»Würden Sie mich wohl vorbeilassen«, sagte Mr. Cholmondeley grimmig, »ich steige hier aus.«

Raven sah sein Spiegelbild im Fenster hinabsteigen. Aber er wagte es nicht, ihm direkt zu folgen. Ihm war fast, als habe ihm über viele Meilen durch den Nebel, über die weiten Felder und Wälder und über die Häuser und Vorstädte bis hinein in die Stadt eine Stimme zugeraunt: »Irgend jemand ohne Fahrkarte?« Das ging ihm durch den Kopf, als er da stand mit dem weißen Streifen Papier, den ihm der Schaffner in die Hand gedrückt hatte. Er öffnete die Tür und sah zu, wie die Fahrgäste an ihm vorbei der Sperre entgegenströmten. Er brauchte Zeit, und dieses Papier in der Hand würde ihn zu schnell identifizieren. Er brauchte Zeit, und jetzt wurde ihm klar, daß er nicht einmal mehr einen Tag hatte. Sie würden jede Pension, jede Unterkunft in Nottwich aufsuchen; er konnte nirgendwo bleiben.

Dann, beim Spielautomaten auf Bahnsteig 2, Ankunftsseite, kam ihm die Idee, die ihn endgültig in das Leben anderer Menschen verwickelte und die Welt vernichtete, in der er alleine unterwegs gewesen war.

Die meisten Fahrgäste waren schon fort, nur ein Mädchen wartete noch an der Tür zum Buffet auf die Rückkehr eines Trägers. Er ging auf sie zu und sagte: »Kann ich helfen und Ihnen das Gepäck tragen?«

»Oh, wenn Sie mögen«, sagte sie. Er stand mit etwas gebeugtem Kopf vor ihr, so daß sie seine Lippe nach Möglichkeit nicht sah.

»Wie wäre es mit einem Sandwich?« sagte er. »Es war eine anstrengende Reise.«

»Ist denn offen«, sagte sie, »so früh?«

Er griff nach der Tür. »Ja, es ist offen.«

»Ist das eine Einladung?« sagte sie. »Zahlen Sie?«

Er sah sie mit leiser Überraschung an: ihr Lächeln, das kleine, nette Gesicht mit den etwas zu weit auseinanderstehenden Augen; er war mehr die abwesend-routinierten Liebkosungen der Prostituierten gewöhnt als diese natürliche Freundlichkeit, diese eher verborgene und verzweifelte Heiterkeit. Er sagte: »O ja. Das ist meine Sache.« Er trug ihr Gepäck hinein und klopfte auf die Theke. »Was nehmen Sie?« fragte er. In dem bleichen Licht der elektrischen Kugellampe hielt er den Rücken zu ihr gekehrt; er wollte sie noch nicht erschrecken.

»Es gibt eine reiche Auswahl«, sagte sie. »Süße Brötchen, Penny-Kuchen, trockene Uralt-Biskuits, Schinken-Sandwiches. Ich hätte gern ein Schinken-Sandwich und eine Tasse Kaffee. Oder brechen dann Ihre Finanzen zusammen? Wenn ja, lassen Sie den Kaffee weg.«

Er wartete, bis das Mädchen hinter der Theke wieder gegangen war und bis ihr Mund mit Schinken-Sandwich gefüllt war, so daß sie nicht in der Lage war zu schreien. Dann drehte er ihr sein Gesicht zu. Es brachte ihn aus der Fassung, daß sie keinerlei Widerwillen zeigte, sondern lächelte, soweit das ihr voller Mund erlaubte. Er sagte: »Ich will Ihre Fahrkarte haben. Die Polizei ist hinter mir her. Ich werde alles tun, um Ihre Fahrkarte zu bekommen.«

Sie schluckte das Brot herunter und fing an zu husten. Sie sagte: »Um Himmels willen, klopfen Sie mir auf den

Rücken.« Er hätte ihr fast gehorcht; sie hatte ihn durcheinandergebracht; er war kein normales Leben gewöhnt, und es zerrte an seinen Nerven. Er sagte: »Ich habe eine Waffe« und fügte stockend hinzu: »Ich gebe Ihnen das hier dafür.« Er legte den Streifen Papier auf die Theke, und sie las, während sie weiter hustete. »Erste Klasse. Bis nach – Wieso, da bekomme ich ja noch etwas ersetzt. Das nenne ich einen guten Tausch, aber warum die Waffe?«

Er sagte: »Die Fahrkarte.«

»Hier.«

»Also«, sagte er, »Sie verlassen jetzt mit mir den Bahnhof. Ich gehe keinerlei Risiko ein.«

»Warum essen Sie nicht erst noch Ihr Schinken-Sandwich auf?«

»Seien Sie still«, sagte er. »Ich habe keine Zeit, mir Ihre Scherze anzuhören.«

Sie sagte: »Ich mag männliche Männer. Ich heiße Anne. Wie heißen Sie?« Vom Zug draußen kam ein Pfiff, die Wagen setzten sich in Bewegung, eine lange Lichterreihe schob sich zurück in den Nebel, der Dampf quoll über den Bahnsteig. Raven ließ sie für einen Moment aus den Augen; sie hob ihre Tasse und schüttete ihm den heißen Kaffee ins Gesicht. Der Schmerz trieb ihn zurück, die Hände vor den Augen; er stöhnte wie ein Tier; das war Schmerz. Das gleiche hatte der alte Kriegsminister empfunden, seine Sekretärin, sein eigener Vater, als die Falltür aufging und das Gewicht seines Körpers den Hals erfaßte. Mit der rechten Hand tastete er nach der Automatic, er saß mit dem Rücken zur Tür; die Menschen trieben ihn in etwas hinein, damit er den Kopf verlor. Er brachte sich unter Kontrolle; er besiegte den heftigen Schmerz im Gesicht und den Drang zu töten. Er sagte: »Ich habe meine Waffe auf Sie gerichtet. Nehmen Sie Ihr Gepäck da. Gehen Sie vor mir hinaus, mit der Karte.«

Sie gehorchte ihm, stolperte unter dem Gewicht. Der Kontrolleur sagte: »Anders entschlossen? Damit könnten Sie bis Edinburgh fahren. Wollen Sie die Fahrt unterbrechen?«

»Ja«, sagte sie, »ja. Genau.« Er holte einen Stift hervor und fing an, auf dem Papier zu schreiben. Anne kam eine Idee: Sie wollte dafür sorgen, daß er sich an sie und an den Fahrschein erinnerte. Vielleicht würden Nachforschungen angestellt. »Nein«, sagte sie, »ich lasse es. Ich glaube nicht, daß ich noch weiterfahre. Ich bleibe hier«, und sie ging durch die Sperre und dachte: Das wird er nicht gleich vergessen.

Es ging die lange Straße zwischen den kleinen, staubigen Häusern hinab. Ein Milchwagen klapperte um die Ecke und verschwand aus dem Blickfeld. Sie sagte: »Also, kann ich jetzt gehen?«

»Glauben Sie, ich bin verrückt?« sagte er bitter. »Gehen Sie weiter.«

»Vielleicht nehmen Sie eine von diesen Taschen.« Sie stellte eine auf die Straße nieder und ging weiter; er mußte sie aufheben. Sie war schwer, er trug sie in der linken Hand, er brauchte die rechte für die Automatic.

Sie sagte: »Der Weg hier führt nicht nach Nottwich. Wir hätten an der Ecke nach rechts abbiegen müssen.«

»Ich weiß, wohin wir gehen.«

»Ich wünschte, ich wüßte es auch.«

Die kleinen Häuser zogen sich endlos hin in dem Nebel. Es war noch sehr früh. Eine Frau kam an die Tür und holte die Milch herein. Hinter einem Fenster sah Anne einen Mann, der sich rasierte. Sie wollte ihm etwas zuschreien, aber er war wie aus einer anderen Welt; sie konnte sich vorstellen, wie er sie mit bösem Blick anstarren, wie sein Gehirn langsam zu arbeiten beginnen würde, bevor er merkte, daß etwas nicht in Ordnung war. Sie gingen weiter, Raven einen Schritt hinter ihr. Sie fragte sich, ob er wohl bluffte; man mußte aus sehr ernsten Gründen hinter ihm her sein, wenn er tatsächlich bereit war zu schießen.

Sie sprach ihren Gedanken laut aus: »Ist es Mord?« Und wie ihr diese kecke Frage herausrutschte, wie sie sie ängstlich flüsterte, das klang Raven irgendwie vertraut, freundlich in den Ohren: Mit Angst wußte er umzugehen. Sie hatte seit zwanzig Jahren in seinem Inneren gelebt. Es war der Normalfall, mit dem er nicht fertig werden konnte. Er antwortete leichthin: »Nein, deswegen werde ich nicht gesucht.«

Herausfordernd antwortete sie: »Dann würden Sie es nicht wagen zu schießen«, aber er hatte die Antwort darauf parat, die immer überzeugte, weil es die Wahrheit war: »Ich gehe in kein Gefängnis. Lieber lasse ich mich hängen. Mein Vater wurde auch gehängt.«

Sie fragte wieder: »Wohin gehen wir?«, und dabei sah sie sich dauernd nach einer Chance um zu entkommen. Er gab keine Antwort.

»Kennen Sie sich hier aus?« Aber er hatte alles gesagt. Und plötzlich war die Chance da: vor einem kleinen Schreibwarenladen, an dem die Zeitungsplakate lehnten – ein Polizist; er betrachtete die billigen Notizblöcke, die Federhalter und Tintenflaschen. Sie spürte, wie Raven noch näher an sie herantrat, es ging alles zu schnell, sie hatte gar keine Zeit, einen Entschluß zu fassen, da waren sie schon an dem Polizisten vorbei und weiter die schäbige Straße hinunter. Jetzt war es zu spät zu schreien; er war fast zehn Meter entfernt; es gab keine Rettung mehr. Mit leiser Stimme sagte sie: »Es *muß* Mord sein.«

Daß sie es wiederholte, stachelte ihn zum Reden an. »So ist das mit eurer Gerechtigkeit. Immer das Schlimmste annehmen. Sie haben mir einen Raub untergeschoben, und ich weiß nicht einmal, wo das Geld gestohlen wurde.« Ein Mann trat aus einer Kneipe und fing an, die Stufen mit einem nassen Tuch zu wischen; sie konnten den gebratenen Speck riechen; die Koffer zogen an ihren Armen. Raven konnte die Hände nicht wechseln, weil er fürchtete, die Automatic sonst nicht mehr im Griff zu haben. Er sagte: »Wenn ein Mensch häßlich geboren wird, bekommt er nie eine Chance. Es fängt in der Schule an. Es fängt schon vorher an.«

»Was ist mit Ihrem Gesicht nicht in Ordnung?« fragte sie mit bitterer Heiterkeit. Wenn er sprach, konnte es eine Hoffnung für sie geben. Es mußte schwerer sein, jemanden zu ermorden, zu dem man irgendeine Beziehung hatte.

»Natürlich meine Lippe.«

»Was ist mit Ihrer Lippe?«

Er sagte verwundert: »Wollen Sie damit sagen, Sie haben sie nicht bemerkt –?«

»Ach«, sagte Anne, »ich nehme an, Sie meinen Ihre Hasenscharte. Ich habe schon schlimmere Dinge gesehen.« Sie hatten die kleinen, schmutzigen Häuser hinter sich gelassen. Sie las den Namen der neuen Straße: Shakespeare Avenue. Hellrote Ziegelsteine und Tudor-Giebel und Teilfachwerk, Türen mit Buntglasscheiben, feinere Namen. Diese Häuser repräsentierten etwas Schlimmeres als die Niedrigkeit der Armut, nämlich die Niedrigkeit des Geistigen. Sie befanden sich jetzt ganz am Rande von Nottwich, wo Bauspekulanten ihre Eigenheime auf Teilzahlungsbasis hochzogen. Anne kam der Gedanke, daß er sie hierher geführt hatte, um sie in den narbigen Feldern hinter der Wohnsiedlung umzubringen, dort, wo sie das Gras in den lehmigen Boden getrampelt hatten und Baumstümpfe die letzten Zeichen dafür waren, daß hier ein alter Wald gewesen war. Sie stapften weiter und kamen an einem Haus mit offener Tür vorbei, das von Interessenten jederzeit betreten und besichtigt werden konnte, vom kleinen rechtwinkligen Wohnzimmer bis zum kleinen rechtwinkligen Schlafzimmer und dem Badezimmer und Klosett am Treppenabsatz. Ein großes Plakat verkündete: »Treten Sie ein, und besichtigen Sie ein ›Cozyholme‹. Zehn Pfund Anzahlung, und das Haus gehört Ihnen.«

»Haben Sie vor, ein Haus zu kaufen?« sagte sie mit verzweifelter Lustigkeit.

Er sagte: »Ich habe hundertundneunzig Pfund in der Tasche und könnte mir mit ihnen nicht einmal eine Schachtel Streichhölzer kaufen. Ich sage Ihnen, man hat mich übers Ohr gehauen. Ich habe dieses Geld nie gestohlen. Ein Schweinehund hat es mir gegeben.«

»Wie großzügig.«

Er stockte, als sie vor dem »Sleepy Nuik« ankamen. Es war so neu, daß die Fensterscheiben noch nicht von der Malerfarbe gereinigt waren. Er sagte: »Es war für einen Auftrag, den ich ausgeführt habe. Ich habe ihn gut ausgeführt. Er hätte mich ordentlich bezahlen müssen. Ich bin ihm hierher gefolgt. Einem Schweinehund namens Cholmondeley.«

Er schob sie durch das Gartentor des »Sleepy Nuik«, den noch nicht verlegten Weg hinauf und hinten herum zur Hintertür. Sie waren hier an der Nebelgrenze: Es war, als befänden sie sich an der Grenze zwischen Tag und Nacht; in langen Schwaden zerfloß der Nebel nach oben in den grauen Winterhimmel. Er stemmte sich mit der Schulter gegen die Hintertür, und das Schloß sprang sofort aus dem billigen, angefaulten Holzrahmen des kleinen Puppenhauses. Sie standen in der Küche, offene Drähte, die auf ihre Anschlüsse für die Beleuchtung, und Rohre, die auf ihren Gasanschluß warteten. »Gehen Sie da hinüber zur Wand«, sagte er, »wo ich Sie im Auge behalten kann.«

Er setzte sich auf den Fußboden, die Pistole in der Hand. Er sagte: »Ich bin müde. Die ganze Nacht habe ich gestanden in dem Zug. Ich kann nicht mehr ordentlich denken. Ich weiß nicht, was ich mit Ihnen machen soll.«

Anne sagte: »Ich haben einen Job hier. Ich habe keinen Penny, wenn ich die Stelle verliere. Ich gebe Ihnen mein Wort, daß ich nichts sage, wenn Sie mich gehen lassen.« Ohne Hoffnung fügte sie hinzu: »Aber Sie glauben mir ja doch nicht.«

»Mit dem Worthalten nehmen es die Leute bei mir nicht so genau«, sagte Raven. Er brütete düster in seiner staubigen Ecke vor dem Spülstein vor sich hin. Er sagte: »Für eine Weile bin ich hier sicher, solange Sie auch hier sind.« Er faßte sich mit der Hand ans Gesicht und zuckte vor Schmerz wegen der Brandwunde zurück. Anne machte eine Bewegung. Er sagte: »Rühren Sie sich nicht. Ich schieße, wenn Sie sich rühren.«

»Könnte ich mich nicht hinsetzen?« sagte sie. »Ich bin auch müde. Ich muß den ganzen Nachmittag noch auf den Beinen sein.«

Doch während sie sprach, sah sie sich schon als Bündel in einem Schrank, noch feucht vom Blut. Sie fügte hinzu: »Als Chinesin kostümiert. Ich singe.« Aber er hörte ihr nicht zu; er machte seine eigenen Pläne in seiner eigenen Düsterkeit. Sie versuchte, sich mit dem erstbesten Lied, das ihr einfiel, Mut zu machen, summte die Melodie, weil es sie an Mather erinnerte, an die lange Fahrt nach Hause und an das »Bis morgen«:

»'s ist ein Garten nur für dich,
doch das Paradies für mich,
Blaue Blüten sind's für dich,
doch deiner Augen Blau für mich.«

Er sagte: »Die Melodie habe ich schon gehört.« Er konnte sich nicht erinnern, wo: Er erinnerte sich an eine dunkle Nacht und an kalten Wind und Hunger und das Kratzen einer Nadel. Es war, als schneide ihm etwas Kaltes und Scharfes mit heftigem Schmerz in sein Herz. Er saß da unter dem Spülstein mit der Automatic in der Hand und fing an zu weinen. Man hörte keinen Laut, die Tränen schienen ihm wie von selber aus den Augenwinkeln zu fließen. Anne bemerkte es eine Zeitlang gar nicht, während sie weiter ihr Lied summte. *»Sie erzählten, ein Mann hätt' die Schneeblüte heut' aus dem kühlen Grönland gebracht«*. Dann sah sie es. Sie sagte: »Was ist los?«

Raven sagte: »Bleiben Sie an der Wand oder ich schieße.«

»Sie sind ziemlich fertig.«

»Es geht Sie nichts an.«

»Also ich nehme doch an, daß ich ein Mensch bin«, sagte Anne. »Bis jetzt haben Sie mir noch nichts getan.«

Er sagte: »Es hat überhaupt keine Bedeutung. Ich bin nur müde.« Er sah sich die staubigen Bretter in der unfertigen Küche an. Er versuchte zu prahlen. »Ich bin es leid, in Hotels zu leben. Ich würde die Küche gerne fertig machen. Ich habe mal Elektriker gelernt. Ich habe eine Ausbildung.« Er sagte: »›Sleepy Nuik‹. Das ist ein schöner Name, wenn man müde ist. Schlummerecke. Aber sie haben ›Nook‹ falsch geschrieben.«

»Lassen Sie mich gehen«, sagte Anne. »Sie können mir vertrauen. Ich sage kein Wort. Ich weiß nicht einmal, wer Sie sind.«

Er lachte verächtlich. »Ihnen vertrauen. Ich würde ja gerne. Wenn Sie dann in die Stadt gehen, werden Sie meinen Namen in den Zeitungen lesen und dazu meine Beschreibung, was ich für Kleider trage, wie alt ich bin. Ich habe das Geld nie gestohlen, aber *ich* kann keine Beschreibung von dem Mann in die Blätter setzen lassen, hinter dem ich her bin: Cholmondeley, Beruf: Betrüger, fett, trägt einen Smaragdring ...«

»Ach«, sagte sie, »ich glaube, mit so einem Mann bin ich hierher gefahren. Ich hätte nicht gedacht, daß er die Nerven hat ...«

»Oh, er ist nur der Mittelsmann«, sagte Raven, »aber wenn ich ihn fände, dann könnte ich die Namen aus ihm herausquetschen ...«

»Warum stellen Sie sich nicht? Erzählen der Polizei, was passiert ist?«

»Das ist eine großartige Idee, wirklich. Ihr erzählen, daß es Cholmondeleys Freunde waren, die den alten Tschechen haben umbringen lassen. Sie sind ein aufgewecktes Mädchen.«

»Den alten Tschechen?« schrie sie auf. Ein bißchen mehr Licht fiel in die Küche, während der Nebel über der Siedlung und den verwüsteten Feldern hochstieg. Sie sagte: »Sie meinen doch nicht den, von dem alle Zeitungen voll sind?«

»Genau«, sagte er mit düsterem Stolz.

»Sie kennen den Mann, der ihn erschossen hat?«

»So gut wie mich selber.«

»Und Cholmondeley ist darin verwickelt ... Heißt das nicht – daß alle total im Irrtum sind?«

»Sie wissen überhaupt nichts davon, die Zeitungen. Wie sollen sie etwas berichten, wenn sie nichts erfahren?«

»Und Sie und Cholmondeley wissen Bescheid. Dann wird es am Ende gar keinen Krieg geben, wenn Sie Cholmondeley finden.«

»Es interessiert mich verdammt wenig, ob es Krieg gibt oder nicht. Ich möchte nur wissen, wer das ist, der mich übers Ohr gehauen hat. Ich möchte es ihm heimzahlen«, erklärte er und sah zu ihr auf, die Hand über dem Mund, um seine Lippe zu verbergen, und ihm fiel auf, daß sie jung und blühend und niedlich war, aber er sah das mit kaum mehr persönlichem Interesse, als ein räudiger Wolf in seinem Käfig zeigt, wenn auf der anderen Seite des Gitters eine saubere, gut genährte Hündin steht. »Ein Krieg wäre kein Schaden für die Menschen«, sagte er. »Er wird ihnen zeigen, was mit ihnen wirklich los ist, was für Menschen sie sind. Ich weiß Bescheid. Für mich war dauernd Krieg.« Er tastete nach der Automatic. »Das einzige, was mir Sorgen macht, ist die Frage, wie ich Sie für vierundzwanzig Stunden ruhighalte.«

Sie sagte atemlos: »Sie würden mich doch nicht töten, oder?«

»Wenn es der einzige Weg ist«, sagte er. »Lassen Sie mich einen Augenblick nachdenken.«

»Aber ich wäre doch auf Ihrer Seite«, flehte sie ihn an und blickte sich auf allen Seiten nach einem Wurfgegenstand um, nach einer Möglichkeit, sich in Sicherheit zu bringen.

»Auf meiner Seite ist niemand«, sagte Raven. »Das habe ich erfahren. Selbst dieser Gauner von einem Doktor ... Sehen Sie – ich bin häßlich. Ich kann nicht so tun, als wäre ich einer von Ihren hübschen Freunden. Aber ich habe eine Erziehung genossen. Ich habe mir über die Dinge Klarheit verschafft.« Schnell sagte er: »Ich verschwende hier die Zeit. Ich muß los.«

»Was haben Sie vor?« fragte sie und rappelte sich auf.

»Oh«, sagte er mit einem Ton der Enttäuschung, »Sie haben wieder Angst. Sie waren großartig, als Sie keine Angst hatten.« Er sah sie durch die Küche an und zielte mit der Automatic auf ihre Brust. Er drang in sie. »Sie brauchen keine Angst zu haben. Diese Lippe –«

»Ihre Lippe macht mir nichts aus«, sagte sie verzweifelt. »Sie sind kein schlechtaussehender Mann. Sie sollten ein Mädchen haben. Sie würde Ihnen beibringen, sich wegen dieser Lippe keine Sorgen mehr zu machen.«

Er schüttelte den Kopf. »Sie reden so, weil Sie Angst haben. So kriegen Sie mich nicht herum. Pech für Sie, daß ich Sie herausgefischt habe. Sie sollten sich nicht so vor dem Tod fürchten. Wir müssen alle sterben. Wenn Krieg ist, sterben Sie so oder so. Es geht plötzlich und schnell: Es tut nicht weh«, sagte er und dachte an den zerschmetterten Schädel des alten Mannes – so war der Tod: nicht schwerer, als ein Ei zu köpfen.

Sie flüsterte: »Haben Sie vor, mich zu erschießen?«

»O nein, nein«, sagte er und versuchte, sie zu beruhigen. »Drehen Sie sich um und gehen zur Tür dort. Wir werden schon einen Raum finden, in dem ich Sie für ein paar Stunden einschließen kann.« Er richtete seinen Blick fest auf ihren Rücken; er wollte sie präzise treffen: Er wollte ihr nicht weh tun.

Sie sagte: »So schlecht sind Sie nicht. Vielleicht wären wir Freunde geworden, wenn wir uns nicht auf diese Weise kennengelernt hätten. Wenn das hier der Bühneneingang wäre. Haben Sie schon einmal ein Mädchen am Bühneneingang getroffen?«

»Ich?« sagte er. »Nein. Keine würde mich anschauen.«

»Sie sind nicht häßlich«, sagte sie. »Mir wäre diese Lippe lieber als so ein Blumenkohlohr wie bei all diesen Kerlen, die von sich denken, wie hart sie sind. Wenn sie ihre Boxer-Shorts anhaben, drehen die Mädchen durch. Aber im Smoking sehen sie einfach albern aus.« Raven dachte: Wenn ich sie hier erschieße, kann jeder sie durch das Fenster sehen; ich erschieße sie oben im Badezimmer. Er sagte: »Gehen Sie. Marsch.«

Sie sagte: »Lassen Sie mich am Nachmittag gehen. Bitte. Ich verliere meinen Job, wenn ich nicht im Theater bin.«

Sie kamen in den kleinen Vorraum. Die Wände glänzten, und es roch nach Farbe. Sie sagte: »Ich besorge Ihnen eine Karte für die Vorstellung.«

»Gehen Sie weiter«, sagte er, »die Treppe hinauf.«

»Es lohnt sich, sie anzusehen. Alfred Bleek als Witwe Twankey.« Vom Treppenabsatz ging es nur zu drei Türen: Eine von ihnen hatte Mattglasscheiben. »Öffnen Sie die Tür«, sagte er, »und gehen Sie da hinein.« Er beschloß, sie in den Rücken zu schießen, sobald sie über die Schwelle war; dann mußte er nur noch die Tür schließen, und man konnte sie nicht mehr sehen. Eine dünne, ältliche Stimme flüsterte in seiner Erinnerung verzweifelt durch eine geschlossene Tür. Erinnerungen hatten ihn nie verstört. Der Tod machte ihm nichts aus; es war verrückt, Angst vor dem Tod zu haben, in dieser nackten, winterkalten Welt. Er sagte heiser: »Sind Sie glücklich? Ich meine, lieben Sie Ihren Job?«

»Oh, nicht den Job«, sagte sie. »Aber mit dem Job geht es ja nicht ewig weiter. Glauben Sie nicht, daß mich einmal jemand heiraten wird? Ich hoffe es.«

Er flüsterte: »Gehen Sie hinein. Schauen Sie aus dem Fenster.« Der Finger berührte den Abzug. Sie ging gehorsam vorwärts; er hob die Automatic, seine Hand zitterte nicht, er sagte zu sich selbst, sie würde nichts spüren. Der Tod war nichts, wovor sie Angst haben mußte. Sie hatte ihre Handtasche unter dem Arm vorgezogen; ihm fiel ihre merkwürdige ausgefallene Form auf; ein kreisförmiges, in sich verschlungenes Glasornament auf der Seite mit den silberfarbenen Initialen A.C.; sie wollte ihr Make-up erneuern.

Eine Tür fiel zu, und eine Stimme sagte: »Verzeihen Sie mir, daß Sie meinetwegen so früh hier heraus mußten, aber ich habe bis in den späten Abend im Büro zu tun ...«

»Das geht in Ordnung, das geht in Ordnung, Mr. Graves. Na, ist das nicht ein gemütliches kleines Haus?«

Er ließ die Pistole sinken, als Anne sich umdrehte. Sie flüsterte atemlos: »Kommen Sie schnell herein.« Er gehorchte ihr, er begriff nicht, er war noch immer bereit zu schießen, wenn sie anfinge zu schreien.

Sie sah die Automatic und sagte: »Stecken Sie sie weg. Sie bekommen nur Ärger damit.«

Raven sagte: »Ihr Gepäck ist in der Küche.«

»Ich weiß. Sie sind durch die Vordertür gekommen.«

»Gas- und Stromleitungen sind gelegt«, sagte eine Stimme. »Zehn Pfund Anzahlung; Sie unterschreiben über der gestrichelten Linie und bringen Ihre Möbel her.«

Eine pedantische Stimme, die zu einem Kneifer, steifem Kragen und dünnen blonden Haaren paßte, sagte: »Natürlich muß ich darüber noch nachdenken.«

»Kommen Sie, und schauen Sie sich oben um, Mr. Graves.«

Sie hörten sie durch den Vorraum gehen und die Treppe heraufklettern, wobei der Makler ununterbrochen redete. Raven sagte: »Ich schieße, wenn sie –«

»Seien Sie still«, sagte Anne. »Nicht reden. Hören Sie. Haben Sie diese Banknoten? Geben Sie mir zwei.« Als er zögerte, flüsterte sie drängend: »Wir müssen etwas versuchen.« Der Makler und Mr. Graves waren jetzt im größeren Schlafzimmer. »Sie müssen es sich mit blumenbedrucktem Chintz vorstellen, Mr. Graves«, sagte der Makler.

»Sind die Wände schallgedämmt?«

»Mit einem Spezialschutz. Schließen Sie die Tür.« Die Tür ging zu, und die Stimme des Maklers wurde dünner, blieb aber vernehmlich. »Und im Gang könnten Sie absolut nichts hören. Diese Häuser wurden speziell für ganze Familien gebaut.«

»Und jetzt«, sagte Mr. Graves, »würde ich gerne das Badezimmer sehen.«

»Rühren Sie sich nicht«, drohte Raven.

»Ach, stecken Sie ihn weg«, sagte Anne, »und nehmen Sie sich zusammen.« Sie schloß die Badezimmertür hinter sich und ging zu der Tür, die ins Schlafzimmer führte. Sie ging auf, und der Makler sagte im flotten Ton, wie man ihn aus allen Bars von Nottwich kannte: »Schau, was haben wir denn da?«

»Ich kam vorbei«, sagte Anne, »und fand die Tür offen. Ich hatte vor, mich mit Ihnen zu treffen, aber ich habe nicht geglaubt, daß Sie schon so früh heraußen sind.«

»Immer zur Stelle für eine junge Dame«, sagte der Makler.

»Ich möchte dieses Haus kaufen.«

»Na, hören Sie mal«, sagte Mr. Graves, ein junger Mann in schwarzem Anzug und mit einem alten Gesicht, in dessen blassen, jähzornigen Zügen der Gedanke an Säuglinge in säuerlich riechenden Zimmern und an niemals genügenden Schlaf stand. »Das können Sie nicht machen. Ich schaue mir dieses Haus gerade an.«

»Mein Mann hat mich geschickt, es zu kaufen.«

»Ich war als erster da.«

»Haben Sie es gekauft?«

»Ich muß es mir doch vorher erst anschauen, oder?«

»Hier«, sagte Anne und zeigte zwei Fünf-Pfund-Noten. »Nun habe ich nur noch ...«

»... auf der gestrichelten Linie zu unterzeichnen«, sagte der Makler.

»Geben Sie mir Zeit«, sagte Mr. Graves. »Mir gefällt dieses Haus.« Er ging zum Fenster. »Ich mag den Blick.« Sein blasses Gesicht starrte hinaus auf die zerwühlten Felder, die sich unter dem nachlassenden Nebel bis zu den Schlackenbergen am Horizont erstreckten. »Es ist ländlich-ruhig«, sagte Mr. Graves. »Es wird gut für die Kinder sein und für die Frau.«

»Es tut mir leid«, sagte Anne, »aber Sie sehen, ich bin bereit, zu zahlen und zu unterschreiben.«

»Referenzen?« sagte der Makler.

»Die bringe ich am Nachmittag mit.«

»Darf ich Ihnen ein anderes Haus zeigen, Mr. Graves?« Der Makler machte einen kleinen Rülpser und entschuldigte sich. »Ich bin es nicht gewohnt, schon vor dem Frühstück in Geschäften unterwegs zu sein.«

»Nein«, sagte Mr. Graves, »wenn ich das hier nicht kriege, will ich gar keines.« Bleich und bedrückt pflanzte er sich im Schlafzimmer des »Sleepy Nuik« auf und zeigte seine Entschlossenheit, das Schicksal herauszufordern, eine Herausforderung, die, wie er aus langer und bitterer Erfahrung wußte, stets angenommen wurde.

»Also«, sagte der Makler, »dies hier können Sie nicht bekommen. Wer als erster kommt, wird auch als erster bedient.«

Mr. Graves sagte: »Guten Morgen« und trug seinen mitleiderregenden, schmalbrüstigen Stolz wieder die Treppe hinunter; so konnte er zumindest behaupten, daß er, wenn er auch immer zu spät dran war, um das zu bekommen, was er sich wirklich wünschte, jedenfalls keinen Ersatz akzeptiert hatte.

»Ich komme mit Ihnen in Ihr Büro«, sagte Anne, »jetzt gleich«, und sie nahm den Makler am Arm, drehte dem Badezimmer den Rücken zu, wo der dunkle, an die Wand gedrückte Mann stand und mit der Pistole in der Hand wartete, und ging die Treppe hinunter und hinaus in den trüben Tag, der für sie wie der schönste Sommertag war, weil sie nun wieder in Sicherheit war.

4

»Und was sagte Aladin,
als er Peking sah?«

Gehorsam scharrte die lange Reihe im Tanzschritt mit den Füßen, beugte sich in müder Munterkeit nach vorne, klatschte sich auf die Knie und wiederholte ihr »*Chin Chin*«. Sie probten jetzt seit fünf Stunden.

»Es will nicht klappen. Da sprüht überhaupt nichts. Noch einmal von vorne.«

»Und was sagte Aladin, ...«

»Wie viele von euch haben sie bis jetzt auf dem Gewissen?« keuchte Anne. »*Chin Chin*.«

»Ach, ein halbes Dutzend.«

»Ich bin froh, daß ich erst in letzter Minute dazugekommen bin. Das hier vierzehn Tage lang! Nein, danke.«

»Können Sie nicht ein bißchen *Kunst* in das Ganze bringen?« flehte der Regisseur sie an. »Ein bißchen mehr Stolz. Das ist hier kein Kasperletheater.«

»Und was sagte Aladin ...«

»Du siehst erschöpft aus.«

»Du siehst auch nicht allzu gut aus.«

»Hier geht alles so schnell.«

»Noch einmal, Girls, und dann machen wir die Szene mit Miss Maydew.«

»Und was sagte Aladin,
als er Peking sah?«

»Das sagst du nicht mehr, wenn du erst eine Woche hier bist.«

Miss Maydew saß seitlich in der ersten Reihe und hatte die Füße auf den nächsten Sitz gelegt. Sie trug ein Tweedkostüm und gab sich distanziert und hochnäsig. Ihr richtiger Name war Binns, und ihr Vater war ein Lord Fordhaven. Sie sagte mit einer Art penetranter Vornehmtuerei zu Alfred Bleek: »Ich sagte, ich will nicht vorgeführt werden.«

»Wer ist der Bursche da hinter den Sperrsitzen?« flüsterte Anne. Für sie war es nur ein Schatten.

»Ich weiß nicht. War noch nie hier. Einer von denen, die das Geld aufgebracht haben, nehme ich an, und der jetzt einen Blick auf uns werfen will.« Sie fing an, den Mann zu mimen: »Würden sie mich den Girls wohl vorstellen, Mr. Collier? Ich möchte mich bei ihnen dafür bedanken, daß sie so hart arbeiten, damit die Aufführung ein Erfolg wird. Wie denken Sie über ein kleines Dinner, Fräuleinchen?«

»Hör auf zu schwätzen, Ruby, und mach weiter«, sagte Mr. Collier.

»Und was sagte Aladin,
als er Peking sah?«

»In Ordnung. So geht es.«

»Bitte, Mr. Collier«, sagte Ruby, »darf ich Sie etwas fragen?«

»Jetzt, Miss Maydew, Ihre Szene mit Mr. Bleek. Also, was wollen Sie wissen?«

»Was *hat* Aladin denn nun gesagt?«

»Ich wünsche Disziplin«, sagte Mr. Collier, »und ich werde für Disziplin sorgen.« Er war ziemlich kurz gewachsen mit grimmigem Blick, strohfarbenem Haar und einem zurückweichenden Kinn. Er lugte dauernd über seine Schulter zurück in der Befürchtung, daß jemand von hinten auf ihn losgehen könnte. Er war kein guter Regisseur; seine Berufung dankte er irgendwelchen verwickelten Verhältnissen, bei denen das eine Rädchen ins andere griff. Irgendwer schuldete irgendwem eine Summe Geld, und der hatte einen Neffen ... Aber Collier war noch gar nicht der Neffe: Es gab noch eine ganze Reihe Rädchen, ehe man bei Mr. Collier ankam. Irgendwo hatte auch Miss Maydew ihren Platz in dem Räderwerk, aber die Reihe war so lang, daß man sie nicht verfolgen konnte. So entstand in einem die undeutliche Vorstellung, Mr. Collier müsse seine Berufung seinen Verdiensten verdanken. Miss Maydew behauptete so etwas für sich nicht. Sie schrieb dauernd kleine Artikel für die billigen Frauenblätter über »Harte Arbeit als der einzige Schlüssel zum Bühnenerfolg«. Sie zündete sich eine Zigarette an und sagte: »Sprechen Sie mit *mir*?« Sie sagte zu Alfred Bleek, der einen Smoking trug und dazu einen roten gestrickten Schal um die Schultern: »Ich wollte von dem allen weg, den ewigen Royal Garden Parties und so weiter.«

Er sagte: »Fernzubleiben galt es all den ... königlichen Gartenfesten.«

Mr. Collier sagte: »Niemand entfernt sich hier.« Er blickte nervös über die Schulter zu dem beleibten Herrn hinüber, der aus den hinteren Reihen auftauchte und ins Licht trat, eines von den unzähligen »Rädchen im Räderwerk«, das Mr. Collier bis nach Nottwich befördert hatte, hinein in diese exponierte Position ganz vorne auf dem Theater, hinein in seine Angst, daß niemand auf ihn hörte.

»Würden Sie mich wohl den Girls vorstellen, Mr. Collier?« sagte der beleibte Herr. »Wenn Sie fertig sind. Ich möchte nicht unterbrechen.«

»Natürlich«, sagte Mr. Collier. Er sagte: »Girls, das ist Mr. Davenant, einer unserer wichtigsten Geldgeber.«

»Davis, nicht Davenant«, sagte der fette Mann. »Davenant habe ich ausgezahlt.« Er wedelte mit der Hand; der Smaragdring an seinem kleinen Finger funkelte und stach Anne ins Auge. Er sagte: »Ich hätte gerne das Vergnügen, jedes von euch Mädchen zum Dinner auszuführen, solange die Show läuft. Nur um Ihnen zu zeigen, wie sehr ich die Mühe zu schätzen weiß, die Sie sich geben, damit die Aufführung ein Erfolg wird. Mit welcher von Ihnen soll ich beginnen?« Er strahlte so etwas wie eine verzweifelte Fröhlichkeit aus. Er war wie ein Mann, der plötzlich merkt, daß ihm nichts mehr einfällt, und dieses Loch nun auf irgendeine Weise füllen muß.

»Miss Maydew«, sagte er halbherzig, als wollte er der Truppe zeigen, wie ehrenwert seine Intentionen waren, indem er die Hauptdarstellerin einlud.

»Tut mir leid«, sagte Miss Maydew, »ich esse mit Bleek.«

Anne verschwand einfach von der Bühne; sie wollte nicht hochnäsig gegenüber Davis wirken, aber sein Auftreten war für sie ein Schock. Sie glaubte an das Schicksal und an Gott, an das Laster und an die Tugend, an Jesus im Stall und den ganzen Weihnachtskram; sie glaubte an unsichtbare Mächte, die bestimmte Begegnungen herbeiführten und Menschen auf Wege schickten, die sie nie zu gehen vorhatten; aber sie war fest entschlossen, nicht zu helfen. Sie wollte nicht den lieben Gott spielen oder das Spiel des Teufels; sie war vor Raven geflohen, hatte ihn dort im Badezimmer des kleinen leeren Hauses zurückgelassen, und Ravens Angelegenheiten gingen sie weiter nichts mehr an. Sie würde ihn nicht anzeigen; sie stand noch nicht auf der Seite der großen organisierten Bataillone; aber helfen würde sie ihm auch nicht. Es war ein streng neutraler Kurs, auf dem sie von der Garderobe durch den Theatereingang auf die High Street von Nottwich steuerte.

Aber was sie dort sah, ließ sie stocken. Die Straße war voll von Menschen; sie strömten über den Gehsteig, am Theatereingang vorbei bis hinunter zum Markt. Sie sahen hinauf zu den elektrischen Birnen über dem Portal von Wallace's, dem großen Textilgeschäft, wo die neuesten Abendnachrichten über die Anzeigetafel liefen. Sie hatte seit den letzten Wahlen nichts Ähnliches gesehen, aber heute war es anders, denn es gab keine Jubelrufe. Man konnte von den Truppenbewegungen in ganz Europa lesen, von Vorkehrungen gegen Gasangriffe. Anne war nicht alt genug, um sich daran zu erinnern, wie der letzte Krieg begonnen hatte, aber sie hatte von den Menschenmassen vor dem Buckingham-Palast gelesen, von der Begeisterung, von den Schlangen vor den Rekrutierungsbüros, und so stellte sie sich daher jeden

Kriegsausbruch vor. Angst hatte sie nur, wenn sie an Mather und sich selber dachte. In ihrer Vorstellung war es eine persönliche Tragödie vor einem Hintergrund von Hurra-Rufen und Fahnen. Aber das hier war anders; diese schweigende Menge jubelte nicht, sie fürchtete sich. In den weißen Gesichtern, die sich da gegen den Himmel hoben, stand so etwas wie ein profanes Flehen; sie beteten zu keinem Gott; sie wünschten nur, daß diese elektrischen Birnen ihnen eine andere Geschichte erzählten. Sie waren von diesen Reihen von Glühbirnen wie gefangengenommen, mitten auf dem Weg von der Arbeit nach Hause, mit ihrem Handwerkszeug und ihren Aktentaschen in der Hand, und die Birnen buchstabierten Komplikationen, die sie nicht verstanden.

Anne dachte: Kann es wahr sein, daß dieser fette Hanswurst ... daß der Junge mit der Hasenscharte *weiß* ... Gut, sagte sie zu sich selbst, ich glaube an das Schicksal, ich glaube, ich kann jetzt nicht einfach weggehen und sie allein lassen. Ich stecke bis zum Hals in der Sache. Wenn nur Jimmy hier wäre. Aber Jimmy, fiel ihr schmerzlich ein, stand auf der anderen Seite; er gehörte zu denen, die Raven zur Strecke bringen wollten. Und Raven wiederum mußte die Chance erhalten, zuerst *sein* Wild zu stellen. Sie ging wieder ins Theater zurück.

Mr. Davenant – Davis – Cholmondeley, wie immer er heißen mochte, erzählte gerade eine Geschichte. Miss Maydew und Alfred Bleek waren gegangen. Die meisten Mädchen waren auch gegangen, um sich umzuziehen. Mr. Collier sah zu und lauschte nervös; er versuchte sich zu erinnern, wer Mr. Davis war; Mr. Davenant hatte mit Seidenstrümpfen zu tun, und er hatte Callitrope gekannt, den Neffen des Mannes, dem Dreid Geld schuldete. Bei Mr. Davenant war Mr. Collier ganz sicher, aber bei Davis war er sich gar nicht sicher ... Diese Show würde nicht ewig laufen, und es war ebenso verhängnisvoll, mit den falschen Leuten ein-, wie mit den richtigen wieder auszusteigen. Es war möglich, daß Davis der Mann war, mit dem Cohen Streit gehabt hatte, oder vielleicht war er der Onkel des Mannes, mit dem Cohen Streit gehabt hatte. Die Echos von diesem Streit hallten in den engen Gassen zwischen den Kulissen der Provinztheater in den zweitklassigen Gastspielorten immer noch leise nach. Bald würden sie die drittklassigen Ensembles erreichen, und jeder würde entweder aufsteigen oder eine Stufe hinab, bis auf die, die ohnehin nicht mehr weiter absteigen konnten. Mr. Collier lachte nervös und stierte vor sich hin in dem jämmerlichen Versuch, gleichermaßen dabei und auch wieder ganz woanders zu sein.

»Ich dachte, irgend jemand hätte das Wort Abendessen geflüstert«, sagte Anne. »Ich bin hungrig.«

»Wer zuerst kommt, mahlt zuerst«, sagte Mr. Davis-Cholmondeley munter. »Sagen Sie den Girls, ich melde mich wieder. Wohin gehen wir, Miss?«

»Anne.«

»Das ist schön«, sagte Mr. Davis-Cholmondeley. »Ich heiße Willie.«

»Ich wette, Sie kennen diese Stadt gut«, sagte Anne. »Ich bin neu hier.« Sie trat nahe vor die Scheinwerfer und präsentierte sich ihm mit Bedacht; sie wollte wissen, ob er sie wiedererkannte; aber Mr. Davis blickte nie in ein Gesicht. Er sah an einem vorbei. Sein breites, großflächiges Gesicht hatte es nicht nötig, durch Augenkontakt Stärke zu beweisen. Sein Gesicht selber bewies durch seine bloße Existenz genug Kraft, man konnte nur staunen wie bei einer riesigen Bulldogge, wie viele Kilo Nahrungsmittel er täglich konsumieren mußte, um sich fit zu halten.

Mr. Davis winkte zu Mr. Collier hinüber und sagte: »O ja, ich kenne diese Stadt. In gewisser Weise habe ich diese Stadt gemacht.« Er sagte: »Es gibt keine große Auswahl. Es gibt das ›Grand‹ und das ›Metropole‹. Das ›Metropole‹ ist intimer.«

»Dann gehen wir ins ›Metropole‹.«

»Sie haben dort auch das beste Eis mit Früchten in ganz Nottwich.«

Die Straße war jetzt nicht mehr so voll, nur die übliche Anzahl von Leuten, die die Schaufenster betrachteten, heimwärts schlenderten, ins Imperial-Kino gingen. Anne dachte, wo steckt Raven jetzt? Wie kann ich Raven finden?

»Es lohnt sich nicht, ein Taxi zu nehmen«, sagte Mr. Davis, »das ›Metropole‹ ist gleich um die Ecke. Das ›Metropole‹ wird Ihnen gefallen«, wiederholte er. »Es ist etwas intimer als das ›Grand‹«, aber es war nicht die Art von Hotel, mit dem man so etwas wie Intimität assoziiert. Plötzlich sah man es vor sich, es nahm eine Seite des Marktes ein wie ein großes Bahnhofsgebäude, aus roten und gelben Steinen erbaut, mit spitzem Turm und Uhr.

»Wie ein Hôtel de Ville, oder?« sagte Mr. Davis. Man konnte sehen, wie stolz er auf Nottwich war.

Zwischen den Fenstern waren überall Skulpturen angebracht; all die historischen Würdenträger von Nottwich standen da in steifer, neugotischer Attitüde, von Robin Hood bis zum Bürgermeister von Nottwich im Jahr 1864. »Die Leute kommen von weit her, um sich das anzusehen«, sagte Mr. Davis.

»Und das ›Grand‹? Wie sieht das ›Grand‹ aus?«

»Ach, das ›Grand‹«, sagte Mr. Davis, »das ›Grand‹ ist protzig.«

Er schob sie vor sich her durch die Schwingtüren, und Anne sah, daß der Portier ihn erkannte. Es dürfte nicht gerade schwer werden, dachte sie, die Spuren von Mr. Davis in Nottwich zu verfolgen; aber wie sollte sie Raven finden?

Das Restaurant hatte genügend Platz für die Passagiere eines ganzen Überseedampfers; das Dach wurde von Säulen getragen, die in salbeigrünen und goldenen Streifen angestrichen waren. Die gewölbte Decke war blau ausgemalt mit goldenen Sternen, die in ihrer richtigen Konstellation angeordnet waren. »Das ist eine der

Sehenswürdigkeiten von Nottwich«, sagte Mr. Davis. »Ich behalte mir immer einen Tisch unter der Venus vor.« Er lachte nervös, rückte sich auf seinem Stuhl zurecht, und Anne bemerkte, daß sie sich gar nicht unter der Venus befanden, sondern unter Jupiter.

»Sie sollten einen Platz unter dem Großen Bären bestellen«, sagte sie.

»Ha, ha, das ist gut«, sagte Mr. Davis. »Das muß ich mir merken.« Er beugte sich über die Weinkarte. »Ich weiß, die Damen mögen immer einen süßen Wein.« Er gab zu: »Ich bin selber auch ein Leckermaul.« Er saß da und studierte die Karte, nahm sonst nichts mehr wahr; er hatte kein Interesse an ihr; er schien im Augenblick an nichts anderem interessiert als an einer ganzen Serie von Dingen, die seine Geschmacksnerven reizten, angefangen beim Hummer, den er bereits bestellt hatte. Das war sein Zuhause, wie er es sich ausgesucht hatte: der riesige, muffige Freßpalast; und das war seine Vorstellung von Intimität, ein Tisch unter zweihundert anderen Tischen.

Anne dachte, er hätte sie hierher geschleppt, um mit ihr zu flirten. Sie hatte sich vorgestellt, daß es leicht sein würde, mit Mr. Davis klarzukommen, wenn das Ritual hier sie auch ein wenig einschüchterte. Fünf Jahre Theater in der Provinz hatten sie noch nicht ausreichend gelehrt, wie weit sie gehen konnte, ohne in ihrem Partner mehr Erregung zu wecken, als sie ohne Schwierigkeiten unter Kontrolle halten konnte. Ihr Rückzug geschah immer plötzlich und unter Gefahren. Beim Hummer dachte sie an Mather, an die Sicherheit, an die Liebe zu einem einzigen Mann. Dann schob sie ihr Knie vor und berührte das von Mr. Davis. Mr. Davis nahm keine Notiz davon, er knackte gerade eine Schere auf. Er hätte genausogut allein sein können. Es bereitete ihr Unbehagen, so vernachlässigt zu werden. Es schien ihr unnatürlich. Sie berührte sein Knie noch einmal und sagte: »Was geht Ihnen durch den Kopf, Willie?«

Die Augen, die er hob, sahen aus wie die Linsen eines starken Mikroskops bei unscharfer Einstellung. Er sagte: »Wie bitte? Der Hummer ist gut, oder?« Er starrte an ihr vorbei in das weite, fast leere Restaurant, in dem alle Tische mit Stechpalmen und Mistelzweigen dekoriert waren. Er rief: »Ober, ich hätte gerne eine Abendzeitung« und machte sich wieder über seine Schere her. Als man ihm die Zeitung brachte, schlug er als erstes die Börsenseite auf. Er schien zufrieden; was er dort las, schmeckte ihm so gut wie ein Lutschbonbon.

Anne sagte: »Entschuldigen Sie mich wohl für einen Augenblick, Willie?« Sie holte drei Münzen aus ihrer Handtasche und ging zur Damentoilette. Sie betrachtete sich im Spiegel über dem Waschbecken; nichts schien in Unordnung. Zu der alten Frau sagte sie: »Sehe ich für Sie in Ordnung aus?«

Die Fraue grinste. »Vielleicht mag er nicht so viel Lippenstift.«

»O nein«, sagte Anne, »er ist der Typ für Lippenstift. Eine Abwechslung von zu Hause. Ehemann auf Abwegen.« Sie fragte: »Wer ist er? Er nennt sich Davis. Er sagt, er hat diese Stadt gemacht.«

»Verzeihen Sie mir, meine Liebe, aber Ihr Strumpf hat eine Laufmasche.«

»Das war jedenfalls nicht seine Schuld. Wer ist er?«

»Ich habe noch nie von ihm gehört, meine Liebe. Fragen Sie den Portier.«

»Das werde ich wohl tun.«

Sie ging zum Ausgang. »Das Restaurant ist so heiß«, sagte sie. »Ich mußte ein wenig frische Luft schnappen.« Für den Portier des »Metropole« war es gerade ein ruhiger Moment. Niemand kam herein; niemand ging hinaus. Er sagte: »Es ist ziemlich kalt draußen.« Ein Mann mit nur einem Bein stand am Randstein und verkaufte Streichhölzer; Straßenbahnen fuhren vorbei; kleine, erleuchtete Heime voller Rauch, Gespräche und Freundlichkeit. Eine Uhr schlug halb neun, und aus den Straßen jenseits des Platzes konnte man die schrillen Stimmen von Kindern hören, die unmelodisch ein Weihnachtslied anstimmten. Anne sagte: »Also, jetzt muß ich wieder zurück zu Mr. Davis.« Sie sagte: »Wer *ist* Mr. Davis?«

»Er hat eine Menge Geld«, sagte der Portier.

»Er sagt, er hat diese Stadt gemacht.«

»Das ist geprahlt«, sagte der Portier. »Es ist die Midland Steel, die diese Stadt gemacht hat. Sie können ihre Büros in der Gerberei-Straße sehen. Aber jetzt sind sie dabei, die Stadt zu ruinieren. Sie haben einmal fünfzigtausend beschäftigt. Jetzt haben sie keine zehntausend mehr. Ich war dort auch einmal als Pförtner. Aber sie verringern sogar die Pförtnerstellen.«

»Das muß schrecklich gewesen sein«, sagte Anne.

»Für ihn war es noch schlimmer«, sagte der Portier und wies mit einem Kopfnicken durch die Tür auf den einbeinigen Mann. »Er war zwanzig Jahre bei ihnen. Dann verlor er sein Bein, und das Gericht hat auf Fahrlässigkeit entschieden, so daß sie ihm keinen Penny gegeben haben. Da haben sie also auch gespart. Es war Fahrlässigkeit, stimmt; er war eingeschlafen. Wenn Sie versuchen würden, acht Stunden lang auf eine Maschine aufzupassen, die alle zwei Sekunden das gleiche tut, dann würde Sie das auch einschläfern.«

»Aber Mr. Davis?«

»Ach, über Mr. Davis weiß ich nichts. Möglicherweise hat er etwas mit der Stiefelfabrik zu tun. Oder er ist vielleicht einer von den Direktoren bei Wallace's. Die haben Geld wie Heu.« Eine Frau kam zur Tür herein, einen Pekinesen auf dem Arm; sie hatte einen schweren Pelzmantel an. Sie fragte: »Ist Mr. Alfred Piker dagewesen?«

»Nein, Ma'am.«

»Na, bitte. Er macht es genauso wie sein Onkel. Verschwindet einfach.« Sie sagte: »Passen Sie auf den Hund auf«, und zog ab, quer über den Platz.

»Das ist die Frau Bürgermeister«, sagte der Portier.

Anne ging zurück. Aber irgend etwas war passiert. Die Weinflasche war fast leer, und die Zeitung lag am Boden zu Mr. Davis' Füßen. Zwei Eisbecher waren serviert worden, aber Mr. Davis hatte seinen nicht angerührt. Das war nicht aus Höflichkeit geschehen; irgend etwas hatte ihn verstimmt. Er knurrte sie an: »Wo sind Sie gewesen?« Sie versuchte zu erkennen, was er gelesen hatte; es war nicht mehr die Börsenseite gewesen, aber sie konnte nur die Hauptschlagzeilen lesen: »Vorläufiges Scheidungsurteil für Lady –«, der Name war zu schwierig, als daß sie ihn verkehrtherum hätte entziffern können; »Autofahrer wegen fahrlässiger Tötung verurteilt«. Mr. Davis sagte: »Ich weiß nicht, was los ist mit diesem Laden. Sie haben Salz oder etwas ähnliches in das Eis geschüttet.« Er drehte sein wütendes Gesicht samt Doppelkinn dem vorbeikommenden Ober zu. »Nennen Sie das einen Knickerbokker Glory?«

»Ich bringen Ihnen einen neuen, Sir.«

»Das werden Sie nicht. Die Rechnung.«

»Das heißt also Schluß«, sagte Anne.

Mr. Davis sah von der Rechnung mit einem Blick auf, in dem so etwas wie Furcht lag. »Nein, nein«, sagte er, »das habe ich damit nicht gemeint. Sie wollen doch nicht gehen und mich allein lassen?«

»Ja, was haben Sie denn vor, ins Kino?«

»Ich dachte«, sagte Mr. Davis, »Sie kommen vielleicht mit zu mir, und wir hören ein bißchen Musik im Radio und trinken etwas Gutes. Vielleicht tanzen wir ein bißchen, oder?« Er sah sie dabei nicht an; er war kaum mit den Gedanken bei dem, was er sagte. Er sah nicht gefährlich aus. Anne glaubte Typen seiner Art zu kennen, die Art Mann, die man mit ein, zwei Küssen abspeist, und wenn so einer betrunken war, dann erzählte man ihm eine sentimentale Geschichte, bis er anfing, einen für seine Schwester zu halten. Das hier sollte der letzte sein: Bald würde sie Mather heiraten und geborgen sein. Aber zuerst mußte sie erfahren, wo Mr. Davis wohnte.

Als sie auf den Platz hinaustraten, stürmten die Weihnachtssänger auf sie zu, sechs kleine Jungen ohne eine Spur von gemeinsamer Melodie. Sie hatten dicke wollene

Handschuhe an und wollene Schals um den Hals, und sie stellten sich Mr. Davis in den Weg und sangen.

»Taxi, Sir?« fragte der Portier.

»Nein.« Mr. Davis erklärte Anne: »Man spart drei Pence, wenn man sich eines am Standplatz in der Gerberei-Straße nimmt.« Aber die Jungen versperrten ihm den Weg und hielten ihre Mützen hin. »Geht uns aus dem Weg«, sagte Mr. Davis. Mit der Intuition, die Kindern eigen ist, bemerkten sie seine Unsicherheit, und sie reizten ihn, indem sie ihm den Randstein entlang folgten und weitersangen. Die Müßiggänger draußen auf der Straße drehten sich nach dem Schauspiel um. Einige klatschten Beifall. Mr. Davis wandte sich plötzlich um und packte den Jungen, der ihm am nächsten war, bei den Haaren; er zog daran, bis der Junge schrie; zog daran, bis ein Büschel zwischen seinen Fingern blieb. Er sagte: »Das soll euch eine Lehre sein«, und während er einen Augenblick später am Stand in der Gerberei-Straße in den Sitz eines Taxis sank, sagte er genüßlich: »Mit mir können sie sich keinen Spaß erlauben.« Sein Mund stand offen, und seine Lippen waren feucht von Speichel; er brütete über seinen Sieg genauso, wie er über den Hummer gebrütet hatte; er wirkte nicht mehr so ungefährlich, wie Anne gedacht hatte. Sie rief sich ins Gedächtnis, daß er nur ein Mittelsmann war. Er *kannte* den Mörder, hatte Raven gesagt; er hatte den Mord nicht selbst ausgeführt.

»Was ist das für ein Gebäude?« fragte sie, als ihr Blick auf eine schwarze, verglaste Front fiel, die zwischen den unauffälligen Bürohäusern der Straße hervorstach, in der einstmals die Gerber ihre Felle gegerbt hatten.

»Midland Steel«, sagte Mr. Davis.

»Arbeiten Sie dort?«

Mr. Davis erwiderte zum erstenmal ihren Blick. »Wie kommen Sie darauf?«

»Ich weiß nicht«, sagte Anne und bemerkte mit Unbehagen, daß Mr. Davis nur einfach zu nehmen war, wenn es nach seinem Wunsch ging.

»Glauben Sie, Sie könnten mich mögen?« sagte Mr. Davis und fingerte an ihrem Knie herum.

»Ja, warum nicht?«

Das Taxi war von der Gerberei-Straße abgebogen. Es schob sich über ein Netz von Straßenbahngleisen und erreichte die Auffahrt zum Bahnhof.

»Wohnen Sie außerhalb der Stadt?«

»Gerade am Rande«, sagte Mr. Davis.

»Sie sollten hier für mehr Straßenbeleuchtung sorgen.«

»Sie sind ein schlaues kleines Mädchen«, sagte Mr. Davis. »Ich wette, Sie wissen, wo es langgeht.«

»Ach, Sie verstehen genau, was ich meine«, sagte Anne, während sie unter der großen Stahlbrücke durchfuhren, über welche die Bahnlinie nach York verlief. Auf der langen, steilen Strecke hinunter zum Bahnhof gab es nur zwei Straßenlampen. Über einen Holzzaun hinweg konnte man die Güterwaggons auf dem Abstellgleis sehen, die aufgehäufte Kohle lag zum Verladen bereit. Ein altes Taxi und ein Bus warteten vor dem kleinen, schäbigen Bahnhofseingang auf Fahrgäste. Der Bahnhof war 1860 erbaut worden und hatte mit der Entwicklung von Nottwich nicht Schritt gehalten.

»Sie haben einen langen Weg bis zu Ihrer Arbeitsstätte«, sagte Anne.

»Wir sind fast zu Hause.«

Das Taxi bog nach links ab. Anne las den Namen der Straße: Khyber Avenue, eine lange Reihe billiger Villen, in denen Wohnungen zu vermieten waren. Das Taxi hielt am Ende der Straße an. Anne sagte: »Wollen Sie sagen, daß Sie *hier* wohnen?« Mr. Davis bezahlte den Fahrer. »Nummer einundsechzig«, sagte er. (Anne fiel auf, daß hier im Fenster zwischen Scheibe und dichten Spitzenvorhängen kein Schild Vermietungen anbot.) Er lächelte auf eine sanfte und gewinnende Weise und sagte: »Drinnen ist es wirklich nett, meine Liebe.« Er steckte den Schlüssel ins Schloß und drängte sie mit fester Hand in den kleinen, matt erleuchteten Flur mit einem Hutständer. Er hängte seinen Hut daran und ging vorsichtig auf Zehenspitzen zur Treppe. Es roch nach Gas und Gemüse. Eine blau flackernde Flamme warf ihr Licht auf eine staubige Zimmerpflanze.

»Wir schalten das Radio ein«, sagte Mr. Davis, »und hören Musik.«

Im Flur ging eine Tür auf, und eine weibliche Stimme sagte: »Wer ist da?«

»Nur Mr. Cholmondeley.«

»Vergessen Sie nicht zu bezahlen, bevor Sie hinaufgehen.«

»Erster Stock«, sagte Mr. Davis. »Das Zimmer direkt geradeaus. Es dauert nur einen Moment«, und er hielt auf der Treppe an, bis sie an ihm vorbei war. Die Münzen klimperten in seiner Tasche, als er mit der Hand nach ihnen tastete.

Es war ein Radio in dem Zimmer, es stand auf dem Marmor-Waschtisch, aber Platz zum Tanzen gab es da sicher nicht, denn das große Doppelbett füllte den ganzen Raum aus. Nichts ließ darauf schließen, daß hier jemand wohnte: Der Spiegel am Kleiderschrank war verstaubt, und in dem Krug neben dem Radio war kein Wasser. Anne sah aus dem Fenster hinter den Bettpfosten auf einen kleinen, dunklen Hof. Ihre Hand zitterte auf dem Fensterbrett: Das war mehr, als sie erwartet hatte. Mr. Davis öffnete die Tür.

Der Schreck war ihr heftig in die Glieder gefahren. Das ließ sie zum Angriff übergehen. Ganz plötzlich sagte sie: »Sie nennen sich hier also Mr. Cholmondeley?«

Er blinzelte sie an und schloß leise die Tür: »Und wenn?«

»Und Sie haben gesagt, Sie werden mich mit nach Hause nehmen. Das hier ist nicht Ihr Zuhause.«

Mr. Davis setzte sich auf das Bett und zog die Schuhe aus. Er sagte: »Wir sollten keinen Lärm machen, meine Liebe. Die Alte mag das nicht.« Er öffnete die Tür des Waschtisches und holte eine Pappschachtel heraus; als er damit auf sie zuging, rieselten aus ihren Fugen Brösel von Tortenglasur über das Bett und auf den Fußboden. »Nehmen Sie ein Stück Türkischen Honig.«

»Das ist nicht Ihre Wohnung«, beharrte sie.

Mr. Davis, mit den Fingern schon auf halbem Wege zum Mund, sagte: »Natürlich ist sie das nicht. Sie glauben doch nicht, daß ich Sie zu mir in meine Wohnung mitnehme, oder? – So grün hinter den Ohren sind Sie doch nicht. Ich werde doch nicht meinen Ruf aufs Spiel setzen.« Er sagte: »Machen wir erst mal ein bißchen Musik, ja?« Und er drehte an den Knöpfen und ließ den Apparat pfeifen und quietschen. »Eine Menge atmosphärischer Störungen rundherum«, sagte Mr. Davis und drehte und kurbelte, bis man aus weiter Ferne eine Tanzkapelle spielen hörte, einen träumerischen Rhythmus, vom Kreischen in der Atmosphäre überdeckt; man konnte gerade die Melodie erkennen: *»Night light, Love light.«* »Das ist unser eigenes Programm aus Nottwich«, sagte Mr. Davis. »Eine bessere Kapelle finden Sie im ganzen Midland-Regional-Programm nicht. Übertragung aus dem ›Grand‹. Machen wir ein, zwei Schritte«, und er griff ihr um die Taille und fing an, zwischen Bett und Wand hin und her zu tanzen.

»Ich kenne bessere Tanzböden«, sagte Anne und versuchte sich mit ihrer eigenen Art von verzweifeltem Humor Mut zu machen, »aber keinen, auf dem es noch enger zugegangen wäre«, und Mr. Davis sagte: »Das ist gut. Das werde ich mir merken.« Ganz plötzlich wurde er leidenschaftlich und blies die Reste der Zuckerglasur weg, die noch an seinem Mund klebten. Er drückte seine Lippen an ihren Hals. Sie stieß ihn weg und lachte ihn zugleich an. Sie mußte ihren klaren Kopf behalten. »Jetzt weiß ich, wie ein Fels sich fühlt«, sagte sie, »wenn die See stürmend ihre We-, Wo-, verdammt, ich kriege das Wort nie über die Zunge.«

»Das ist gut«, sagte Mr. Davis mechanisch und schob sie vor sich her.

Sie fing an, schnell über alles mögliche zu reden, was

ihr gerade einfiel. Sie sagte: »Ich frage mich, wie der Gaskrieg sein wird. – War das nicht schrecklich, wie sie dieser alten Frau durch die Augen geschossen haben?«

Als sie das sagte, ließ er sie los, obwohl sie sich gar nichts dabei gedacht hatte. Er sagte: »Wieso kommen Sie jetzt darauf?«

»Ich habe nur gerade davon gelesen«, sagte Anne. »Der Mann muß dort ja einiges Durcheinander in der Wohnung angerichtet haben.«

Mr. Davis flehte sie an: »Halt. Bitte hören Sie auf.« Mit schwacher Stimme erklärte er ihr und suchte dabei am Bettpfosten Halt: »Ich habe einen schwachen Magen. So schreckliche Dinge bekommen mir nicht.«

»Ich liebe Kriminal-Reißer«, sagte Anne. »Ich habe einmal einen gelesen ...«

»Ich habe eine sehr lebhafte Einbildungskraft«, sagte Mr. Davis.

»Ich erinnere mich, als ich mich einmal in den Finger schnitt ...«

»Nein. Bitte nicht.«

Der Erfolg machte sie leichtsinnig. Sie sagte: »Ich habe auch eine lebhafte Phantasie. Ich glaube, jemand beobachtet dieses Haus.«

»Was sagen Sie da?« Er zeigte richtige Angst. Aber sie ging einen Schritt zu weit. Sie sagte: »Da war ein dunkel gekleideter Bursche und beobachtete die Tür. Er hatte eine Hasenscharte.«

Mr. Davis ging zur Tür und schloß sie ab. Er drehte das Radio leise. »Im Umkreis von zwanzig Metern gibt es dort keine Lampe. Sie können seine Lippe nicht gesehen haben.«

»Ich dachte nur ...«

»Ich wüßte gern, wieviel er Ihnen erzählt hat«, sagte Mr. Davis. Er setzte sich auf das Bett und sah auf seine Hände. »Sie wollten herausbekommen, wo ich wohne, ob ich arbeite ...« Er unterbrach seinen Satz und sah sie mit Entsetzen an. Aber an der Art, wie er sie ansah, konnte sie erkennen, daß er jetzt keine Angst mehr vor ihr hatte; es war etwas anderes, das ihn in Schrecken versetzte. Er sagte: »Sie würden Ihnen nie glauben.«

»Wer?«

»Die Polizei. Es ist eine verrückte Geschichte.« Zu ihrer Verwunderung fing er an zu schniefen, saß da auf dem Bett und strich sich über seine großen, haarigen Hände. »Es muß irgendeinen Ausweg geben. Ich möchte Ihnen nichts tun. Ich möchte niemanden etwas tun. Ich habe einen schwachen Magen.«

Anne sagte: »Ich weiß überhaupt nichts. Bitte öffnen Sie die Tür.«

Mr. Davis sagte mit unterdrückter Wut in der Stimme: »Seien Sie still. Sie haben sich selbst in diese Lage gebracht.«

Sie sagte noch einmal: »Ich weiß überhaupt nichts.«

»Ich bin nur ein Mittelsmann«, sagte Mr. Davis. »Ich bin nicht verantwortlich.« Seine Erklärung kam ruhig, er saß da in Strümpfen und mit Tränen in seinen tiefliegenden, selbstsüchtigen Augen. »Es hat immer schon zu unserer Arbeitsweise gehört, keinerlei Risiken einzugehen. Es ist nicht mein Fehler, daß der Bursche sich abgesetzt hat. Ich habe mein Bestes getan. Ich habe immer mein Bestes getan. Aber diesmal wird er es mir nicht mehr verzeihen.«

»Ich schreie, wenn Sie die Tür nicht öffnen.«

»Schreien Sie nur, Sie machen nur die Alte ärgerlich.«

»Was haben Sie vor?«

»Es geht um einen Einsatz von über einer halben Million«, sagte Mr. Davis. »Diesmal muß ich sichergehen.« Er stand auf und ging mit ausgestreckten Händen auf sie zu; sie schrie und rüttelte an der Tür, dann flüchtete sie von dort, weil keine Antwort kam, und rannte um das Bett. Er ließ sie rennen; es gab keine Fluchtmöglichkeit in dem winzigen, vollgestopften Raum. Er stand da und murmelte vor sich hin: »Schrecklich. Schrecklich.« Man sah ihm an, daß er kurz davor war, sich zu übergeben, aber die Angst vor jemand anderem hielt ihn aufrecht.

Anne flehte ihn an: »Ich verspreche Ihnen alles.«

Er schüttelte den Kopf: »Er würde es mir niemals verzeihen«, und er streckte sich über das Bett und griff nach ihrem Handgelenk. Er sagte gepreßt: »Wehren Sie sich nicht. Ich tue Ihnen nichts, wenn Sie sich nicht wehren«, und er zog sie über das Bett zu sich herüber, während er mit der anderen Hand nach dem Kopfkissen tastete. Sogar in der Situation sagte sie zu sich selber: Das bin gar nicht ich. Ermordet werden doch immer andere Leute. Nicht ich. Ihr Drang zu leben, der sie gar nicht glauben ließ, daß dies vielleicht das Ende sein könnte, das Ende für sie, die so an der Liebe hing, das alles tröstete sie selbst dann noch, als sie schon das Kissen über ihrem Mund spürte; es ließ das totale Entsetzen erst gar nicht in ihr aufkommen, während sie sich gegen seine Hände wehrte, starke und weiche, von Zuckerglasur klebrige Hände.

5

Der Regen schlug von Osten über den Weevil-Fluß; die bitterkalte Nacht ließ ihn zu Eis werden, das sich in den Asphalt der Gehwege biß und die Farbe auf den Holzbänken rissig werden ließ. Ein Konstabler kam ruhig auf ihn zu in seinem schweren Regenmantel, der von der Feuchtigkeit glänzte wie nasser Asphalt, und er leuchtete mit seiner Taschenlampe in die dunklen Räume zwischen den Straßenlaternen. Er sagte »Gute Nacht« zu Raven, ohne ihn weiter anzusehen. Er hielt nach Pärchen Ausschau, sogar im eisigen Dezemberregen suchte er nach Spuren verborgener Kleinstadtleidenschaften.

Raven, bis zu den Ohren zugeknöpft, ging weiter und suchte nach einem schützenden Dach. Er wollte sich ganz auf Cholmondeley konzentrieren und darauf, wie er den Mann in Nottwich finden könnte. Aber dauernd ertappte er sich dabei, wie er statt dessen an das Mädchen dachte, dem er an diesem Morgen solch einen Schrecken eingejagt hatte. Ihm fiel das Kätzchen ein, das er in der Unterkunft in Soho zurückgelassen hatte. Er hatte das Kätzchen geliebt.

Das Mädchen hatte seine Häßlichkeit auf eine großartige Weise nicht zur Kenntnis genommen. »Ich heiße Anne.« »Sie sind nicht häßlich.« Sie wußte nie, dachte er, daß er vorgehabt hatte, sie zu töten; sie hatte sich ihm gegenüber so unschuldig verhalten wie jene Katze, die er einmal hatte ertränken müssen; und ihm fiel verwundert ein, daß sie ihn nicht verraten hatte, obwohl er ihr erzählt hatte, daß die Polizei ihn suchte. Es war sogar möglich, daß sie ihm geglaubt hatte.

Diese Gedanken kamen ihm kälter und unbehaglicher vor als der eisige Regen. Er war keinen Geschmack gewöhnt, der ihm nicht bitter auf der Zunge lag. Ihn hatte der Haß geprägt; der Haß hatte aus ihm die dünne, graue, mörderische Figur im Regen gemacht, gehetzt und häßlich. Seine Mutter hatte ihn zur Welt gebracht, als sein Vater im Gefängnis saß, und sechs Jahre danach, als man seinen Vater für ein anderes Verbrechen hängte, hatte sie sich mit einem Küchenmesser die Kehle durchgeschnitten; danach war er ins Heim gekommen. Er hatte nie die geringste Zärtlichkeit für irgend jemanden empfunden; so war er herangewachsen; und er hatte schließlich seinen eigentümlichen Stolz darauf entwikkelt: Er wollte gar kein anderer werden. Plötzlich kam ihm die schreckliche Überzeugung, daß er jetzt mehr als je zuvor er selber sein mußte, wenn er weiter auf der Flucht blieb. Zärtliche Gefühle waren es nämlich nicht, die einen mit dem Revolver schnell bei der Hand sein ließen.

In einem der größeren Häuser direkt am Fluß hatte jemand sein Garagentor offenstehen lassen; die Garage wurde offenbar gar nicht zum Unterstellen eines Wagens benutzt, sondern für einen Kinderwagen, einen Laufstall, ein paar verstaubte Puppen und Ziegelsteine. Dort suchte Raven Schutz für sich; er war durch und durch kalt bis auf die Stelle, die schon sein ganzes Leben lang zu Eis gefroren war. Dieser Dolch aus Eis schmolz jetzt in ihm unter großen Schmerzen. Er stieß das Garagentor noch ein wenig weiter auf; er wollte nicht, daß es so aussah, als versteckte er sich heimlich, wenn jemand die Runde am Fluß entlang machte; bei *diesem* Sturm würde es jedem nachgesehen, der sich in einer fremden Garage nach Schutz umsah, es sei denn natürlich, es handelte sich um einen Mann mit einer Hasenscharte, der von der Polizei gesucht wurde.

Diese Häuser standen frei und waren nur durch ihre Garagen miteinander verbunden. Raven fühlte sich durch die Mauern aus roten Ziegelsteinen eingekreist. Aus beiden Häusern hörte er den Radioapparat spielen. In dem einen Haus schaltete und kurbelte eine ruhelose Hand am Suchknopf und fuhr die Wellenbereiche ab, brachte einmal das Bruchstück einer Rede aus Berlin, dann einer Opernaufführung aus Stockholm. Im Nationalprogramm eines anderen Senders las ein ältlicher Kritiker Gedichte. Raven mußte einfach zuhören, während er in der kalten Garage neben dem Kinderwagen stand und hinaus in den schwarzen Eisregen starrte:

Ein Schatten huscht vor mir,
Nicht Du, aber Dir ähnlich.
Ach, Gott, wäre es doch möglich,
Den Seelen derer, die wir liebten,
Nur eine kurze Stunde zu begegnen,
Auf daß sie uns berichten mögen,
Was und wo sie wohl sind.

Er grub die Fingernägel in seine Hände und dachte an seinen Vater, den sie gehängt hatten, und an seine Mutter, die sich unten in der Küche im Kellergeschoß das Leben genommen hatte, an die lange Reihe all derer, die ihn fertiggemacht hatten. Die ältliche Stimme des Kulturbeauftragten vom Civil Service las weiter:

Und ich hasse die Plätze und Straßen
und die Gesichter, denen man begegnet.
Herzen, ohne Liebe für mich...

Er dachte: Laß ihr noch etwas Zeit, und sie geht auch zur Polizei. So geht es einem am Ende immer mit den Weibern,

Meine ganze Seele hin zu Dir

und er versuchte, das Stück Eis in sich wieder so hart und fest gefrieren zu lassen wie zuvor.

»Das war Mr. Druce Winton; es las eine Auswahl Gedichte aus *Maud* von Lord Tennyson. Damit ist das Nationalprogramm beendet. Gute Nacht, liebe Hörer.«

DRITTES KAPITEL

1

Mathers Zug kam am selben Abend um elf Uhr an, und zusammen mit Saunders fuhr er durch die fast leeren Straßen direkt zum Polizeirevier. Nottwich ging früh zu Bett; die Kinos schlossen um halb elf, und eine Viertelstunde später hatten alle das Zentrum von Nottwich mit der Straßenbahn oder dem Bus verlassen. Das einzige Straßenmädchen von Nottwich lungerte in der Gegend des Marktplatzes herum, kalt und blaugefroren unter ihrem Schirm, und ein oder zwei Geschäftsleute rauchten ihre letzte Zigarre in der Halle des »Metropole«. Der Wagen schleuderte auf der vereisten Straße. Direkt vor dem Polizeirevier fielen Mather die Plakate für *Aladin* vor dem Royal Theatre auf. Er sagte zu Saunders: »Mein Mädchen macht bei der Show mit.« Er fühlte sich stolz und glücklich.

Der Chief Constable war auch zum Polizeirevier gefahren, um sich mit Mather zu treffen. Die Tatsache, daß Raven eine Waffe besaß und verzweifelt war, gab der Jagd nach ihm einen ernsteren Hintergrund, als das sonst der Fall gewesen wäre. Der Chief Constable war fett und aufgeregt. Er hatte als Geschäftsmann eine Menge Geld gemacht, und während des Krieges hatte er das Offizierspatent bekommen und war Vorsitzender des örtlichen Militärgerichts geworden. Er war stolz darauf, ein Schrecken für die Pazifisten gewesen zu sein. Das versöhnte ihn ein wenig mit seinem Leben daheim und einer Frau, die ihn verachtete. Das war auch der Grund, warum er zum Revier hinuntergefahren war, um sich mit Mather zu treffen: Es war etwas, worüber er zu Hause entsprechend prahlen konnte.

Mather sagte: »Natürlich *wissen* wir nicht, daß er hier ist, Sir. Aber er war auf alle Fälle in dem Zug, und seine Fahrkarte ist auch abgegeben worden. Von einer Frau.«

»Hat also eine Komplizin, wie?« fragte der Chief Constable.

»Möglich. Finden wir die Frau, dann haben wir vielleicht auch Raven.«

Der Chief Constable rülpste hinter vorgehaltener Hand. Er hatte eine Flasche Bier getrunken, bevor er sich auf den Weg hierher gemacht hatte, und das machte sich immer wieder bemerkbar. Der Superintendent sagte: »Gleich nachdem wir sie vom Yard erhalten hatten, haben wir die Seriennummern der Geldscheine an alle Geschäfte, Hotels und Pensionen weitergegeben.«

»Sir, ist das eine Karte«, fragte Mather, »auf der die Einsatzgebiete der Polizeistreifen eingezeichnet sind?«

Sie gingen zur Wand hinüber, und der Superintendent zeigte mit einem Stift auf die wichtigsten Punkte von Nottwich: den Bahnhof, den Fluß, das Polizeirevier.

»Und das Royal Theatre«, sagte Mather, »ist das irgendwo da?«

»Stimmt.«

»Was hat ihn nach Nottwich geführt?« fragte der Chief Constable.

»Ich wünschte, wir wüßten es, Sir. Und diese Straßen rund um den Bahnhof, gibt es dort Hotels?«

»Ein paar Pensionen. Aber das Schlimme daran ist«, sagte der Superintendent und kehrte geistesabwesend dem Chief Constable den Rücken zu, »daß eine Menge von diesen Häusern Gelegenheitsgäste aufnehmen.«

»Die rufen wir besser alle der Reihe nach an.«

»Manche von denen dürften einem polizeilichen Ersuchen keine besondere Beachtung schenken. Stundenhotels, wissen Sie? Zehn schnelle Minuten, und die Tür steht immer offen.«

»Unsinn«, sagte der Chief Constable, »so etwas gibt es bei uns in Nottwich nicht.«

»Wenn ich einen Vorschlag machen darf, Sir, es wäre keine schlechte Sache, wenn Sie in dieser Gegend die Streifen verdoppeln. Wenn Sie die wachsamsten Männer schickten, die Sie haben. Ich nehme an, Sie haben seine Beschreibung an die Abendblätter gegeben? Er scheint ein ziemlich ausgekochter Geldschrankknacker zu sein.«

»Mir scheint, heute abend können wir nicht mehr viel unternehmen«, sagte der Superintendent. »Mir tut der arme Teufel leid, wenn er keinen Platz zum Schlafen gefunden hat.«

»Haben Sie eine Flasche Whisky da, Super?« fragte der Chief Constable. »Ein Drink täte uns allen gut. Habe zuviel Bier getrunken. Stößt mir auf. Whisky ist besser, aber meine Frau mag den Geruch nicht.« Er lehnte sich in seinem Sessel zurück, die fetten Schenkel übereinandergeschlagen, und beobachtete den Inspektor mit einer Art kindlichem Glücksgefühl; er schien ihnen damit zu sagen, was für ein toller Spaß das war, wieder mit den Jungs einen zu trinken. Nur der Superintendent wußte, was für ein Satan er gegenüber jedem war, der schwächer war als er selbst. »Nur einen Schluck, Super.« Über sein Glas hinweg sagte er: »Sie haben den alten Schweinehund Baines neulich prima hochgenommen«, und an Mather gewandt, erklärte er: »Straßenwetten. Monatelang hat er uns geärgert.«

»Er war eigentlich ganz in Ordnung. Ich halte nichts davon, die Leute zu schikanieren. Nur weil er Macpherson Geld aus der Tasche gezogen hat.«

»Ach«, sagte der Chief Constable, »aber der macht es legal. Macpherson hat ein Büro und ein Telefon. Er hat Unkosten zu tragen. Prost, Jungs. Auf die Damen.« Er trank sein Glas aus. »Nur noch einmal zwei Fingerbreit, Super.« Er blies die Luft aus den Lungen. »Legen wir noch ein bißchen nach. Machen wir es uns gemütlich. Heute abend gibt es für uns nichts mehr zu tun.«

Mather fühlte sich unwohl. Es war gewiß richtig, daß

man nicht viel tun konnte, aber er haßte Untätigkeit. Er stand weiter vor der Karte. Nottwich war kein besonders großer Ort. Sie sollten eigentlich nicht lange brauchen, um Raven zu finden, aber er war hier fremd. Er wußte nicht, welche Spelunken, Clubs und Tanzlokale er zu durchforsten hatte. Er sagte: »Wir glauben, daß er jemandem hierher gefolgt ist. Ich würde vorschlagen, Sir, daß wir morgen früh als erstes noch einmal den Beamten an der Sperre befragen. Mal sehen, an wie viele Einheimische er sich erinnert, die mit dem Zug kamen. Vielleicht haben wir Glück.«

»Kennen Sie diese Geschichte vom Erzbischof von York?« fragte der Chief Constable. »Ja, ja. Machen wir. Aber das hat keine Eile. Fühlen Sie sich wie zu Hause, Mann, und nehmen Sie einen Scotch. Sie sind jetzt in den Midlands. Den langsamen Midlands (stimmt's, Super?). Wir machen's nicht so hastig, aber wir bleiben immer am Ball.«

Natürlich, er hatte recht. Es gab keinen Grund zur Eile, und es gab nichts, was irgendwer zu dieser Tageszeit hätte unternehmen können, aber Mather blieb neben der Karte stehen, es war, als riefe ihm jemand zu: »Los, los, beeile dich. Sonst kommst du vielleicht zu spät.« Er fuhr mit dem Finger die Hauptstraßen entlang; er wollte sie genauso gut kennen wie die City von London. Hier war das Hauptpostamt, dort der Marktplatz, das »Metropole«, die High Street; und das? Die Gerberei-Straße. »Was ist das für ein großer Block da an der Gerberei-Straße, Sir?« fragte er.

»Das wird die Midland Steel sein«, sagte der Superintendent und fuhr dann, an den Chief Constable gewandt, geduldig fort: »Nein, Sir. Von der habe ich nichts gehört. Eine gute Geschichte, Sir.«

»Der Bürgermeister hat sie mir erzählt«, sagte der Chief Constable. »Er ist ein toller Kerl, der alte Piker. Man sollte meinen, daß er nicht einen Tag älter als vierzig ist. Wissen Sie, was er gesagt hat, als wir diese Sitzung des Schutzkomitees gegen Gasangriffe hatten? Er sagte: ›Das bietet einem mal die Chance, in ein fremdes Bett zu steigen.‹ Er meinte, die Frauen könnten ja nicht wissen, wer hinter der Gasmaske steckte. Klar?«

»Ja, Mr. Piker ist sehr witzig, Sir.«

»Genau, Super, aber an dem Tag war ich nicht zu schlagen. Ich war voll drauf. Wissen Sie, was ich gesagt habe?«

»Nein, Sir.«

»Ich sagte: ›*Sie* werden sicher kein fremdes Bett mehr finden, Piker.‹ Kapiert, was ich meine? Ist ein Schwerenöter, der alte Piker.«

»Welche Vorkehrungen haben Sie denn in Sachen Gasschutz getroffen, Sir?« fragte Mather, während er mit dem Finger auf das Rathaus tippte.

»Sie können nicht erwarten, daß die Leute sich alle auf einmal für fünfundzwanzig Shilling eine Gasmaske kaufen, aber übermorgen gibt es einen Angriff vom Flughafen Hanlow aus, mit Rauchbomben, und jeder, der ohne Maske auf der Straße angetroffen wird, wird von der Ambulanz ins Krankenhaus geschafft. Also muß sich jeder, der zu beschäftigt ist, um zu Hause bleiben zu können, eine Gasmaske kaufen. Midland Steel stellt all ihren Leuten eine Gasmaske zur Verfügung, und so geht die Arbeit dort einfach weiter.«

»Eine Art Erpressung«, sagte der Superintendent. »Bleib zu Hause, oder kauf dir eine Maske. Die Verkehrsbetriebe mußten ganz schön was hinlegen für ihre Gasmasken.«

»Um wieviel Uhr geht es los?«

»Das sagen wir ihnen nicht. Die Sirenen werden heulen. Sie kennen das ja; Pfadfinder sind mit Fahrrädern unterwegs. Ihnen hat man Masken geliehen. Aber *wir* wissen natürlich, daß es noch vor zwölf Uhr mittags schon vorbei sein wird.«

Mather sah wieder auf die Karte. »Diese Kohlenhalden«, sagte er, »dort rund um den Bahnhof. Werden sie gut überwacht?«

»Wir haben ein Auge auf sie«, sagte der Superintendent. »Ich habe mich darum gekümmert, kaum daß der Yard angerufen hatte.«

»Gute Arbeit, Jungs, gute Arbeit«, sagte der Chief Constable und schluckte den Rest seines Whiskys hinunter. »Ich mach' mich jetzt auf den Heimweg. Wird morgen ein arbeitsreicher Tag für uns alle. Sie wollen morgen früh vermutlich eine Besprechung mit mir, Super?«

»Ach, ich glaube, wir brauchen Sie so früh nicht zu belästigen, Sir.«

»Na gut, wenn Sie einen Rat suchen, ich bin immer in der Nähe des Telefons. Gute Nacht, Jungs.«

»Gute Nacht, Sir. Gute Nacht.«

»In einem hat der alte Junge recht.« Der Superintendent stellte die Whiskyflasche zurück in den Schrank. »Heute abend können wir nichts mehr unternehmen.«

»Ich möchte Sie nicht aufhalten, Sir«, sagte Mather. »Glauben Sie nicht, daß ich irgendwelche Umstände machen will. Saunders wird Ihnen bestätigen, daß ich wie jeder andere weiß, wann man Feierabend zu machen hat, aber an diesem Fall ist etwas ... Ich kann mich nicht davon lösen. Es ist ein sonderbarer Fall. Ich habe mir diese Karte angeschaut, Sir, und habe versucht, mir vorzustellen, wo ich mich verstecken würde. Was ist mit diesen gepunkteten Linien da im Osten der Stadt?«

»Das ist eine neue Wohnsiedlung.«

»Häuser im Bau?«

»Ich habe zwei Männer auf Spezialstreife hinausgeschickt.«

»Sie haben wirklich alles bestens geregelt, Sir. Sie brauchen uns wirklich nicht.«

»Sie dürfen uns nicht mit *seinen* Augen sehen.«

»Mir ist nicht ganz behaglich, wenn ich weiter darüber nachdenke. Er ist jemandem hierher gefolgt. Er ist ein gerissener Kerl. Wir hatten bisher nichts gegen ihn in der Hand, und in den letzten vierundzwanzig Stunden hat er plötzlich einen Fehler nach dem anderen gemacht. Unser Chef sagt, er legt eine Fährte, und das stimmt auch. Mir kommt es so vor, als wäre er verzweifelt hinter jemandem her.«

Der Superintendent warf einen Blick auf die Uhr.

»Ich gehe schon, Sir«, sagte Mather. »Bis morgen früh. Gute Nacht, Saunders. Ich schlendere noch ein bißchen herum, bevor ich ins Hotel komme. Ich möchte mir die Umgebung ansehen.«

Er trat hinaus auf die High Street. Der Regen hatte aufgehört, und das Wasser gefror nun im Rinnstein zu Eis. Er glitt auf dem Gehsteig aus und mußte sich mit der Hand an einem Laternenpfahl festhalten. Nach elf Uhr schalteten sie in Nottwich die Straßenbeleuchtung auf klein. Auf der anderen Straßenseite, fünfzig Meter in Richtung Marktplatz, konnte er den Vorbau des Royal Theatre erkennen. Nirgends waren mehr Lichter zu sehen. Er merkte, wie er *»Doch das Paradies für mich«* summte, und er dachte: Es ist gut, wenn man liebt, wenn man einen Mittelpunkt hat, wenn man ganz sicher ist und nicht nur *ver*liebt, mal hier und mal da. Er wollte, daß auch das so bald wie möglich richtig ›organisiert‹ war: Er wollte seine Liebe mit Stempel und Siegel und Unterschrift und gebührenpflichtiger Urkunde bestätigt haben. Er war erfüllt von einer stummen Zärtlichkeit, wie er sie niemals außerhalb der Ehe würde bekunden können. Er war kein Liebhaber; er sah sich bereits als einen verheirateten Mann, aber einen verheirateten Mann, der schon Jahre des Glücks und des Vertrauens erlebt hatte und dankbar dafür war.

Er tat das Verrückteste, was er je getan hatte, seit er sie kannte: Er ging und warf einen Blick auf das Haus, in dem sie wohnte. Er hatte die Adresse. Sie hatte sie ihm am Telefon gegeben, und die Suche nach der All Saints Road paßte in seine momentane Aufgabe. Auf dem Wege dorthin hielt er die Augen offen und nahm eine Menge Dinge wahr: Es war wirklich keine Zeitverschwendung. Er lernte zum Beispiel die Namen der beiden Lokalzeitungen kennen: das *Nottwich Journal* und der *Nottwich*

Guardian, zwei miteinander konkurrierende Blätter, die einander an der Chatton Street direkt gegenüberlagen, eine von ihnen gleich neben einem großen, grell herausgeputzten Kino. An ihrer Werbung konnte er sogar erkennen, welchen Leserkreis sie hatten: Das *Journal* war eine populär aufgemachte Zeitung, der *Guardian* war für die »besseren Kreise«. Er erfuhr auch, wo die besten Fish-and-Chips-Läden und die Kneipen lagen, in denen die Grubenarbeiter verkehrten; er entdeckte den Park, sah seine welken, eingegangenen Bäume, die Lattenzäune und die Kieswege für die Kinderwagen. All diese Dinge konnten von Bedeutung für ihn sein, und sie brachten die Karte von Nottwich für ihn zum Leben, so daß er sie jetzt mit den Augen der Menschen dieser Stadt ansehen konnte. Es war so, wie er mit den Augen der Joes und Charlies sah, wenn er beruflich in London unterwegs war.

Die All Saints Road wurde von zwei Reihen neugotischer Ziegelbauten gesäumt, die so sorgfältig angeordnet waren wie bei einer Parade. Er hielt vor Nummer 14 an und fragte sich, ob sie noch wach war. Am Morgen würde sie eine Überraschung erwarten; an der Euston Station hatte er eine Postkarte aufgegeben, mit der er ihr mitteilte, daß er im »Crown«, einem Gasthof für Handlungsreisende, absteigen wollte. Im Untergeschoß war das Licht an: Die Hauswirtin war noch wach. Er wünschte, er hätte sie schneller benachrichtigen können als mit der Karte; er wußte, wie trostlos es in einem neuen Logierzimmer sein konnte, der schwarze Tee beim Erwachen und das unfreundliche Gesicht des Zimmermädchens. Ihm schien, daß das Leben sie gar nicht gut genug behandeln konnte.

Der Wind ließ ihn frösteln, aber er verharrte noch auf dem gegenüberliegenden Gehsteig und fragte sich, ob sie wohl genug Decken in ihrem Bett hatte und ob sie Münzen für die Gasuhr hatte. Fast hätte er, ermutigt vom Licht im Untergeschoß, geläutet und die Hauswirtin gefragt, ob Anne alles hatte, was sie benötigte. Doch dann ging er weiter Richtung »Crown«. Er wollte keinen dummen Eindruck machen; er würde ihr nicht einmal erzählen, daß er vor dem Haus gestanden hatte, in dem sie schlief.

2

Ein Klopfen an der Tür weckte ihn. Es war kaum sieben. Eine weibliche Stimme sagte: »Sie werden am Telefon verlangt«, und er konnte hören, wie sie die Treppe hinunterstapfte und dabei mit dem Besenstiel am Geländer entlangklapperte. Der Tag fing ja schön an.

Mather ging nach unten zum Telefon, das sich hinter der Bar im leeren Gastraum befand. Er sagte: »Mather. Wer will mich sprechen?«, und er hörte die Stimme des Wachtmeisters vom Polizeirevier: »Wir haben einige Neuigkeiten für Sie. Er hat letzte Nacht in der Markuskirche geschlafen, das ist die katholische Kathedrale. Und jemand hat ausgesagt, daß er vorher unten am Fluß gewesen ist.«

Aber bis er angezogen war und das Revier erreicht hatte, hatten sich noch weitere Hinweise ergeben. Der Makler einer Wohnsiedlung hatte im Lokalblatt von den gestohlenen Banknoten gelesen und zwei Scheine ins Revier mitgebracht, die er von einem Mädchen erhalten hatte, das eines der Häuser kaufen wollte. Ihm sei das seltsam vorgekommen, weil sie nie bei ihm aufgetaucht sei, um die Verträge zu unterzeichnen.

»Das wird das Mädchen sein, das seine Fahrkarte abgegeben hat«, sagte der Superintendent. »Die beiden arbeiten zusammen.«

»Und die Kathedrale?« fragte Mather.

»Eine Frau hat ihn heute morgen in der Frühe herauskommen gesehen. Als sie nach Hause zurückkam (sie war in der Kirche) und die Zeitung las, erzählte sie es einem Verkehrspolizisten. Wir werden die Kirchen nachts abschließen müssen.«

»Nein, überwachen«, sagte Mather. Er wärmte sich die Hände über dem eisernen Ofen. »Ich möchte mit diesem Häusermakler reden.«

Der Mann kam in seinen Knickerbockerhosen munter aus dem Nebenraum herein. »Mein Name ist Green«, sagte er.

»Könnten Sie mir sagen, Mr. Green, wie dieses Mädchen ausgesehen hat?«

»Ein nettes kleines Ding«, sagte Mr. Green.

»Klein? Unter einem Meter sechzig?«

»Nein, das wohl nicht.«

»Sie sagten klein?«

»Ach«, sagte Mr. Green, »nur so ein Ausdruck, Sie wissen schon. Man konnte gut mit ihr umgehen.«

»Hübsch? Dunkel?«

»Ach, das kann ich nicht sagen. Ich habe nicht auf ihr Haar geschaut. Schöne Beine.«

»Irgend etwas Auffälliges in ihrem Benehmen?«

»Nein, das würde ich nicht sagen. Nette Ausdrucksweise. Sie konnte einen Spaß verstehen.«

»Dann haben Sie wohl auch nicht auf die Farbe ihrer Augen geachtet?«

»Also, das habe ich doch. Ich sehe den Mädchen immer in die Augen. Das gefällt ihnen. ›Sei nur für mich da‹, nicht wahr? Ein bißchen Poesie. Das ist so mein Trick. Bißchen Seele hineinbringen, wissen Sie?«

»Und was für eine Farbe hatten sie?«

»Grün mit einem goldenen Schimmer.«

»Was hatte sie an? Ist Ihnen das aufgefallen?«

»Natürlich ist es das«, sagte Mr. Green. Er fuhr mit den Händen durch die Luft. »Es war etwas Dunkles, Weiches, Sie verstehen schon, nicht wahr?«

»Und der Hut? Ein Strohhut?«

»Nein. Es war kein Strohhut.«

»Filz?«

»Es kann eine Art Filz gewesen sein. Er war dunkel. Das ist mir aufgefallen.«

»Würden Sie sie wiedererkennen, wenn Sie sie sehen?«

»Natürlich«, sagte Mr. Green. »Vergesse nie ein Gesicht.«

»In Ordnung«, sagte Mather, »Sie können gehen. Vielleicht brauchen wir Sie später, um das Mädchen zu identifizieren. Diese Banknoten behalten wir.«

»Aber ich muß Ihnen sagen«, sagte Mr. Green, »das ist echtes Geld. Es gehört meiner Gesellschaft.«

»Sie können davon ausgehen, daß das Haus noch weiter zum Verkauf steht.«

»Ich hatte auch den Beamten von der Sperre hier«, sagte der Superintendent. »Natürlich weiß er nichts, was uns weiterhelfen könnte. In den einschlägigen Romanen liest man immer, daß sich die Leute stets an *irgend etwas* erinnern, aber im echten Leben sagen sie gerade nur, ›Sie hat etwas Dunkles oder etwas Helles getragen‹.«

»Sie haben jemanden zu dem Haus geschickt, um es sich anzusehen? Ist das die Aussage von dem Mann? Es ist eigentümlich. Sie muß direkt vom Bahnhof aus dorthin gegangen sein. Warum? Und warum gab sie vor, das Haus kaufen zu wollen, und bezahlt mit gestohlenem Geld?«

»Es sieht so aus, als hätte sie sich verzweifelt darum bemüht, den anderen Mann vom Kauf abzuhalten. Als wenn sie dort irgend etwas versteckt gehabt hätte.«

»Ihr Mann soll das Haus am besten mit einer Lupe durchsuchen, Sir. Aber finden wird man natürlich nicht viel. Wäre dort noch irgend etwas zu finden, dann wäre sie auch erschienen und hätte die Verträge unterschrieben.«

»Nein, davor hätte sie Angst gehabt«, sagte der Superintendent, »denn er hätte mittlerweile bemerkt haben können, daß es sich um gestohlenes Geld handelte.«

»Wissen Sie«, sagte Mather, »ich war an dem Fall nicht besonders interessiert. Er schien mir eher eine Lappalie zu sein. Einen kleinen Dieb zu jagen, wo die ganze Welt bald Krieg führen wird wegen eines Mörders, den diese Trottel auf dem Kontinent nicht schnappen konnten. Aber jetzt interessiert es mich. Irgend etwas ist seltsam an der Sache. Ich habe Ihnen gesagt, was mein Chief über Raven gemeint hat? Er sagte, er lege eine Fährte. Aber es ist ihm bis jetzt gelungen, uns immer ein Stück voraus zu sein. Könnte ich die Aussage des Bahnbeamten ansehen?«

»Da ist nichts zu finden.«

»Ich bin anderer Meinung, Sir«, sagte Mather, während der Superintendent sie von dem Stapel Papiere von seinem Schreibtisch nahm, »die Romane haben recht. Die Leute erinnern sich immer an irgend etwas. Wenn sie sich an überhaupt nichts erinnerten, das wäre schon merkwürdig. Nur Geister hinterlassen keine festen Eindrücke. Sogar der Makler hat sich an die Farbe ihrer Augen erinnert.«

»Vielleicht falsch«, sagte der Superintendent. »Da, bitte. Das einzige, woran er sich erinnert, ist, daß sie zwei Koffer trug. Das ist natürlich etwas, aber viel wert ist es nicht.«

»Oh, man kann daraus schon einige Folgerungen ziehen«, sagte Mather. »Meinen Sie nicht auch?« Er hielt nichts davon, sich vor der Polizei in der Provinz als allzu gescheiter Kollege zu produzieren; er war auf ihre Mitarbeit angewiesen. »Sie plante einen langen Aufenthalt (eine Frau kriegt eine ganze Menge Sachen in einen einzigen Koffer) – oder aber, falls sie seinen Koffer auch noch trug, war er derjenige, der das Sagen hatte. Hält es für das Beste, sie hart anzupacken und sie alle schwere Arbeit machen zu lassen. Das paßt zu Ravens Charakter. Was das Mädchen betrifft –«

»In diesen Gangstergeschichten«, sagte der Superintendent, »sagen sie dann immer ›Süße‹ zu ihr.«

»Also, diese Süße«, sagte Mather, »gehört zu den Mädchen, die es gerne haben, wenn sie rauh angepackt werden. Der Typ, der sich anklammert, zugleich habgierig. So stelle ich sie mir vor. Wenn sie energischer wäre, dann hätte er einen von den Koffern getragen, oder sie hätte ihn hochgehen lassen.«

»Ich dachte, dieser Raven wäre ein besonders häßlicher Bursche.«

»Das paßt auch«, sagte Mather. »Vielleicht mag sie sie häßlich. Vielleicht ist das der besondere Kitzel.«

Der Superintendent lachte. »Sie holen aber eine ganze Menge aus diesen Koffern heraus. Lesen Sie den Bericht, und als nächstes liefern Sie mir dann ihre Fotografie. Bitte. Aber er erinnert sich an nichts zu ihrer Person, nicht einmal daran, was sie anhatte.«

Mather las. Er las es langsam. Er sagte nichts, aber in seinem Benehmen entdeckte der Superintendent etwas, was nach Erschrecken und Ungläubigkeit aussah. Er sagte: »Stimmt etwas nicht? Da ist doch nichts, oder?«

»Sie sagten, ich würde Ihnen ihre Fotografie liefern«, sagte Mather. Er zog einen Zeitungsausschnitt unter dem Deckel seiner Taschenuhr hervor. »Hier ist sie, Sir. Sie sollten sie an alle Polizeidienststellen in der Stadt und an die Presse geben.«

»Aber da steht doch nichts in dem Bericht«, sagte der Superintendent.

»Jeder erinnert sich an irgend etwas. Es war nichts, auf das Sie hätten stoßen können. Ich weiß scheinbar von mir aus etwas über dieses Verbrechen, aber ich habe es selbst nicht gemerkt, bis eben jetzt gerade.«

Der Superintendent sagte: »Er erinnert sich an nichts. Außer an die Koffer.«

»Danken wir Gott dafür«, sagte Mather. »Es kann bedeuten ... Sehen Sie, er sagt hier, einer der Gründe dafür, daß er sich an sie erinnert – er sagt wörtlich: erinnern –, ist, daß sie die einzige Frau war, die in Nottwich den Zug verließ. Und da gibt es ein Mädchen, das ich kenne, das ist mit diesem Zug gefahren. Sie hat ein Engagement hier am Theater.«

Der Superintendent sagte geradeheraus – er begriff nicht das ganze Ausmaß des Schocks: »Und ist sie so eine, wie Sie sagten? Die die Männer häßlich mag?«

»Ich dachte, sie mag die Normalen«, sagte Mather und starrte durch das Fenster auf eine Welt hinab, in der man sich an einem kalten frühen Morgen auf den Weg zur Arbeit machte.

»Der Typ, der sich anklammert und zugleich habgierig ist?«

»Verdammt, nein.«

»Aber wenn sie energischer wäre –«, spottete der Superintendent; er dachte, Mather sei verwirrt, weil seine Schlußfolgerungen falsch gewesen waren.

»Sie hatte soviel Mut und Energie wie möglich«, sagte Mather. Er drehte sich vom Fenster zurück. Er vergaß, daß der Superintendent der ranghöhere Beamte war; er sagte: »Gottverdammt, verstehen Sie denn nicht? Er hat seinen Koffer nicht selber getragen, weil er sie in Schach halten mußte. Er *zwang* sie, zu der Wohnsiedlung hinauszugehen.« Er sagte: »Ich muß dorthin. Er hatte vor, sie umzubringen.«

»Nein, nein«, sagte der Superintendent. »Sie vergessen eines: Sie hat Green das Geld gezahlt und ist mit ihm allein aus dem Haus gegangen. Er hat sie noch außerhalb der Siedlung gesehen.«

»Aber ich würde schwören«, sagte Mather, »daß sie nicht selber mit in der Sache steckt. Das ist absurd. Das gibt keinen Sinn.« Er sagte: »Wir sind verlobt und wollen heiraten.«

»Das ist eine böse Sache«, sagte der Superintendent. Er zögerte, griff nach einem abgebrannten Streichholz und reinigte damit einen Fingernagel, dann schob er das Foto zurück. »Stecken Sie es weg«, sagte er. »Wir gehen das Ganze anders an.«

»Nein«, sagte Mather. »Ich bin an diesem Fall. Lassen Sie es drucken. Es ist ein schlechtes, verschmuddeltes Foto.« Er sah es nicht an. »Es wird ihr nicht gerecht. Aber ich rufe zu Hause an, daß sie eines schicken, das ihr ähnlicher sieht. Ich habe einen ganzen Streifen Paßbilder von ihr daheim. Ihr Gesicht von allen Seiten. Für den Abdruck in den Zeitungen könnte es keine besseren Fotos geben.«

»Tut mir leid, Mather«, sagte der Superintendent. »Sollte ich nicht besser mit dem Yard sprechen? Daß sie jemand anderen schicken?«

»Sie könnten keinen Besseren für diesen Fall kriegen«, sagte Mather. »Ich kenne sie. Wenn einer sie finden kann, dann bin ich es. Ich gehe jetzt zu dem Haus dort. Wissen Sie, Ihr Mann hat vielleicht etwas übersehen. Ich *kenne* sie.«

»Vielleicht gibt es eine Erklärung«, sagte der Superintendent.

»Verstehen Sie nicht«, sagte Mather, »wenn es eine Erklärung gibt, dann bedeutet das – also, daß sie in Gefahr ist, daß sie unter Umständen –«

»Dann hätten wir ihre Leiche gefunden.«

»Wir haben ja nicht einmal einen lebenden Mann gefunden«, sagte Mather. »Würden Sie Saunders bitten, mir nachzukommen? Wie ist die Adresse?« Er schrieb Sie sorgfältig auf; er notierte sich immer alle Fakten; seinem Hirn traute er nur, wenn es um Theorien ging, um Spekulationen.

Es war eine lange Fahrt hinaus zu der Wohnsiedlung. Er hatte Zeit, sich über viele Möglichkeiten Gedanken zu machen. Sie konnte eingeschlafen und bis York weitergefahren sein. Sie hatte den Zug vielleicht gar nicht genommen ... und es gab in dem kleinen, schrecklichen Haus auch nichts, was dem widersprochen hätte. In dem Raum, der später einmal das schönste Zimmer nach vorne hinaus sein sollte, traf er auf einen Kriminalbeamten in Zivil; mit seinem protzigen Kamin, seiner dunkelbraunen Bilderleiste und seiner Wandtäfelung aus billiger Eiche weckte es schon eine Vorstellung von seiner künftigen Einrichtung mit schweren, unbenützten Möbeln, dunklen Vorhängen und Gosse-Porzellan. »Nichts«, sagte der Detective, »überhaupt nichts. Natürlich sieht man, daß jemand hier war. Staub ist verwischt worden. Aber es war nicht genug Staub, um Fußabdrücke zu ermöglichen. Hier gibt es nichts für uns.«

»Irgend etwas gibt es immer«, sagte Mather. »Wo haben Sie Spuren gefunden? In allen Zimmern?«

»Nein, nicht in allen. Aber beweisen kann ich das nicht. In diesem Zimmer findet sich nichts, aber der

Staub liegt hier auch nicht so dick. Vielleicht haben die Bauarbeiter hier besser ausgefegt. Man kann nicht ausschließen, daß jemand hier war.«

»Wie ist sie hereingekommen?«

»Das Schloß an der Hintertür ist aufgebrochen.«

»Kann ein Mädchen so etwas?«

»Eine Katze könnte das. Eine zu allem entschlossene Katze.«

»Green sagt, er sei durch die Vordertür gekommen. Öffnete nur die Tür zu diesem Zimmer und führte dann den anderen Burschen direkt nach oben, ins große Schlafzimmer. Das Mädchen kam dort dann dazu, gerade als er ihm das restliche Haus zeigen wollte. Darauf gingen sie direkt wieder hinunter und vor die Tür, bis auf das Mädchen, das in die Küche ging und seine Koffer holte. Er hatte die Haustür offengelassen und nahm an, sie würde ihnen folgen.«

»Sie war also in der Küche. Und im Badezimmer.«

»Wo ist das?«

»Die Treppe hinauf und dann links.«

Die beiden Männer, beide groß gewachsen, füllten das enge Badezimmer fast ganz aus. »Sieht so aus, als hätte sie sie kommen gehört«, sagte der Detective, »und sich hier drinnen versteckt.«

»Was hat sie nach oben getrieben? Wenn sie in der Küche war, hätte sie nur durch die Hintertür hinauszuschlüpfen brauchen.« Mather stand in dem schmalen Zwischenraum zwischen der Badewanne und der Toilette und dachte: *Sie* war hier, gestern. Es war unvorstellbar. Nichts paßte irgendwie mit dem zusammen, was er von ihr wußte. Sie waren jetzt sechs Monate verlobt; sie konnte sich nicht so total verstellt haben: während der Busfahrt von Kew zu ihr nach Hause an jenem Abend, als sie das Lied summte – wovon handelte es noch? – von irgendeiner Schneeblume; oder an dem Abend, als sie sich zwei Vorstellungen hintereinander im Kino angesehen hatten, weil er sein Gehalt schon aufgebraucht hatte und sie nicht zum Abendessen einladen konnte. Sie hatte sich nicht beklagt, als die Stimmen ein zweites Mal mechanisch und gefühllos mit ihren Texten einsetzten: »Ein kluger Kerl, wie?«, »Baby, du bist Spitze.« »Setz dich, ja?«; dabei hörten sie kaum hin. Sie war offen und treu, das konnte er beschwören; aber die andere Möglichkeit war so bedrohlich, daß er kaum wagte, darüber nachzudenken. Raven war in einer verzweifelten Lage. Er hörte sich sagen, schroff und überzeugt: »Raven ist hier gewesen. Er hat sie mit vorgehaltener Pistole hierher getrieben. Er wollte sie hier einschließen – oder vielleicht niederschießen. Dann hörte er Stimmen. Er gab ihr die Geldscheine und sagte zu ihr, sie solle dafür sorgen, daß die anderen verschwinden. Wenn sie irgend etwas versuchte, würde er sie erschießen. Verdammt, ist das nicht klar?« Aber der Detective wiederholte nur, was auch der Superintendent schon eingewendet hatte: »Sie hat das Haus zusammen mit Green verlassen, mit sonst niemandem. Es gab keinen Grund für sie, nicht zum Polizeirevier zu gehen.«

»Vielleicht ist er ihr in einiger Entfernung gefolgt.«

»Ich habe den Eindruck«, sagte der Detective, »als griffen Sie sich die *unwahrscheinlichste* von allen Theorien heraus«, und Mather konnte ihm regelrecht ansehen, wie verwirrt er von der Art war, wie dieser Mann vom Yard den Fall anging: Diese Londoner waren ihm ein wenig zu genial: Er glaubte an die Zuverlässigkeit des gesunden Menschenverstandes, wie er in den Midlands beheimatet war. Das traf Mather in seinem beruflichen Stolz; es kam sogar so etwas wie Haßgefühl gegen Anne in ihm auf, weil sie ihn in eine Lage gebracht hatte, in der seine Urteilskraft von seinen Gefühlen beeinflußt wurde. Er sagte: »Wir haben keinen Beweis, daß sie nicht versucht hätte, der Polizei von der Sache zu erzählen«, und er fragte sich: Wünsche ich sie mir nun tot und unschuldig oder lebend und schuldig? Er fing an, das Badezimmer mit peinlicher Gründlichkeit zu durchsuchen. Er steckte sogar den Finger in die Wasserhähne, für den Fall, daß. ... Er hatte die verwegene Idee, daß

Anne, wenn sie es wirklich gewesen war, vielleicht eine Botschaft hinterlassen wollte. Ungeduldig richtete er sich auf. »Hier ist nichts zu finden.« Ihm fiel ein, daß er noch eine andere Möglichkeit zu überprüfen hatte: Vielleicht hatte sie ihren Zug verpaßt. »Ich brauche ein Telefon«, sagte er.

»Es gibt eines die Straße hinunter, bei dem Makler.«

Mather rief im Theater an. Es war niemand da, bis auf die Hausbesorgerin, aber die wußte zufällig, daß bei der Probe niemand gefehlt hatte. Mr. Collier, der Regisseur, setzte die Namen der Abwesenden immer auf die Anschlagtafel beim Bühneneingang. Was Disziplin anging, war er ganz groß. Ja, und sie konnte sich erinnern, daß ein *neues* Mädchen dabeigewesen war. Sie hatte sie zufällig nach der Probe zur Dinner-Zeit mit einem Mann hinausgehen gesehen, gerade als sie selbst das Theater betrat, um ein bißchen sauberzumachen, und sie hatte gedacht: »Aha, ein neues Gesicht.« Sie wußte nicht, wer der Mann gewesen war. Er war vielleicht einer der Geldgeber. »Einen Augenblick, einen Augenblick«, sagte Mather; er mußte überlegen, was als nächstes zu tun war; *sie* war das Mädchen gewesen, das dem Makler die gestohlenen Geldscheine gegeben hatte; er mußte vergessen, daß sie die Anne war, die sich so sehnlich gewünscht hatte, noch vor Weihnachten zu heiraten, und die die Ungebundenheit ihres Berufes haßte, und die ihm in jener Nacht auf der Busfahrt von Kew nach Hause versprochen hatte, all diesen reichen Mäzenen und den Herumlungerern an der Bühnentür aus dem Wege zu gehen. Er sagte: »Mr. Collier? Wo kann ich ihn finden?«

»Er ist heute abend im Theater. Um acht ist eine Probe.«

»Ich muß ihn sofort sehen.«

»Das geht nicht. Er ist mit Mr. Bleek nach York gefahren.«

»Wo kann ich eines von den Mädchen finden, die bei der Probe waren?«

»Weiß ich nicht. Ich habe ihre Adressen nicht. Sie wohnen über die ganze Stadt verstreut.«

»Es muß doch *irgend jemanden* geben, der gestern abend da war –«

»Sie könnten natürlich Miss Maydew treffen.«

»Wo?«

»Ich weiß nicht, wo sie wohnt. Aber Sie müssen sich nur die Plakate für den Basar anschauen.«

»Den Basar? Was meinen Sie damit?«

»Sie eröffnet den Wohltätigkeitsbasar in St. Lukas, um zwei.«

Mather sah durch das Fenster des Maklerbüros Saunders über den gefrorenen Matschweg zwischen den Cozyholmes herankommen.

Er legte den Hörer auf und hielt Saunders an. »Etwas Neues erfahren?«

»Ja«, sagte Saunders. Der Superintendent hatte ihm alles erzählt, und er war tief bekümmert. Er liebte Mather. Er verdankte Mather alles; es war Mather, der ihn bei der Polizei Stufe um Stufe weitergebracht und die Vorgesetzten überzeugt hatte, daß ein Mann, der stotterte, als Polizist genauso gut sein konnte wie einer, der bei Polizeikonzerten den großen Vortragskünstler spielte. Doch auch sonst hätte er ihn sehr verehrt, und zwar wegen seines Idealismus und weil er so vorbehaltlos an das glaubte, was er tat.

»Also? Was gibt es?«

»Es handelt sich um Ihr M-Mädchen. Sie ist verschwunden.« Er sprudelte alles auf einmal hervor, in einem Atemzug. »Ihre Hauswirtin hat im Revier angerufen und gesagt, sie sei die ganze Nacht über weg gewesen und noch nicht zurückgekommen.«

»Reißaus genommen«, sagte Mather.

Saunders sagte: »G-glauben Sie das nicht. Sie h-h-haben ihr gesagt, sie soll diesen Zug nehmen. Sie sollte doch erst am M-m-m-m-morgen fahren.«

»Sie haben recht«, sagte Mather. »Das hatte ich vergessen. Daß sie ihn getroffen hat, muß ein Zufall gewesen sein. Aber ein schlimmer, Saunders. Vielleicht ist sie jetzt schon tot.«

»Warum sollte er das tun? Wir sind nur wegen Diebstahls hinter ihm her. Was haben Sie jetzt vor?«

»Zurück ins Revier. Und dann, um zwei«, er lächelte unglücklich, »gehe ich zu einem Wohltätigkeitsbasar.«

3

Der Vikar hatte Sorgen. Er hörte gar nicht darauf, was Mather ihm zu sagen hatte; er war zu sehr mit seinen eigenen Gedanken beschäftigt. Es war sein Assistent gewesen, der neue, muntere und weitherzige Hilfsgeistliche einer Pfarre aus den Londoner Eastend, der ihm vorgeschlagen hatte, Miss Maydew zu bitten, den Wohltätigkeitsbasar zu eröffnen. Er hielt das für einen besonderen Schlager, aber wie der Pfarrer Mather erklärte, während er ihn in dem kiefergetäfelten Vorraum der St. Lukas-Halle festnagelte, war ein Basar eigentlich immer ein Schlager. Eine fünfzig Meter lange Schlange von Frauen mit Körben in der Hand stand vor der Tür und wartete auf Einlaß; die Frauen waren nicht gekommen, um Miss Maydew zu sehen; sie waren gekommen, weil sie sich einen günstigen Gelegenheitskauf erhofften. Der Wohltätigkeitsbasar von St. Lukas war in ganz Nottwich berühmt.

Eine dürre, forsche Frau mit einer Kameebrosche steckte den Kopf durch die Tür. »Henry«, sagte sie, »das Komitee plündert schon wieder die Stände. Können Sie denn nichts dagegen unternehmen? Wenn der Verkauf losgeht, ist ja nichts mehr übrig.«

»Wo ist Mander? Das ist *seine* Aufgabe«, sagte der Pfarrer.

»Mr. Mander ist natürlich weg und holt Miss Maydew ab.« Die forsche Frau schnaubte durch die Nase, rief »Constance, Constance!« und verschwand in Richtung Gemeindesaal.

»Man kann einfach nichts dagegen machen«, sagte der Pfarrer, »es passiert jedes Jahr wieder. Diese guten

Frauen opfern freiwillig ihre Zeit. Die Altar Society wäre ganz schlecht dran ohne sie. Also erwarten sie, daß sie unter den Spenden die erste Wahl haben. Das Problem ist dabei natürlich, daß *sie* selbst vorher die Preise festgesetzt haben.«

»Henry«, sagte die forsche Frau und tauchte wieder an der Eingangstür auf, »Sie *müssen* eingreifen. Mrs. Penny hat den sehr gut erhaltenen Hut, den Lady Cundifer geschickt hat, auf achtzehn Pence festgesetzt und ihn dann selber gekauft.«

»Meine Liebe, was soll ich dazu sagen? Sie würden nie mehr freiwillig helfen. Sie müssen bedenken, daß sie Zeit geopfert und viel Mühe auf sich genommen haben ...«, aber er sprach zu einer geschlossenen Tür. »Mir macht Sorgen«, sagte er zu Mather, »daß diese junge Dame Applaus erwartet. Sie wird nicht verstehen, daß niemand daran interessiert ist, *wer* einen Wohltätigkeitsbasar eröffnet. In London ist das alles anders.«

»Sie hat sich verspätet«, sagte Mather.

»Die sind imstande und rennen uns die Türen ein«, sagte der Pfarrer und warf durch das Fenster einen nervösen Blick auf die immer länger werdende Schlange. »Ich muß beichten, daß ich eine kleine Kriegslist angewandt habe. Schließlich ist sie unser Gast. Sie scheut keine Zeit und Mühe.« Zeit und Mühe waren die Geschenke, mit denen der Pfarrer am ehesten rechnen konnte. Sie wurden bereitwilliger gegeben als Münzen bei der Kollekte. Er fuhr fort: »Haben Sie draußen ein paar Jungen gesehen?«

»Nur Frauen«, sagte Mather.

»Du meine Güte. Ich habe es Lance *gesagt* – er ist der Leiter der Pfadfinder. Wissen Sie, ich habe mir gedacht, wenn einer oder zwei von den Pfadfindern, natürlich nicht in Uniform, sich bei ihr ein Autogramm holten, das würde Miss Maydew gefallen, würde ihr zeigen, wie sehr wir es zu schätzen wissen ... daß sie Zeit und Mühe ...« Er sagte traurig: »Nur ist die Gruppe von St. Lukas nicht sehr zuverlässig ...«

Ein grauhaariger Mann mit einer Reisetasche steckte seinen Kopf durch die Tür. Er sagte: »Mrs. Harris sagte, daß irgend etwas mit der Toilette nicht in Ordnung ist.«

»Ach, Mr. Bacon«, sagte der Pfarrer, »sehr nett von Ihnen. Kommen Sie in den Saal. Da finden Sie Mrs. Harris. Eine kleine Verstopfung, wie ich gehört habe.«

Mather sah auf die Uhr. Er sagte: »Ich muß umgehend mit Miss Maydew sprechen –« Ein junger Mann kam hereingestürmt; er sagte zum Pfarrer: »Entschuldigen Sie, Mr. Harris, aber wird Miss Maydew eine Rede halten?«

»Ich hoffe nicht. Ganz entschieden hoffe ich das«, sagte der Pfarrer. »Es ist schwierig genug, die Frauen von den Ständen fernzuhalten, bis ich ein Gebet gesprochen habe. Wo ist mein Gebetbuch? Wer hat mein Gebetbuch gesehen?«

»Weil ich nämlich für das *Journal* berichte, und wenn sie nicht spricht, Sie verstehen, dann kann ich wieder gehen –«

Mather hätte zu gern gesagt: Hören Sie mir zu. Ihr verdammter Basar ist überhaupt nicht wichtig. Mein Mädchen ist in Gefahr. Sie ist vielleicht schon tot. Er wollte etwas tun, aber er stand da, schwerfällig, unbeweglich, geduldig, und sogar seine heftige innere Erregung und seine Angst hatte er unter der gewohnten Kontrolle. Man machte seinem Ärger nicht Luft, man ging ruhig Schritt für Schritt vor, fügte Tatsache an Tatsache; und wenn das Mädchen, das zu einem gehörte, ermordet worden war, dann hatte man die Genugtuung, daß man sein Bestes getan hatte, wie es sich für ein Mitglied der besten Polizeitruppe der Welt gehörte. Als er dem Pfarrer zusah, wie er nach seinem Gebetbuch suchte, fragte er sich verbittert, ob ihm das wohl ein Trost sein würde.

Mr. Bacon kam zurück und sagte: »Jetzt spült sie wieder«, und er verschwand mit einer Tasche, in der es metallisch klapperte. Eine laute Stimme ließ sich vernehmen: »Ein paar Stufen hinauf, Miss Maydew, ein paar Stufen«, und der Hilfspfarrer trat ein. Er trug Wildlederschuhe, hatte ein glänzendes Gesicht und an den Kopf geklatschte Haare, und er trug unter dem Arm einen Schirm wie einen Kricketschläger; er wirkte, als käme er gerade von der Entenjagd zurück, ohne einen Treffer gelandet zu haben. »Das ist der Chef des Stabes, Miss Maydew, bereits an vorderster Front.« Zum Pfarrer gewandt, sagte er: »Ich habe Miss Maydew von unseren Dramatikern erzählt.«

Mather sagte: »Kann ich Sie einen Augenblick persönlich sprechen, Miss Maydew?«

Doch der Pfarrer zog sie hinter sich her. »Einen Augenblick, einen Augenblick, erst eine kleine Formalität. – Constance! Constance!«, und fast im gleichen Moment war der Vorraum leer bis auf Mather und den Journalisten, der auf der Tischplatte saß, die Beine herabbaumeln ließ und an den Nägeln kaute. Aus dem Raum nebenan drang ein ungeheurer Lärm herüber: Es hörte sich an wie eine hereintrampelnde Herde, die plötzlich vor einem Zaun zum Stehen kam; in der plötzlichen Stille konnte man den Pfarrer hören, wie er das Vaterunser hastig zu Ende betete, und dann erklang die helle, dünne Stimme von Miss Maydew: »Ich erkläre diesen Basar feierlich für –«, und dann wieder das Trampeln. Sie hätte ohnehin nicht mehr weitergewußt – ihre Mutter hatte immer nur Grundsteine gelegt; aber niemand bemerkte etwas davon. Alle waren erleichtert, daß sie keine Rede gehalten hatte. Mather ging zur Tür; ein halbes Dutzend Jungen standen mit ihren Autogrammalben Schlange vor Miss Maydew; die Pfadfindergruppe von St. Lukas hatte am Ende doch nicht versagt. Eine kräftige Frau mit Kapotthut und verschmitztem Blick sagte zu Mather: »Der Stand da wird *Sie* interessieren. Es ist einer mit Herrensachen«, und Mathers Blick fiel auf eine schmuddelige Ansammlung von Tintenwischern, Pfeifenputzern und handbestickten Tabaksbeuteln. Jemand hatte sogar eine Sammlung alter Pfeifen beigesteuert. Schnell log er: »Ich bin Nichtraucher.«

Die verschmitzte Frau sagte. »Sie sind doch hierher gekommen, um Geld dazulassen, nicht wahr, als eine Pflicht? Also können Sie sich auch *irgend* etwas Nützliches kaufen. An keinem der anderen Stände werden Sie irgend etwas Passendes finden«, und über die Schulter der Frau konnte er, während er den Hals nach Miss Maydew und den Pfadfindern von St. Lukas drehte, ein paar grimmige Blicke auf ausrangierte Vasen, angeschlagene Obstschalen und Stapel vergilbter Babywindeln werfen. »Ich habe hier verschiedene Hosenträger. Sie können genausogut ein Paar Hosenträger nehmen.«

Mather sagte, was ihn selber erstaunte und zugleich peinlich berührte: »Sie ist vielleicht schon tot.«

Die Frau sagte: »Wer ist tot?« und hielt ein Paar malvenfarbene Sockenhalter hoch.

»Tut mir leid«, sagte Mather. »Ich war woanders mit meinen Gedanken.« Daß er so die Kontrolle über sich verloren hatte, erschreckte ihn. Er dachte: Ich sollte dafür sorgen, daß sie mich auswechseln. Es wird mir doch zuviel. Er sagte: »Entschuldigen Sie«, als er sah, daß der letzte Pfadfinder sein Album zuklappte.

Er führte Miss Maydew in den Vorraum. Der Journalist war gegangen. Er sagte: »Ich versuche, die Spur eines Mädchens zu finden, das in Ihrer Truppe ist; sie heißt Anne Crowder.«

»Kenne ich nicht«, sagte Miss Maydew.

»Sie ist erst gestern dazugestoßen.«

»Sie sehen alle gleich aus«, sagte Miss Maydew, »als Chinesen verkleidet. Ich kann mir ihre Namen nie merken.«

»Die ich meine ist hübsch. Grüne Augen. Sie hat eine schöne Stimme.«

»In dieser Truppe? Nein«, sagte Miss Maydew, »nicht in dieser Truppe. Ich kann sie nicht anhören. Ich bekomme Zahnschmerzen dabei.«

»Sie erinnern sich nicht, daß sie gestern abend mit einem Mann ausgegangen ist, gleich nach Ende der Probe?«

»Warum sollte ich? Was sollen diese schmutzigen Andeutungen?«

»Er hat Sie auch eingeladen.«

»Der fette Idiot«, sagte Miss Maydew.

»Wer war das?«

»Ich weiß nicht. Davenant hat ihn Collier genannt, glaube ich, oder sagte er Davis? Habe ihn nie zuvor gesehen. Ich nehme an, er ist der Mann, mit dem Cohen Streit hatte. Obwohl irgendwer etwas über Callitrope sagte.«

»Die Sache ist wichtig, Miss Maydew. Das Mädchen ist verschwunden.«

»Das passiert bei diesen Gastspielunternehmen dauernd. Wenn man in ihre Garderoben kommt, hört man sie immer nur über *Männer* sprechen. Wie können sie hoffen, jemals richtige Schauspielerinnen zu werden. Es ist alles so schmuddelig.«

»Sie können mir also gar nicht helfen? Sie haben keine Idee, wo ich diesen Davenant finden könnte?«

»Collier wird es wissen. Er kommt heute abend zurück. Oder vielleicht weiß er es auch nicht. Ich glaube nicht, daß er ein alter Bekannter von ihm ist. Jetzt fällt es mir wieder ein. Collier hat ihn Davis genannt, und er antwortete, nein, er heiße Davenant. Er hat Davis seinen Anteil abgekauft.«

Mather ging niedergeschlagen davon. Eine Art Instinkt, der ihn immer dorthin trieb, wo Menschen waren, weil man Hinweise eher in einer Menge fremder Leute fand als in leeren Räumen oder verlassenen Straßen, ließ ihn durch den Saal gehen. Wenn man diesen gierigen Frauen zusah, wäre man nicht darauf gekommen, daß England an der Schwelle eines Krieges stand. »Ich sagte zu Mrs. Opkinson, wenn Sie mich direkt ansprechen, sagte ich.« »Das wird Dora aber stehen.« Eine sehr alte Frau sagte über einen Stapel Kunstseideschlüpfer hinweg: »Er lag fünf Stunden da mit hochgezogenen Knien.« Ein Mädchen kicherte und flüsterte heiser: »Kolossal, würde ich sagen.« »Er wußte, wie er es anstellen mußte.« Warum sollten diese Menschen sich um den Krieg Gedanken machen? Sie schoben sich weiter von Stand zu Stand, und alles um sie herum war erfüllt von ihrem eigenen Tod, ihren eigenen Krankheiten, ihren eigenen Lieben. Eine Frau mit zerfurchtem Gesicht faßte Mather am Arm; sie mochte um die sechzig Jahre alt sein; sie hatte eine Art, beim Sprechen den Kopf wegzuducken, als erwarte sie einen Schlag, aber dann kam ihr Kopf wieder hoch mit einem unvergleichlich tückisch-bösen Blick. Er hatte sie beobachtet, während er zwischen den Ständen hindurchwanderte, ohne es sich bewußt zu machen. Jetzt zupfte sie ihn am Ärmel; ihre Finger rochen nach Fisch. »Reichen Sie mir das Stück Stoff da, mein Lieber«, sagte sie. »Sie haben lange Arme. Nein, nicht das. Das rosafarbene«, und dabei fing sie an, nach Geld zu suchen – in Annes Handtasche.

4

Mathers Bruder hatte Selbstmord begangen. Noch mehr als Mather hatte er es gebraucht, Teil einer Organisation zu sein, von ihr geschult zu werden, Disziplin zu üben und Befehle entgegenzunehmen, aber er hatte, anders als Mather, seine Organisation nicht gefunden. Als alles schiefging, brachte er sich um, und man hatte Mather ins Leichenschauhaus gerufen, um die Leiche zu identifizieren. Er hatte gehofft, daß es sich um einen Fremden handelte, bis sie das blasse, leblose Gesicht enthüllten. Den ganzen Tag hatte er zuvor versucht, den Bruder zu finden, war von Adresse zu Adresse gerannt, und das erste, was er gefühlt hatte, als er ihn nun daliegen sah, war nicht Trauer gewesen. Er hatte gedacht: Ich brauche mich nicht mehr zu beeilen, ich kann mich hinsetzen. Er war in ein Lokal gegangen und hatte sich eine Kanne Tee bestellt. Erst nach der zweiten Tasse hatte er angefangen, Trauer zu spüren.

Jetzt war es das gleiche. Er dachte: Ich hätte mich nicht zu beeilen brauchen, ich hätte mich vor der Frau mit den Hosenträgern nicht zum Narren machen müssen. Sie kann nur tot sein. Ich hätte mich gar nicht abhetzen müssen.

Die alte Frau sagte: »Danke, mein Lieber« und steckte das kleine Stück rosa Stoff ein. Er hatte nicht den geringsten Zweifel wegen der Handtasche. Er hatte sie ihr selber geschenkt; es war eine teure Handtasche, keine, die man in Nottwich gesucht hätte, und um die Sache ganz eindeutig zu machen: Auf einem kleinen runden Glasornament war die Stelle zu sehen, von der die Initialen entfernt worden waren. Es war aus, für immer; er mußte sich nicht mehr beeilen; ein Schmerz stieg in ihm hoch, viel schlimmer, als er ihn damals in dem Restaurant gespürt hatte (ein Mann am Nachbartisch hatte gebratene Scholle gegessen, und noch jetzt kam ihm, er wußte nicht, warum, bei einer bestimmten Art von Schmerz jedesmal eine Assoziation von Fischgeruch). Aber zuvor spürte er erst einmal eine ebenso kalte wie berechnende Befriedigung darüber, daß er nun bereits seine Hand an diese Teufel legen konnte. Jemand würde hierfür sterben müssen. Die alte Frau hatte einen kleinen Büstenhalter ergriffen und prüfte seine Elastizität mit einem maliziösen Lächeln, denn er war für ein junges und hübsches Mädchen gemacht, dessen Brüste noch verdienten, geschützt zu werden. »Diese komischen Dinger, die sie da tragen«, sagte sie.

Er hätte sie sofort festnehmen können, aber er hatte bereits entschieden, daß das nichts brachte; dahinter steckten andere als diese alte Frau; er würde sie alle kriegen, und je länger die Jagd dauerte, desto besser; er brauchte so lange nicht über die Zukunft nachzudenken, bis alles vorbei war. Jetzt war er froh, daß Raven bewaffnet war, denn jetzt war er gezwungen, auch eine Waffe zu tragen, und wer konnte wissen, ob sich nicht vielleicht eine Gelegenheit ergeben würde, sie auch zu benutzen?

Er sah auf, und da, auf der anderen Seite des Standes, die Augen auf Annes Tasche geheftet, war die dunkle, abweisende Gestalt, nach der er gesucht hatte, die Hasenscharte hinter einem wenige Tage alten Schnurrbart verborgen.

VIERTES KAPITEL

1

Raven war den ganzen Morgen auf den Beinen gewesen. Er mußte dauernd in Bewegung bleiben; er konnte nicht einmal das bißchen Kleingeld nutzen, das er noch hatte, um sich etwas zu essen zu kaufen, weil er nicht wagte, stehenzubleiben und jemandem die Möglichkeit zu bieten, sein Gesicht zu studieren. Er kaufte vor dem Postamt eine Zeitung und fand darin seine eigene Personenbeschreibung in einem schwarzen Rahmen. Er war wütend, denn sie stand auf einer der hinteren Seiten: Die Lage in Europa füllte die Titelseite. Mittags war er von dem Hin-und-her-Gelaufe und der unablässigen Suche nach Cholmondeley hundemüde. Er blieb einen Augenblick lang stehen und starrte auf sein Spiegelbild im Schaufenster eines Friseurladens; seit seiner Flucht aus dem Café hatte er sich nicht mehr rasiert; ein Schnurrbart würde seine Narbe verbergen, aber er wußte aus Erfahrung, daß sein Barthaar unregelmäßig wuchs, dicht am Kinn, dünn auf der Oberlippe, und direkt an der rötlichen Mißbildung überhaupt nicht. Jetzt ließ ihn der struppige Bartwuchs auf dem Kinn eher auffällig erscheinen, und er wagte nicht, in einen Friseurladen zu gehen und sich rasieren zu lassen. Er kam an einem Schokoladenautomaten vorbei, aber der nahm nur Sixpence und Shilling-Münzen, und er hatte bloß halbe Kronen, Zweishillingstücke und Halfpennies in der Tasche. Hätte er nicht einen so tiefen Haß verspürt, er hätte aufgegeben; sie konnten ihm nicht mehr als fünf Jahre geben, aber der Tod des alten Ministers hing jetzt, da er sich so müde und geschunden fühlte, schwer wie ein Mühlstein an seinem Hals. Es fiel ihm schwer, sich vorzustellen, daß man ihn nur wegen Diebstahls verfolgte.

Er fürchtete sich davor, in enge Gassen einzubiegen, in Sackgassen zu landen, weil er Angst davor hatte, einem vorbeikommenden Polizisten aufzufallen. Als der einzige Mensch weit und breit würde man ihn vielleicht genauer ansehen, und deswegen hielt er sich die ganze Zeit über nur in den belebtesten Straßen auf und ging dabei das Risiko ein, unzählige Male wiedererkannt zu werden. Es war ein trüber, kalter Tag, aber wenigstens regnete es nicht. Die Geschäfte waren voll von Weihnachtsgeschenken, all dieser alberne und nutzlose Plunder, der das ganze Jahr über in den hinteren Regalen gelegen hatte und nun draußen die Schaufenster füllte; Broschen mit Fuchsköpfen, Buchstützen in der Form von Kenotaphen, Eierwärmer aus Wolle, unzählige Spiele mit Spielsteinen und Würfeln und die lächerlichsten Varianten von Pfeilwurfspielen, »Cats on the Wall« und »Fishing for Gold Fish«. In einem Devotionalien-Geschäft neben der katholischen Kathedrale fiel ihm wieder die Weihnachtsszene auf, die ihn schon in dem Café in Soho geärgert hatte: die Mutter mit Kind aus Gips, die Weisen aus dem Morgenland und die Hirten. Man hatte sie in einer aus braunem Packpapier gebastelten Höhle aufgestellt, umgeben von Andachtsbüchern und Heiligenbildchen der heiligen Theresa. »Die Heilige Familie«. Er preßte sein Gesicht in einer Mischung aus Schrecken und Wut darüber ans Fenster, daß dieses Märchen noch immer aufgetischt wurde. »Denn sie fanden keinen Platz in der Herberge«; er erinnerte sich, wie sie da in Reihen auf ihren Bänken gesessen und auf das Weihnachtsessen gewartet hatten, während die dünne, klare Stimme weiter von Kaiser Augustus las und wie jeder in seine Geburtsstadt ging, um sich schätzen zu lassen. Am Weihnachtstag schlugen sie niemanden. Alle Strafen wurden auf später verschoben, auf den »Boxing

Day«. Liebe, Barmherzigkeit, Geduld, Demut – die hatte man ihn gelehrt; er wußte alles über diese Tugenden; er hatte erfahren, was sie wert waren. Sie verdrehten alles; sogar diese Geschichte da, sie war verbürgt, sie war geschehen, aber sie verdrehten sie für ihre eigenen Zwecke. Sie hatten ihn zum Gott gemacht, weil sie sich dann gut vorkommen konnten und sich nicht verantwortlich fühlen mußten für die schreckliche Behandlung, die sie ihm hatten zuteil werden lassen. Er war doch einverstanden gewesen, nicht wahr? Das war ihr Argument, denn er hätte ja auch eine »himmlische Heerschar« herabrufen können, wenn er hätte entkommen und sich nicht ans Kreuz schlagen lassen wollen. Bei Gott, das hätte er gekonnt, dachte er bitter und ohne Glauben, genauso leicht, wie sein Vater sich hätte retten können, als er in Wandsworth unter dem Galgen stand und die Falltür sich unter ihm öffnete. Er stand da mit dem Gesicht an der Scheibe und wartete darauf, daß jemand ihm diese Folgerungen abstritt, starrte mit entsetzter Zärtlichkeit auf das Kind in den Windeln, »den kleinen Bastard«, weil er schließlich Schulbildung besaß und wußte, was mit diesem Kind geschehen würde, mit diesen verdammten Juden, nur noch den Verräter Judas und einen einzigen Mann an seiner Seite, der ein Messer zog, als die römischen Soldaten in den Garten kamen, um ihn zu fassen.

Ein Polizist kam die Straße herauf, während Raven durch die Schaufensterscheibe starrte, und ging vorbei, ohne einen Blick auf ihn zu werfen. Er fing an, sich Gedanken darüber zu machen, wieviel sie wußten. Hatte das Mädchen ihnen seine Geschichte erzählt? Er nahm an, daß sie es inzwischen getan hatte. Es würde in der Zeitung stehen, und er sah nach. Es war kein Wort über sie darin. Das erschütterte ihn. Er hatte sie fast umgebracht, und sie war nicht zu ihnen gelaufen: Das bedeutete, daß sie glaubte, was er ihr erzählt hatte. Für einen Moment war er wieder in der Garage bei der Weevil-Street, mit dem Regen und in der Dunkelheit, mit diesem schrecklichen Gefühl der Verlassenheit, mit dem Gefühl, etwas Wertvolles verloren, einen nicht wiedergutzumachenden Fehler begangen zu haben, aber jetzt konnte er sich nicht mehr mit einiger Überzeugung von der alten Redensart trösten lassen: »Gib ihr nur ein bißchen Zeit ... So geht es immer, wenn man sich mit den Weibern abgibt.« Er wollte sie finden, aber er dachte: Welche Chance habe ich schon, ich finde ja nicht einmal Cholmondeley. Bitter sagte er zu dem winzigen Bröckchen Gips in der Gipskrippe: »Wenn du ein Gott wärst, dann wüßtest du, daß ich ihr kein Leid antun würde: Du würdest mir die Chance geben, daß ich mich umdrehe und sie auf dem Gehsteig entdecke«, und er drehte sich um, mit halbherziger Hoffnung, aber natürlich war es nichts.

Als er weiterging, sah er ein Sixpencestück im Rinnstein. Er hob es auf und ging den Weg zurück, den er gekommen war, bis zu dem letzten Schokoladenautomaten, an dem er vorbeigegangen war. Er befand sich an der Außenwand eines Süßigkeitenladens gleich neben einem Gemeindesaal, vor dem Frauen in einer Schlange auf dem Gehsteig standen und warteten, bis dort irgendein Basar begann. Sie wurden laut und ungeduldig; es war schon über die Zeit, zu der die Türen geöffnet werden sollten, und er dachte, welche wunderbare Gelegenheit sie alle für einen wirklich tüchtigen Taschendieb abgaben. Sie standen eng aneinandergepreßt und würden einen kleinen Ruck an ihrer Handtasche gar nicht bemerkt haben. An dem, was er dachte, war keinerlei persönliches Interesse; so tief war er noch nicht gefallen, dachte er, um Frauen die Taschen zu leeren. Aber sie zogen doch seine Aufmerksamkeit auf sich, während er an der Reihe entlangging. Eine der Taschen ragte etwas hervor, am Arm einer alten, ziemlich schmutzigen Frau, und sie sah neu aus, teuer, elegant, sie erinnerte ihn an eine Tasche, die er schon zuvor gesehen hatte; mit einemmal fiel es ihm ein: das kleine Badezimmer, die erhobene Pistole, die Puderdose, die sie herausgezogen hatte.

Die Tür wurde geöffnet, und die Frauen drängten hinein; fast mit einem Schlag stand er allein auf dem Gehsteig neben dem Automaten und dem Plakat, das den Wohltätigkeitsbasar ankündigte: »Eintritt 6 Pence.« Es konnte nicht ihre Tasche sein, sagte er zu sich selbst, es mußte Hunderte davon geben, doch er folgte der Tasche trotzdem durch die Tür aus Kiefernholz. »Und führe uns nicht in Versuchung«, sagte der Pfarrer vorne an einem Rednerpult über die alten Hüte und angeschlagenen Vasen und die Stapel von Damenunterwäsche hinweg. Als das Gebet zu Ende war, wurde er vom Druck der Menge gegen einen Stand geschoben, auf dem Liebhaber-Stücke ausgelegt waren: kleine gerahmte Aquarelle mit Seenlandschaften, kitschige Zigarettendosen vom Italienurlaub, Aschenbecher aus Messing und eine Reihe zerfledderter Romane. Dann zog ihn die Menge weiter und drückte ihn in Richtung auf den am meisten gefragten Stand. Er konnte nichts dagegen unternehmen. Nach einem einzelnen Menschen zu suchen, war in der Menge kaum möglich, aber das brauchte er auch nicht, denn plötzlich landete er vor einem Stand, auf dessen anderer Seite die alte Frau stand. Er beugte sich vor und starrte auf die Tasche; ihm fiel ein, wie das Mädchen gesagt hatte: »Ich heiße Anne«, und dort auf dem Leder erkannte er schwach die Konturen eines A; den aus Chrom gestanzten Buchstaben selbst hatte jemand entfernt. Er blickte auf, er bemerkte nicht, daß da noch ein anderer Mann war, die Augen auf ein boshaftes Frauengesicht geheftet.

Es schockierte ihn so, wie ihn Cholmondeleys Doppelspiel schockiert hatte. Wegen des alten Kriegsministers fühlte er keine Schuld, das war einer von den Großen dieser Welt gewesen, einer von denen, die in den vordersten Reihen gesessen hatten im Tempel, jawohl, er war schließlich nicht ohne Bildung, er wußte die richtigen Worte, und wenn er sich an das Flüstern der Sekretärin durch die nicht ganz geschlossene Tür erinnerte, dann machte er sich zwar ein paar Gedanken, aber er konnte sich auch immer wieder sagen, daß er sie in Selbstverteidigung erschossen hatte. Aber das war eine Schlechtigkeit. Wenn Leute derselben Klassenzugehörigkeit einander eine Falle stellten. Er schob sich am Rand des Standes entlang, bis er neben ihr stand. Er beugte sich zu ihr hinab. Er flüsterte: »Wie sind Sie an diese Tasche gekommen?«, aber die Speerspitze der beutegierigen Frauen drängte sich dazwischen; sie konnte nicht einmal gesehen haben, wer ihr etwas zugeflüstert hatte. Soweit sie wußte, war es vermutlich eine Frau gewesen, die irrtümlich geglaubt hatte, damit einen günstigen Fang aus dem Basarangebot zu machen, dennoch hatte ihr die Frage Angst eingejagt. Er sah, wie sie sich mit den Ellbogen den Weg zur Tür freikämpfte, und bemühte sich, ihr zu folgen.

Als er den Saal verließ, sah er gerade noch, wie ihr langer, altmodischer Rock um eine Ecke flatterte. Er ging schnell. In seiner Eile bemerkte er nicht, daß auch er seinerseits verfolgt wurde, und zwar von einem Mann, dessen Kleidung er sofort erkannt haben würde: den weichen Hut und den Mantel, als hätte er eine Uniform an. Bald schon erinnerte er sich an die Straße, denselben Weg war er mit dem Mädchen gegangen. Es war wie eine Erinnerung an einmal gemachte Erfahrungen. Gleich würde ein Zeitungsladen auftauchen, genau dort war ein Polizist gestanden, er hatte vorgehabt, sie zu töten, sie mit hinauszunehmen, irgendwohin, wo es keine Häuser mehr gab, und sie dann kurz und schmerzlos in den Rücken zu schießen. Die verkniffene, tiefe Bösartigkeit in dem Gesicht, in das er über den Stand hinweg gesehen hatte, schien ihm jetzt nickend zu bestätigen: »Keine Sorge, darum haben wir uns für Sie schon gekümmert.«

Es war unglaublich, wie geschwind die alte Frau sich davonmachte. Sie hielt die Tasche in der einen Hand, und mit deren anderen zog sie den albernen langen Rock in die Höhe; sie war wie ein weiblicher Rip Van Winkle nach einem fünfzig Jahre dauernden Schlaf in den Kleidern von damals aufgewacht. Er dachte: Sie haben irgend etwas mit ihr angestellt, aber wer sind »sie«? Sie war nicht bei der Polizei gewesen; sie hatte ihm seine Geschichte geglaubt; es konnte nur für Cholmondeley von Nutzen sein, wenn sie verschwand. Zum erstenmal seit dem Tod seiner Mutter hatte er Angst um jemand anderen, denn er wußte nur zu gut, daß Cholmondeley keine Skrupel kannte.

Als sie am Bahnhof vorbei war, bog sie nach links in die Khyber Avenue ab, vorbei an Reihen schäbiger Wohnhäuser. Grobe vergraute Spitzengardinen verbargen den Blick ins Innere der kleinen Zimmer, und dazwischen preßten glänzend-grüne Palmen in Töpfen ihre Blätter gegen die Scheiben. Leuchtende Geranien gab es hinter den geschlossenen Fenstern nicht: Diese grellroten Blumen gehörten zu einer ärmeren Klasse, als in der Khyber Avenue wohnte, zur Klasse der Ausgebeuteten. An der Khyber Avenue war man schon bis zur feineren Aspidistra der Kleinausbeuter vorgedrungen. Lauter Cholmondeleys en miniature. Vor Nummer 61 mußte die Alte einen Moment stehenbleiben und nach ihrem Schlüssel kramen; dadurch hatte er genug Zeit, sie abzufangen. Er stellte den Fuß in die sich schließende Tür und sagte: »Ich hätte ein paar Fragen an Sie.«

»Verschwinden Sie«, sagte die Alte. »Mit Leuten wie Ihnen haben wir nichts zu tun.«

Er drückte die Tür langsam weiter auf. »Sie sollten mir lieber zuhören«, sagte er. »Das wäre nur gut für Sie.« Sie stolperte rückwärts in den kleinen Flur, der mit allem möglichen Zeug vollgestopft war: Haßerfüllt registrierte er die Vitrine mit dem ausgestopften Fasan, den mottenzerfressenen Hirschkopf, einst bei einer Auktion draußen auf dem Lande erworben und jetzt mit seinem Geweih als Hutständer dienend, den eisernen Schirmständer, schwarz bemalt mit goldenen Sternen darauf, den kleinen rosafarbenen Glasschirm über der Gasflamme. Er sagte: »Woher haben Sie die Tasche da? Übrigens«, sagte er, »es würde mir nicht weiter schwerfallen, Ihnen Ihre alte Gurgel zuzudrücken.«

»Acky!« schrie die Alte. »Acky!«

»Was soll das, he?« Er öffnete aufs Geratewohl eine der beiden Türen, die auf den Flur gingen, und sah eine große billige Couch, bei der das Inlett durch den Bezug kam, einen riesigen Spiegel mit Goldrahmen und das Bild eines nackten Mädchens, das bis zu den Knien im Meer stand; es roch abgestanden nach Parfüm und Gas.

»Acky!« schrie die Alte noch einmal. »Acky!«

»So ist das also. Sie alte Kupplerin«, und er drehte sich wieder zurück in den Flur. Aber nun war Verstärkung für sie da. Acky stand neben ihr; er war auf Gummisohlen aus dem rückwärtigen Teil des Hauses gekommen, ganz lautlos. Er war groß und kahlköpfig und sah Raven mit einem verschlagen-frommen Blick an. »Was wollen Sie, mein Guter?« Er gehörte einer ganz anderen Gesellschaftsschicht an: Eine gute Schule und ein Priesterseminar hatten seinen Akzent geformt; seine gebrochene Nase stammte aus einem anderen Milieu.

»Was wollen Sie?« sagte die Alte und drehte sich, von Ackys Arm beschützt, zu Raven um.

Raven sagte: »Ich habe es eilig. Ich möchte diesen Laden hier nicht auf den Kopf stellen. Sagen Sie mir, woher Sie die Tasche haben.«

»Falls Sie Bezug nehmen auf die Handtasche meiner Frau«, sagte der Glatzköpfige, »die wurde ihr – war es nicht so, Tiny? – von einem Logiergast gegeben.«

»Wann?«

»Vor ein paar Tagen.«

»Wo ist sie jetzt?«

»Sie hat nur eine Nacht bei uns verbracht.«

»Warum hat sie Ihnen ihre Tasche gegeben?«

«So etwas lassen wir auch nur einmal durchgehen«, sagte Acky, »Sie verstehen?«

»War sie allein?«

»Natürlich war sie nicht allein«, sagte die Alte. Acky hustete, hielt ihr die Hand vor den Mund und schob sie sanft hinter seinen Rücken. »Ihr Verlobter«, sagte er, »war bei ihr.« Er ging auf Raven zu. »Dieses Gesicht«, sagte er, »kommt mir irgendwie bekannt vor. Tiny, meine Liebe, hol mir einmal das *Journal.*«

»Nicht nötig«, sagte Raven. »Ich bin es.« Er sagte: »Was die Tasche angeht, haben Sie gelogen. Wenn das Mädchen hier war, dann war das vergangene Nacht. Ich werde jetzt dieses Kupplerhaus durchsuchen.«

»Tiny«, sagte ihr Mann, »geh hinten hinaus und rufe die Polizei.« Raven hatte seine Hand an der Pistole, aber er machte keine Bewegung, zog sie nicht hervor, hielt die Augen auf die Alte gerichtet, die sich unentschlossen durch die Küchentür schob. »Beeile dich, Tiny, meine Liebe.«

Raven sagte: »Wenn ich glauben müßte, daß sie tatsächlich geht, würde ich Sie geradewegs erschießen, aber sie geht zu keiner Polizei. Vor der fürchten Sie sich mehr als ich. Sie ist jetzt in der Küche und versteckt sich in einer Ecke.«

Acky sagte: »O nein, ich versichere Ihnen, daß sie gegangen ist; ich habe die Tür gehört; Sie können selber nachsehen«, und als Raven an ihm vorbeiging, hob er seine Hand und schlug mit einem Schlagring auf einen Punkt hinter Ravens Ohr.

Aber das hatte Raven erwartet. Er duckte sich und kam wohlbehalten vorbei, stand dann in der Küchentür, die Waffe gezückt. »Bleiben Sie stehen«, sagte er. »Diese Waffe macht kein Geräusch. Ich verpasse Ihnen eine, wenn Sie sich rühren.« Die Alte war dort, wo er angenommen hatte, in die Ecke gequetscht zwischen Schrank und Tür. Sie jammerte: »Ach, Acky, du hättest es ihm geben sollen.«

Acky fing an zu fluchen. Die Obszönitäten flossen ihm mühelos von den Lippen wie Speichel, aber sein Tonfall, sein Akzent änderten sich nicht; man hörte immer noch die gute Schule, das Priesterseminar. Es war eine Menge lateinischer Wörter dabei, die Raven nicht verstand. Er sagte ungeduldig: »Also, wo ist das Mädchen?« Aber Acky hörte einfach nicht hin; er stand da in einer Art Krampf oder Anfall, und die Augäpfel rollten unter seinen Lidern; vielleicht betete er auch; Raven schienen einige von den lateinischen Wörtern aus Gebeten zu stammen: *»Saccus stercoris«, »fauces«.* Er sagte noch einmal: »Wo ist das Mädchen?«

»Lassen Sie ihn in Ruhe«, sagte die Alte. »Er kann Sie nicht hören. Acky«, jammerte sie aus ihrer Ecke hinter dem Schrank, »es ist alles in Ordnung, Lieber, du bist zu Hause.« Grimmig sagte sie zu Raven: »Das haben Sie ihm angetan.«

Plötzlich war das Gefluche vorbei. Er trat vor und versperrte den Eingang zur Küche. Die Hand mit dem Schlagring griff nach dem Revers seines Mantels. Acky sagte mit sanfter Stimme: »Auch Sie, Eminenz, sind – da bin ich sicher – in Ihren jungen Tagen mal im Heuhaufen ...«, und er kicherte.

Raven sagte: »Sagen Sie ihm, er soll zur Seite gehen. Ich durchsuche jetzt Ihr Haus.« Er behielt die beiden im Auge. Das kleine vollgestopfte Haus zerrte an seinen Nerven, und in der Küche gingen die Bosheit und der Wahnsinn um. Die Alte sah ihn mit Haß in den Augen aus ihrer Ecke an. Raven sagte: »Mein Gott, wenn Sie sie umgebracht haben ...« Er sagte: »Wissen Sie, wie sich das anfühlt, wenn Sie eine Kugel im Bauch haben? Man liegt einfach da und blutet ...« Er hatte das Gefühl, ebensogut eine Spinne erschießen zu können. Plötzlich brüllte er ihren Mann an: »Gehen Sie mir aus dem Weg.«

Acky sagte: »Sogar der heilige Augustinus ...« Er sah ihn mit glasigen Augen an, hielt die Tür noch immer verbarrikadiert. Raven schlug ihm ins Gesicht, sprang dann zurück außer Reichweite des wie ein Dreschflegel ausholenden Arms. Er hob die Pistole, und die Frau schrie: »Halt! Ich schaffe ihn hinaus.« Sie sagte: »Wagen Sie nicht, Acks anzurühren. Die haben ihn seinerzeit schlimm genug behandelt.« Sie nahm ihren Mann beim Arm; sie reichte ihm kaum bis zur Schulter, grau und schmutzig und auf eine erbärmliche Weise zärtlich. »Acky, Lieber«, sagte sie, »komm ins Wohnzimmer.« Sie rieb ihr altes, böses, zerfurchtes Gesicht an seinem Ärmel. »Acky, es ist ein Brief vom Bischof gekommen.«

Seine Pupillen bewegten sich wieder wie die einer Puppe. Fast war er wieder er selber. Er sagte: »Ei, ei! Ich glaube, ich bin ein wenig aus der Fassung geraten.« Er sah Raven an und erkannte ihn halbwegs wieder. »Der Bursche ist ja immer noch da, Tiny.«

»Komm ins Wohnzimmer, Acky, Lieber. Ich muß mit dir reden.« Er ließ sich von ihr in den Flur ziehen, und Raven ging hinter ihnen her und die Treppe hinauf. Unterwegs hörte er sie miteinander reden. Sie heckten irgendeinen Plan aus; vermutlich wollten sie, wenn er hinter der Ecke und außer Sicht war, hinausschlüpfen und die Polizei rufen. Wenn das Mädchen wirklich nicht hier war oder sie es weggeschafft hatten, hatten sie von der Polizei wenig zu fürchten. Am Treppenabsatz zum ersten Stock hing ein großer, gesprungener Spiegel; er sah sich beim Hinaufgehen darin, unrasiertes Kinn, Hasenscharte, Häßlichkeit. Das Herz schlug ihm gegen die Rippen; hätte er jetzt schießen müssen, schnell, in Selbstverteidigung, seine Hand und seine Augen hätten ihm nicht gehorcht. Ohne Hoffnung dachte er: Das ist das Ende. Ich verliere die Kontrolle, ein Weiberrock hat mich geschafft. Er öffnete die nächstliegende Tür und landete offenbar im großen Schlafzimmer, breites Doppelbett mit geblümter Daunendecke, Walnußfurnier, bestickter Kammbehälter, ein Becher mit Lysol auf dem Waschtisch für die falschen Zähne. Er öffnete die große Tür zum Kleiderschrank, und ein moderiger Geruch von alten Kleidern und Kampferkugeln schlug ihm entgegen. Er trat an das geschlossene Fenster und sah auf die Khyber Avenue hinab, und während er schaute, konnte er die ganze Zeit über das Flüstern aus dem Wohnzimmer hören: Acky und Tiny schmiedeten ein Komplott. Für einen Moment fiel sein Blick auf einen großen, ziemlich plump wirkenden Mann mit weichem Hut, der vor dem Haus gegenüber mit einer Frau redete; ein anderer Mann kam die Straße herauf, und sie schlenderten zusammen weiter, bis er sie nicht mehr sah. Sofort erkannte er in ihnen Polizeibeamte. Natürlich konnte es auch sein, daß sie ihn hier gar nicht gesehen hatten, sondern bloß eine Routine-Nachfrage machten. Er ging schnell hinaus zum Treppenabsatz und lauschte: Acky und Tiny waren jetzt ganz still. Er dachte im ersten Augenblick, daß sie vielleicht das Haus verlassen hatten, aber als er genauer hinhörte, vernahm er das schwache Pfeifen des Atems der Alten, unten am Fuß der Treppe.

Es gab oben am Treppenabsatz noch eine andere Tür. Er drehte am Türknopf. Die Tür war verschlossen. Er wollte keine weitere Zeit mehr mit den alten Leuten da unten verschwenden. Er schoß durch das Schloß und brach die Tür auf. Aber es war niemand drinnen. Das Zimmer war leer. Es war ein winziges Zimmer, das fast von dem Doppelbett ausgefüllt wurde, der Kamin war hinter einer angeschwärzten Messingklappe verborgen. Er sah aus dem Fenster und entdeckte nichts weiter als einen kleinen gepflasterten Hof, einen Mülleimer, eine hohe, verrußte Mauer, um Nachbarn fernzuhalten, und das graue, schwindende Nachmittagslicht. Auf dem Waschtisch stand ein Radio, und der Kleiderschrank war leer. Er hatte keinerlei Zweifel, wozu dieses Zimmer benutzt wurde.

Aber etwas ließ ihn zögern: Irgend etwas lag beunruhigend in der Luft, etwas von dem Schrecken, den jemand hier erlebt hatte. Er konnte das Gefühl nicht abschütteln, und auch die versperrte Tür hatte ja etwas zu bedeuten. Warum hätten sie ein leeres Zimmer abschließen sollen, wenn darin nicht irgendein Hinweis zu finden war, einer, der Gefahr für sie bedeutete? Er wendete die Kissen auf dem Bett herum und überlegte, die Hand locker an der Pistole, innerlich aufgewühlt von der Pein eines anderen Menschen. Oh, wissen, wissen. Er spürte die schmerzliche Schwäche eines Mannes in sich, der immer von seiner Waffe abhängig gewesen war. Ich kenne mich aus. Oder etwa nicht? Wie Spott klang ihm diese Phrase jetzt im Ohr, aber er wußte, einer der

Polizisten da draußen würde in diesem Zimmer mehr entdecken können als er. Er kniete nieder und sah unter das Bett. Nichts. Die übermäßige Ordentlichkeit des Zimmers erschien ihm unnatürlich, als wäre es nach einem Verbrechen in Ordnung gebracht worden. Sogar die Bettvorleger sahen aus, als hätte man sie ausgeschüttelt.

Er fragte sich, ob er sich nur etwas eingebildet hatte. Vielleicht hatte das Mädchen der Alten die Tasche wirklich gegeben? Aber er konnte nicht darüber hinwegsehen, daß sie wegen der Nacht, die sie bei ihnen verbracht hatte, gelogen und daß sie die Initialen von der Tasche entfernt hatten. Und sie hatten diese Tür verschlossen. Doch die Leute verschlossen nun einmal ihre Türen – gegen Diebe; aber in dem Fall ließen sie den Schlüssel sicher von außen stecken. Ach, es gab schon eine Erklärung, dessen war er sich nur zu sehr bewußt, es gab eine für jedes Ding; warum etwa sollte man die Initialen von jemand anderem auf einer Tasche lassen? Und wenn man viele Logiergäste hatte, dann vergaß man natürlich, in welcher Nacht ... Es gab Erklärungen, aber er vermutete dennoch, daß hier irgend etwas passiert war, daß etwas weggeräumt worden war, und ihn überkam das Gefühl einer großen Verzweiflung, daß ausgerechnet er nicht die Polizei rufen konnte, damit sie dieses Mädchen fand. Weil er ein Gesetzloser war, mußte sie nun auch eine Gesetzlose sein. *O Gott! Wäre es doch möglich.* Der Regen, der auf die Weevil-Straße trommelte, das Kind aus Gips, das schwächer werdende Licht da unten in dem gepflasterten Hof, das Bild seiner eigenen Häßlichkeit, wie es in dem Spiegel verschwamm, und von unten Tinys pfeifender Atem. *Nur eine Stunde sie sehen zu können ...*

Er ging wieder zum Treppenabsatz zurück, aber irgend etwas zog ihn zurück, als ob er einen Raum verließ, der ihm etwas bedeutete. Es zerrte weiter an ihm, als er die Treppe hinauf in den zweiten Stock ging und dort ein Zimmer nach dem anderen untersuchte. In keinem war etwas anderes als Betten, Schränke und der schale Geruch von Parfüm und Toilettensachen, und in einem Schrank fand er einen zerbrochenen Rohrstock. Sie waren alle staubiger, weniger ordentlich, wirkten benutzter als das Zimmer, das er verlassen hatte. Er blieb oben zwischen den leeren Zimmern stehen und lauschte; es war jetzt kein Laut zu hören; Tiny und Acky unten waren ganz still und warteten, daß er herunterkam. Er fragte sich noch einmal, ob er sich nicht zum Narren gemacht und alles aufs Spiel gesetzt hatte. Aber wenn sie nichts zu verstecken hatten, warum hatten sie dann nicht versucht, die Polizei zu rufen? Er hatte sie allein gelassen, ihnen drohte keine Gefahr, solange er oben war, aber irgend etwas hielt sie im Haus, genauso, wie ihn etwas in dem Zimmer im ersten Stock festhielt.

Es trieb ihn wieder dorthin zurück. Er fühlte sich gleich besser, als er die Tür hinter sich geschlossen hatte und wieder in dem schmalen, engen Raum zwischen dem großen Bett und der Wand stand. Das Ziehen in seinem Herzen ließ nach. Er konnte wieder denken. Er fing an, das Zimmer gründlich, Zentimeter um Zentimeter, zu untersuchen. Sogar das Radio auf dem Waschtisch schob er hin und her. Dann hörte er die Treppenstufen knarren, und er legte den Kopf an die Tür und lauschte auf jemanden, den er für Acky hielt und der vorsichtig, aber unbeholfen Schritt für Schritt die Treppe hinaufstieg; dann kam er am Treppenabsatz an, ging hinüber und mußte jetzt direkt vor seiner Tür stehen, abwartend und lauschend. Er konnte unmöglich glauben, daß diese alten Leute nichts zu fürchten hatten. Raven schritt die Wände ab, quetschte sich am Bett vorbei, tastete mit den Fingern die glänzende Blümchentapete ab; er wußte, daß manchmal auch über Nischen tapeziert wurde. Er kam zum Kamin und öffnete die Messingklappe.

Drinnen steckte der Körper einer Frau, die Füße auf dem Gitterrost, der Kopf nicht mehr zu sehen, im Abzug. Der erste Gedanke, der ihn durchfuhr, war Rache; wenn es das Mädchen ist, wenn es tot ist, dann erschieße ich sie beide, ich treffe sie dort, wo es am meisten weh tut und woran sie nur langsam sterben. Dann kniete er nieder und hob den Körper heraus.

Hände und Füße waren gefesselt, zwischen die Zähne hatte man ihr eine alte Baumwollweste als Knebel gesteckt, ihre Augen waren geschlossen. Als erstes schnitt er den Knebel durch; er wußte nicht, ob sie lebte oder ob sie tot war; er fluchte: »Wach auf, du Weibsstück, wach auf.« Er beugte sich über sie, flehte: »Wach auf.« Er hatte Angst, sie allein zu lassen; in der Kanne war kein Wasser, er konnte nichts tun; nachdem er die Fessel durchgeschnitten hatte, setzte er sich nur neben sie auf den Fußboden, die Augen auf die Tür gerichtet, eine Hand an der Pistole, die andere auf ihrer Brust. Als er sie unter seiner Hand atmen fühlte, war es für ihn wie der Beginn eines neuen Lebens.

Sie wußte nicht, wo sie war. Sie sagte: »Bitte. Die Sonne. Es ist zu hell.« In das Zimmer schien gar keine Sonne; bald würde es zum Lesen zu dunkel sein. Er dachte: Wie endlos lange haben sie sie hier bei lebendigem Leib begraben? Und er hielt ihr die Hand über die Augen, um sie vor dem dämmerigen Licht des frühen Winterabends abzuschirmen. Mit müder Stimme sagte sie: »Ich könnte jetzt einschlafen. Hier habe ich Luft.«

»Nein, nein«, sagte Raven, »wir müssen hier raus«, aber auf ihre schlichte Bereitwilligkeit war er nicht gefaßt. »Ja, nur wohin?«

Er sagte: »Sie erinnern sich nicht an mich. Ich habe keine Unterkunft. Aber ich lasse Sie an einem Ort, wo Sie sicher sind.«

Sie sagte: »Ich habe einiges herausgefunden.« Er dachte, sie spräche vom Gefühl der Angst und des Todes, aber mit lauter werdender Stimme sagte sie klar und deutlich: »Es war der Mann, von dem Sie erzählt haben. Cholmondeley.«

»Also erkennen Sie mich doch«, sagte Raven. Aber sie nahm keine Notiz davon. Es war, als ob sie die ganze Zeit über in der Dunkelheit eingeübt hatte, was sie sagen wollte, wenn man sie entdeckte, und zwar gleich, weil keine Zeit zu verlieren war.

»Ich äußerte eine Vermutung darüber, wo er wohl arbeitet. Irgendeine Gesellschaft. Das hat ihn erschreckt. Er muß dort wirklich arbeiten. Ich kann mich nicht an den Namen erinnern. Aber er fällt mir wieder ein.«

»Keine Sorge«, sagte Raven. »Das kommt schon wieder. Aber wie kommt es, daß Sie nicht verrückt geworden sind ...? Mein Gott! Sie haben Nerven.«

Sie sagte: »Ich erinnerte mich daran bis eben jetzt. Ich hörte, wie Sie im Zimmer nach mir suchten, und dann gingen Sie weg, und ich habe alles vergessen.«

»Glauben Sie, daß Sie jetzt mit mir gehen können?«

»Natürlich kann ich gehen. Wir müssen uns beeilen.«

»Und wohin?«

»Ich hatte alles geplant. Es wird mir wieder einfallen. Ich hatte viel Zeit, mir alles auszudenken.«

»Sie hören sich an, als hätten Sie gar keine Angst gehabt.«

»Ich wußte, daß ich bestimmt gefunden würde. Aber ich war in Zeitnot. Ich habe unheimlich viel über den Krieg nachgedacht.«

Er sagte noch einmal voller Bewunderung: »Sie haben Nerven.«

Sie fing an, ihre Hände und Füße systematisch auf und ab zu bewegen wie in einem selbstentwickelten Trainingsprogramm. »Ich habe viel über den Krieg nachgedacht. Irgendwo habe ich gelesen, aber ich hatte es vergessen, daß Babys keine Gasmasken tragen können, weil sie nicht genug Luft bekommen.« Sie kam auf die Knie, die Hand auf seine Schulter gestützt. »Da drinnen gab es nicht viel Luft. Das ließ mir alles viel klarer erscheinen. Ich dachte, wir müssen ihn verhindern. Das erscheint verrückt, nicht wahr, daß wir beide das tun sollen, aber es ist ja sonst niemand da.« Sie sagte: »In meinen Beinen kribbelt es mächtig. Es kommt also wieder Leben in sie.« Sie versuchte aufzustehen, aber es ging noch nicht.

Raven sah ihr zu. Er sagte: »Woran haben Sie noch gedacht?«

Sie sagte: »Ich habe an Sie gedacht. Ich wünschte, ich hätte nicht so weggehen und Sie allein lassen müssen.«

»Ich dachte, Sie wären zur Polizei gegangen.«

»Das hatte ich nicht vor.« Diesmal gelang es ihr aufzustehen, mit der Hand auf seiner Schulter. »Ich bin auf Ihrer Seite.«

Raven sagte: »Wir müssen hier raus. Können Sie gehen?«

»Ja.«

»Dann lassen Sie mich los. Da draußen ist jemand.« Er stand an der Tür, die Waffe in der Hand, und lauschte. Sie hatten eine Menge Zeit gehabt, die beiden da draußen, sich einen Plan zurechtzulegen, mehr Zeit als er. Er zog die Tür auf. Es war schon fast dunkel. Auf dem Treppenabsatz konnte er niemanden entdecken. Er dachte: Der alte Teufel da lauert mir auf, um mir einen Schlag mit dem Schürhaken zu versetzen. Ich renne also los. Im nächsten Augenblick stolperte er über die Schnur, die sie quer vor den Türrahmen gespannt hatten. Er fiel auf die Knie, die Pistole lag auf dem Boden; er kam nicht schnell genug wieder hoch, und so traf ihn Ackys Schlag an der linken Schulter. Er wankte, konnte sich nicht bewegen, hatte nur noch Zeit zu denken: Beim nächstenmal trifft er den Kopf, ich bin weich geworden, ich hätte an einen Strick denken müssen. Da hörte er Anne sagen: »Lassen Sie den Schürhaken fallen.« Er kam mühsam auf die Füße; das Mädchen hatte die Waffe gepackt, als sie zu Boden fiel, und sie auf Acky gerichtet. Verwundert sagte er: »Sie sind toll.« Am Fuß der Treppe schrie die Alte: »Acky, wo bist du?«

»Geben Sie mir die Waffe«, sagte Raven. »Gehen Sie die Treppe hinunter, vor der alten Hexe brauchen Sie sich nicht zu fürchten.« Er kam hinter ihr her, hielt Acky weiter in Schach, aber das alte Bärchen hatte sein Pulver verschossen. Mit Bedauern sagte er: »Nur eine falsche Bewegung, und ich würde ihm eine Kugel in den Leib jagen.«

»Das würde *mich* nicht weiter aus der Fassung bringen«, sagte Anne. »Ich hätte es selber genauso gemacht.«

Er sagte noch einmal: »Sie sind toll.« Fast vergaß er die Kriminalbeamten, die er draußen auf der Straße gesehen hatte, aber als er die Hand am Türknopf hatte, fiel es ihm wieder ein. Er sagte: »Wenn die Polizei draußen ist, muß ich wohl flüchten.« Er zögerte kaum, ehe er sich ihr anvertraute. »Ich habe für die Nacht ein Versteck gefunden. Auf dem Gelände des Güterbahnhofs. Einen Schuppen, der nicht mehr benutzt wird. Ich warte heute abend auf Sie an der Mauer, fünfzig Meter hinter dem Bahnhofsgebäude.« Er öffnete die Tür. Draußen bewegte sich nichts; sie gingen zusammen hinaus, wanderten mitten auf der Straße in eine leere Dämmerung hinein. Anne sagte: »Haben Sie den Mann gegenüber im Hauseingang gesehen?«

»Ja«, sagte Raven. »Ich habe ihn gesehen.«

»Es kam mir vor wie – aber wie könnte das –?«

»Am Ende der Straße war noch ein anderer. Sie sind von der Polizei, ganz bestimmt, aber sie haben mich nicht erkannt. Hätten sie gewußt, wer ich bin, hätten sie versucht, mich zu schnappen.«

»Und Sie hätten geschossen?«

»Ich hätte ganz bestimmt geschossen. Aber sie wußten ja nicht, daß ich es war.« Er lachte, sog dabei die nachtkühle Luft ein. »Ich habe sie schön geleimt.« Drüben, jenseits der Eisenbahnbrücke, gingen in der Stadt die Lichter an, aber wo sie waren, herrschte graue Dämmerung, und im Güterbahnhof hörte man das Rangieren einer Lokomotive.

»Weit laufen kann ich nicht«, sagte Anne. »Es tut mir leid. Ich fürchte, daß mir doch etwas übel ist.«

»Es ist jetzt nicht mehr weit«, sagte Raven. »Da ist eine lockere Planke. Ich habe mir das heute früh so hergerichtet. Drinnen liegen noch Säcke, jede Menge Säcke. Wir werden uns wie zu Hause fühlen«, sagte er.

»Wie zu Hause?« Aber er antwortete nicht mehr, tastete sich an dem geteerten Zaun des Güterplatzes entlang und dachte dabei an die Küche im Kellergeschoß, und als erstes hatte er seine Mutter vor Augen, wie sie blutend über dem Tisch hing. Sie hatte sich nicht einmal die Mühe gemacht, die Tür abzuschließen: So wenig hatte er ihr bedeutet. Er hatte selber manche Scheußlichkeit in seinem Leben begangen, sagte er sich, aber diese Scheußlichkeit war mehr, als er je zustande gebracht hatte. Eines Tages würde er es vielleicht auch schaffen. Dann würde es sein wie der Beginn eines neuen Lebens: wenn er sich an etwas anderes erinnerte, sobald jemand vom Tod sprach, von Blut und Wunden oder von zu Hause.

»Ein bißchen kahl für ein Zuhause«, sagte Anne.

»Sie brauchen sich vor mir nicht zu fürchten«, sagte Raven. »Ich halte Sie nicht fest. Setzen Sie sich nur ein bißchen hin, und erzählen Sie mir, was er Ihnen getan hat, was Cholmondeley getan hat, und dann können Sie gehen, wohin Sie wollen.«

»Ich könnte keinen Schritt mehr weiter, selbst wenn Sie mich dafür bezahlten.« Er mußte sie unter die Schultern fassen und sie, gegen den geteerten Bretterzaun gestützt, auf den Beinen halten, während er versuchte, ihr etwas von seinen eigenen unerschöpflichen Kraftreserven zu übertragen. Er sagte: »Halten Sie durch. Wir sind fast da.« Es schüttelte ihn vor Kälte, und er hielt sie mit seiner ganzen Kraft und bemühte sich, ihr Gesicht in der dämmrigen Dunkelheit zu erkennen. Er sagte: »In dem Schuppen können Sie sich ausruhen. Es gibt da eine Menge Säcke.« Er hörte sich an wie einer, der stolz von seinem Heim erzählte, wo er lebte und das er von seinem eigenen Geld gekauft oder mit eigenen Händen Stein für Stein erbaut hatte.

2

Mather stand im Schatten des Hauseingangs. Es war um vieles schlimmer, als er befürchtet hatte. Er legte die Hand auf seinen Revolver. Er brauchte eigentlich nur hervorzutreten und Raven zu verhaften – oder, falls er sich zu wehren versuchte, mit einer Kugel zu erwidern. Er war Polizeibeamter; er konnte nicht als erster schießen. Am Ende der Straße wartete Saunders darauf, daß er sich rührte. Hinter ihnen wartete ein Konstabler auf das, was sie beide tun würden. Aber er bewegte sich nicht. Er ließ sie in dem Glauben die Straße hinuntergehen, daß sie allein wären. Dann folgte er ihnen bis zur nächsten Ecke und nahm Saunders mit. Saunders sagte: »Dieser T-t-teufel.«

»Ach nein«, sagte Mather, »es ist nur Raven – und Anne.« Er riß ein Streichholz an und hielt es an die Zigarette, die er die letzten zwanzig Minuten zwischen den Lippen gehabt hatte. Sie konnten den Mann und die Frau kaum erkennen, wie sie die dunkle Straße am Güterbahnhof entlanggingen, aber auf der anderen Seite wurde auch ein Streichholz angerissen. »Wir haben sie eingekreist«, sagte Mather. »Wir werden sie nicht mehr aus den Augen verlieren.«

»W-wollen Sie sie b-b-beide verhaften?«

»Wir können keine Schießerei inszenieren mit einer Frau mittendrin«, sagte Mather. »Können Sie sich vorstellen, was die Zeitungen daraus machen würden, wenn eine Frau verletzt würde? Er wird ja nicht wegen Mordes gesucht.«

»Wir müssen vorsichtig sein wegen Ihres Mädchens«, brachte Saunders in einem Atemzug heraus.

»Gehen wir weiter«, sagte Mather. »Wir dürfen nicht den Kontakt verlieren. Über *sie* mache ich mir keine Gedanken mehr. Ich verspreche Ihnen, das ist vorbei. Sie hat mich gehörig aufs Kreuz gelegt. Ich denke nur darüber nach, wie wir es am besten mit Raven machen – und mit irgendwelchen Komplizen, die er in

Nottwich hat. Wenn wir schießen müssen, dann schießen wir.«

Saunders sagte: »Sie sind stehengeblieben.« Er hatte schärfere Augen als Mather. Mather sagte: »Könnten Sie ihn von hier aus abfangen, wenn ich ihn aufscheuche?«

»Nein«, sagte Saunders. Er fing an, schneller zu gehen. »Er hat ein Brett gelockert. Sie klettern durch.«

»Keine Sorge«, sagte Mather. »Ich folge ihnen. Holen Sie noch drei Männer, und postieren sie einen an der Lücke im Zaun, wo ich ihn finden kann. Alle Tore zum Hof haben wir bereits mit Posten besetzt. Führen Sie die anderen hinein. Aber machen Sie's leise.« Er hörte das leichte Scharren der Schlacke auf dem Boden, wo die beiden gingen; es war nicht so leicht, ihnen zu folgen, weil seine eigenen Füße ebenfalls Lärm machten. Sie verschwanden hinter einem Güterwaggon, und das Licht wurde immer schwächer. Mit einem kurzen Blick erhaschte er ihre Schatten, die sich bewegten, und dann pfiff eine Lokomotive und spie eine graue Dampfwolke aus, die sich um ihn legte; für einen Augenblick kam er sich vor wie im dichtesten Bergnebel. Warm und schmutzig legte sich der Sprühnebel auf sein Gesicht; als er wieder sehen konnte, hatte er sie aus den Augen verloren. Ihm wurde klar, wie schwierig es war, jemanden nachts hier auf dem Gelände zu finden. Überall standen Güterwagen herum; sie konnten in einen hineinschlüpfen und sich dort niederlegen. Er schürfte sich das Schienbein auf und fluchte leise; dann hörte er Anne ganz deutlich flüstern: »Ich schaffe es nicht mehr.« Zwischen ihnen befanden sich nur ein paar Waggons; dann hörte er wieder, wie sie sich weiterbewegten, aber diesmal klang es, als ob jemand eine Last trug. Mather kletterte auf den Waggon und starrte nach vorn in eine düstere, verlassene Einöde aus Schlacke und Weichen, in ein Gewirr von Gleisen und Schuppen und Haufen von Kohle und Koks. Es sah aus wie ein Niemandsland, von zerrissenem Stacheldraht durchzogen, durch das ein Soldat sich seinen Weg bahnte, einen verwundeten Kameraden auf den Armen. Mather sah ihnen mit einem seltsamen Schamgefühl zu, als wäre er ein Spion. Aus dem dünnen, schwankenden Schatten wurde ein menschliches Wesen, welches das Mädchen kannte, das er liebte. Es gab eine Art Verbindung zwischen ihnen. Er dachte: Wie viele Jahre wird er für den Raub bekommen? Er hatte nicht mehr den Wunsch, auf ihn zu schießen. Er dachte: Armer Teufel, er muß inzwischen ziemlich fertig sein, er sucht wahrscheinlich nach einem Platz, wo er sich hinsetzen kann; und da hatte er ihn schon gefunden, einen kleinen Arbeitsschuppen zwischen den Gleisen.

Mather riß wieder ein Streichholz an, und gleich stand Saunders hinter ihm und wartete auf seine Anordnungen. »Sie sind in dem Schuppen«, sagte Mather. »Postieren Sie die Männer davor. Wenn sie versuchen, herauszukommen, schnappen Sie sie schnell. Sonst warten Sie bis Tagesanbruch. Wir wollen keine unerwarteten Zwischenfälle.«

»Sie b-bleiben nicht hier?«

»Sie kommen leichter ohne mich klar«, sagte Mather. »Ich bin die ganze Nacht im Revier.« Freundlich sagte er: »Machen Sie sich über mich keine Gedanken. Gehen Sie einfach los. Und passen Sie auf sich auf. Haben Sie Ihre Waffe?«

»Natürlich.«

»Ich schicke die Männer zu Ihnen herüber. Es wird eine kalte Wache werden, fürchte ich, aber es wäre nicht gut, wenn wir versuchten, den Schuppen zu stürmen. Es könnte sein, daß er sich seinen Weg freischießt.«

»Es ist h-h-h-hart für Sie«, sagte Saunders. Die Dunkelheit war jetzt ganz hereingebrochen; sie linderte die Trostlosigkeit der Umgebung. Aus dem Schuppen kam kein Lebenszeichen, kein Lichtschimmer; bald hätte Saunders nicht einmal mehr sagen können, daß es den Schuppen überhaupt gab, während er im Windschatten an einen Waggon gelehnt saß, den Polizisten neben sich atmen hörte und sich selber, um die Zeit zu vertreiben, die Zeile aus einem Gedicht aufsagte, das er in der Schule über einen dunklen Turm gelernt hatte: »Wie verrucht muß er sein, solche Qual zu verdienen.« Es war eine tröstliche Zeile, dachte er; Leuten mit seinem Beruf hätte man keine bessere beibringen können; und darum hatte er sich auch an sie erinnert.

3

»Wer kommt heute zum Abendessen zu uns, meine Liebe?« fragte der Chief Constable und steckte den Kopf durch die Schlafzimmertür.

»Darum mach dir mal keine Sorgen«, sagte Mrs. Calkin, »du wirst dich jedenfalls umziehen.«

Der Chief Constable sagte: »Ich meinte nur, Liebe, ob wohl –«

»Ob wohl?« sagte Mrs. Calkin bestimmt.

»Das neue Mädchen. Du könntest ihr beibringen, daß ich *Major* Calkin heiße.«

Mrs. Calkin sagte: »Besser, du beeilst dich etwas.«

»Es ist doch nicht wieder die Frau des Bürgermeisters, oder?« Er zog gelangweilt in Richtung Badezimmer ab, dann überlegte er es sich und schlüpfte auf leisen Sohlen die Treppe hinab ins Eßzimmer. Muß nach den Getränken schauen. Aber wenn es die Frau Bürgermeister war, dann gab es keine. Piker kam niemals mit; er nahm ihm das nicht übel. Aber schließlich konnte er genausogut gleich einen Schluck nehmen; er nahm ihn unverdünnt, damit er schneller wirkte, und säuberte das Glas danach mit einem Spritzer Soda und seinem Taschentuch. Er stellte das Glas, einer Eingebung folgend, an den Platz der Bürgermeisterin. Dann rief er bei der Polizei an.

»Etwas Neues?« fragte er ohne Hoffnung. Er wußte, er durfte nicht wirklich darauf hoffen, daß sie ihn um Rat fragen würden.

Er hörte die Stimme des Inspektors: »Wir wissen, wo

er ist. Wir haben ihn umzingelt. Wir warten nur bis Tagesanbruch.«

»Kann ich Ihnen irgendwie von Nutzen sein? Möchten Sie, daß ich hinunterkomme und, ehm, mit Ihnen die Dinge bespreche?«

»Das ist ganz unnötig, Sir.«

Er legte traurig den Hörer auf die Gabel, schnupperte am Glas der Bürgermeisterin (sie würde nichts merken) und ging die Treppe hinauf. Major Calkin, dachte er wehmütig, Major Calkin. Das Problem ist, daß ich ein Mann für eine Männergesellschaft bin. Er sah aus dem Fenster seines Ankleidezimmers hinaus auf die Lichter von Nottwich und dachte aus irgendeinem Grund an den Krieg, an das Militärgericht und an den Spaß, den sie gehabt hatten, wenn sie den Kriegsdienstverweigerern einheizten. Seine Uniform hing noch immer im Schrank und daneben der Frack, den er einmal im Jahr beim Dinner der Rotarier trug, wenn er mit all den Jungs zusammensein konnte. Ein schwacher Geruch von Mottenkugeln schlug ihm entgegen. Plötzlich faßte er wieder Mut. Er dachte: Mein Gott, in einer Woche sind wir vielleicht wieder soweit. Zeigen den Burschen, aus welchem Holz wir geschnitzt sind. Ich frage mich nur, ob mir die Uniform noch paßt. Er konnte der Versuchung nicht wiederstehen und probierte die Jacke über der Abendhose. Sie war ein bißchen eng, das war nicht zu leugnen, aber im ganzen sah sein Spiegelbild gar nicht so schlecht aus, ein bißchen kniff es hier und da; man müßte einige Nähte auslassen. Bei seinem Einfluß in diesem Bezirk würde er binnen vierzehn Tagen wieder in seiner Uniform stecken. Mit einigem Glück würde er in diesem Krieg beschäftigter sein denn je.

»Joseph«, sagte seine Frau, »was machst du denn da?« Er sah sie ihm Spiegel, sie stand wie eine Statue im Türrahmen in ihrem neuen schwarzen Kleid mit den aufgenähten Ziermünzen, wie eine Schaufensterpuppe für füllige Matronen in Übergröße. Sie sagte: »Zieh das sofort aus. Du wirst während des Essens die ganze Zeit nach

Mottenkugeln riechen. Die Bürgermeisterin legt schon den Mantel ab, und jeden Moment wird Sir Marcus –«

»Das hättest du mir doch sagen können«, sagte der Chief Constable. »Wenn ich gewußt hätte, daß Sir Marcus kommt … Wie hast du denn den alten Knaben geködert?«

»Er hat sich selber eingeladen«, sagte Mrs. Calkin stolz. »Und darum habe ich dann die Bürgermeisterin angerufen.«

»Der alte Piker kommt nicht mit?«

»Er war den ganzen Tag über außer Hause.«

Der Chief Constable schlüpfte aus seiner Uniformjacke und hängte sie vorsichtig weg. Hätte der Krieg noch ein Jahr länger gedauert, wäre er zum Obersten ernannt worden: Er hatte mit dem Hauptquartier seines Regiments auf bestem Fuße gestanden, da er die Offiziersmesse mit Lebensmitteln versorgte, die nur wenig über dem Selbstkostenpreis lagen. Im nächsten Krieg würde er befördert werden. Als er den Wagen von Sir Marcus auf dem Kies der Auffahrt hörte, ging er nach unten. Die Frau Bürgermeister suchte unter dem Sofa nach ihrem Pekinesen, der sich aus Angst vor Fremden dorthin verkrochen hatte; sie lag auf ihren Knien, den Kopf unter den Fransen, und sagte: »Chinky, Chinky« mit lockendem Ton. Chinky knurrte, unsichtbar. »So, so«, sagte der Chief Constable und bemühte sich, ein wenig Wärme in seine Stimme zu legen, »und wie geht es Alfred?«

»Alfred?« sagte die Bürgermeisterin und kam unter dem Sofa hervor, »das ist nicht Alfred, das ist Chinky. Ach«, sagte sie, und sie redete sehr schnell, weil es ihre Angst war, beim Reden erst darauf zu kommen, was ihr Gegenüber meinen mochte, »Sie meinen, wie es ihm geht? Alfred? Er ist wieder weg.«

»Chinky?«

»Nein, Alfred.« Mit der Bürgermeisterin kam man nicht so schnell weiter.

Mrs. Calkin kam herein. Sie sagte: »Haben Sie ihn, meine Liebe?«

»Nein, er ist wieder weg«, sagte der Chief Constable, »falls du Alfred meinst.«

»Er ist unter dem Sofa«, sagte die Bürgermeisterin. »Er will nicht mehr heraus.«

Mrs. Calkin sagte: »Ich hätte Sie warnen müssen, meine Liebe. Ich habe natürlich gedacht, Sie wüßten, daß und warum Sir Marcus den bloßen Anblick eines Hundes haßt. Natürlich, wenn er dort ruhig sitzen bleibt ...«

»Der arme Liebling«, sagte Mrs. Piker, »er ist so sensibel, er merkt sofort, wenn er nicht erwünscht ist.«

Plötzlich konnte der Chief Constable es nicht länger aushalten. Er sagte: »Alfred Piker ist mein bester Freund. Ich möchte nicht, daß sie sagen, er sei nicht erwünscht«, aber niemand nahm auch nur die geringste Notiz von ihm. Das Mädchen hatte Sir Marcus gemeldet.

Sir Marcus kam auf Zehenspitzen herein. Er war ein sehr alter, kranker Mann mit einem kleinen weißen Bartbüschel am Kinn, das eher an den Federflaum eines Kükens erinnerte. Er wirkte, als wäre er in seinen Kleidern vertrocknet wie eine Nuß in der Schale. Er sprach mit einem Hauch von Akzent, und es war schwierig zu bestimmen, ob er Jude war oder aus einer alten englischen Familie stammte. Er erweckte den Eindruck, als ob sehr viele Städte ihn glattgeschliffen hätten. Wenn es da einen Hauch Jerusalem gab, dann auch einen von St. James, und wenn Wien oder irgendein Ghetto Mitteleuropas Spuren in ihm hinterlassen hatten, dann auch die exklusivsten Clubs in Cannes.

»Bezaubernd von Ihnen, Mrs. Calkin«, sagte er, »daß Sie mir die Gelegenheit geben ...« Es war schwer zu verstehen, was er sagte; er sprach im Flüsterton. Seine alten, schuppigen Augen musterten sie alle genau. »Ich habe stets gehofft, die Bekanntschaft von ...«

»Darf ich Sie mit der Frau Bürgermeister bekannt machen, Sir Marcus?«

Er verbeugte sich vor ihr mit der leicht servilen Grazie

eines Mannes, der Pfandleiher der Pompadour hätte sein können. »Eine so bedeutende Persönlichkeit in Nottwich.« Es war nichts Sarkastisches oder Gönnerhaftes in seinem Benehmen. Er war nur alt. Für ihn waren alle gleich. Er machte sich nicht die Mühe, nach Unterschieden zu suchen.

»Ich dachte, Sie seien an der Riviera, Sir Marcus«, sagte der Chief Constable munter. »Nehmen Sie einen Sherry? Die Damen brauche ich ja gar nicht zu fragen.«

»Ich trinke nicht, tut mir leid«, flüsterte Sir Marcus. Der Chief Constable machte ein langes Gesicht. »Ich bin vor zwei Tagen zurückgekommen.«

»Kriegsgerüchte, wie? Hunde bellen gern ...«

»Joseph«, sagte Mrs. Calkin scharf und warf einen Blick in Richtung Sofa.

Die alten Augen wurden ein wenig klarer. »Ja. Ja«, wiederholte Sir Marcus. »Kriegsgerüchte.«

»Wie ich erfahren habe, haben sie mehr Leute bei Midland Steel eingestellt, Sir Marcus.«

»Das hat man mir auch erzählt«, flüsterte Sir Marcus.

Das Mädchen verkündete, daß angerichtet sei; der Ton, in dem sie das tat, erschreckte Chinky, der unter dem Sofa zu knurren anfing, und es gab einen schrecklichen Moment, in dem alle Sir Marcus beobachteten. Aber er hatte nichts gehört, oder das Knurren hatte nur in seinem Unterbewußtsein etwas aufgerührt, denn als er Mrs. Calkin in den Speiseraum geleitete, flüsterte er giftig: »Die Hunde haben mich vertrieben.«

»Limonade für Mrs. Piker, Joseph«, sagte Mrs. Calkin. Der Chief Constable beobachtete sie nervös, während sie trank. Sie schien ein wenig verwirrt wegen des Geschmacks, nahm einen Schluck, versuchte noch einmal. »Wirklich«, sagte sie, »was für eine köstliche Limonade. Sie hat Aroma.«

Sir Marcus ließ die Suppe aus; er ließ den Fisch aus. Als das Entrée serviert wurde, beugte er sich über die riesige versilberte Blumenschale mit der Inschrift »Für Joseph Calkin von den Mitarbeitern von Calkin and Calkin's aus Anlaß ...« (die Inschrift lief herum auf die andere Seite und war nicht mehr zu lesen) und flüsterte: »Könnte ich einen trockenen Keks und ein bißchen heißes Wasser haben?« Er erklärte: »Abends erlaubt mir mein Arzt nichts anderes.«

»Also, das ist ein hartes Schicksal«, sagte der Chief Constable. »Was bleibt einem Mann, wenn er älter wird, als Essen und Trinken ...?« Er starrte auf sein leeres Glas: Was für ein Leben, oh, was gäbe er dafür, verschwinden und ein bißchen Zeit mit den Jungs verbringen zu können, da konnte er sein volles Gewicht in die Waagschale werfen, da wußte er, daß er ein Mann war.

Die Frau Bürgermeister sagte plötzlich: »Wie Chinky diese Knochen lieben würde« und stockte.

»Wer ist Chinky?« flüsterte Sir Marcus.

Mrs. Calkin sagte schnell: »Mrs. Piker hat eine ganz reizende Katze.«

»Ich bin froh, daß es kein Hund ist«, flüsterte Sir Marcus. »An diesen Hunden ist etwas«, die alte Hand gestikulierte verzweifelt mit einem Käsekeks, »und vor allem an den Pekinesen ...« Mit außerordentlicher Gehässigkeit machte er »Jap, jap, jap« und schlürfte an seinem heißen Wasser. Er war ein Mann, der fast kein Vergnügen kannte; sein lebhaftester Gefühlsausdruck war Gehässigkeit, seine wichtigste Beschäftigung Verteidigung: Verteidigung seines Vermögens, des schwachen Aufflackerns seiner Lebenskraft, die er jedes Jahr in der Sonne von Cannes erwarb, seines Lebens. Er war es durchaus zufrieden, immerfort nur Käsebiskuits zu essen, wenn das Essen von Keksen seine Tage verlängern konnte.

Viele würden dem alten Knaben nicht mehr bleiben, dachte der Chief Constable, während er zusah, wie Sir Marcus den letzten trockenen Krümel hinunterspülte und dann eine weiße Tablette aus einer kleinen, flachen Dose aus Gold holte, die er in seiner Westentasche bei sich trug. Er hatte es mit dem Herzen; man konnte es an der Art merken, wie er sprach, oder daran, daß er in einem Sonderwaggon saß, wenn er mit der Bahn reiste, oder an den Rollstühlen, mit denen er sich durch die langen Gänge der Midland Steel fahren ließ. Der Chief Constable war ihm verschiedene Male auf städtischen Empfängen begegnet; nach dem Generalstreik hatte Sir Marcus der Polizei in Anerkennung ihrer Verdienste eine komplett eingerichtete Turnhalle gestiftet, aber nie zuvor hatte Sir Marcus ihn zu Hause besucht.

Jedermann wußte eine Menge über Sir Marcus. Das Dumme war nur, daß alles, was sie wußten, widersprüchlich war. Es gab Leute, die ihn wegen seines Vornamens für einen Griechen hielten; andere waren ganz sicher, daß er in einem Ghetto zur Welt gekommen war. Seine Geschäftspartner sagten, daß er aus einer alten englischen Familie stammte; seine Nase ließ auch keine klare Zuordnung zu; Nasen dieser Art fand man in Cornwall und in Westengland in großer Zahl. Sein Name war nicht im *Who's Who* zu finden, und ein unternehmungslustiger Journalist, der einmal versuchte, seine Biographie zu schreiben, traf auf große Lücken in den Unterlagen; es war nicht möglich, irgendwelche Gerüchte bis zurück zu ihren Quellen zu verfolgen. Es gab sogar eine Lücke in den Gerichtsarchiven von Marseille, wo einem der Gerüchte zufolge Sir Marcus als junger Mann wegen Beraubung eines Bordellbesuchers verurteilt worden war. Jetzt saß er da in dem mit schweren Belle-époque-Möbeln ausgestatteten Speisezimmer und wischte sich die Biskuitkrümel von seiner Weste, einer der reichsten Männer in Europa.

Nicht einmal sein Alter kannte irgendwer, außer vielleicht sein Zahnarzt; jedenfalls hatte der Chief Constable davon gehört, daß man das Alter eines Menschen an den Zähnen feststellen konnte. Aber wahrscheinlich waren seine Zähne nicht mehr *seine* Zähne; eine weitere Lücke in den Unterlagen.

»Also, eigentlich sollten wir sie jetzt nicht ihren Drinks überlassen, oder?« sagte Mrs. Calkin mit aufgesetzter Munterkeit und erhob sich vom Tisch, wobei sie ihrem Mann einen warnenden Blick zuwarf, »aber ich nehme an, sie haben eine ganze Menge zu besprechen.«

Als die Tür sich wieder schloß, flüsterte Sir Marcus: »Ich habe die Frau schon irgendwo mit einem Hund gesehen, da bin ich sicher.«

»Macht es Ihnen etwas aus, wenn ich mir ein Schlückchen Port einschenke?« sagte der Chief Constable. »Eigentlich liegt es mir nicht, allein zu trinken, aber wenn Sie wirklich nicht wollen – möchten Sie eine Zigarre?«

»Nein«, flüsterte Sir Marcus, »ich rauche nicht.« Er sagte: »Ich wollte Sie – vertraulich – wegen dieses Burschen, dieses Raven, sprechen. Davis macht sich Sorgen. Das Problem ist nämlich, daß er von dem Mann gesehen worden ist. Ganz zufällig. Zu der Zeit, als der Raubüberfall auf das Büro eines Freundes von ihm in der Victoria Street geschah. Dieser Mann hatte dort unter einem Vorwand vorgesprochen. Jetzt nimmt er an, daß dieser gefährliche Kerl ihn aus dem Wege räumen will. Als Zeugen.«

»Erzählen Sie ihm«, sagte der Chief Constable stolz und goß sich noch ein Glas Port ein, »daß er sich keine Sorgen zu machen braucht. Der Mann ist so gut wie geschnappt. Wir wissen, wo er sich genau in diesem Augenblick aufhält. Er ist umzingelt. Wir warten nur bis Tagesanbruch, bis er sich zeigt ...«

»Warum denn warten? Wäre es nicht besser«, flüsterte Sir Marcus, »wenn dieser dumme, verzweifelte Bursche gleich festgenommen würde?«

»Also, er ist bewaffnet. Im Dunkeln kann da einiges passieren. Er könnte sich den Weg freischießen. Und da ist noch etwas anderes. Er hat eine Freundin bei sich. Es wäre peinlich, wenn er fliehen könnte und das Mädchen erschossen würde.«

Sir Marcus beugte seinen alten Kopf über die beiden Hände, die untätig, mit keinem trockenen Keks, einem Glas mit warmem Wasser oder einer weißen Tablette beschäftigt, auf der Tischplatte lagen. Er sagte freundlich: »Ich möchte, daß Sie verstehen. Gewissermaßen fällt auch das in unsere Verantwortlichkeit. Wegen Davis. Wenn es irgendwelche Schwierigkeiten geben sollte, wenn das Mädchen getötet würde: Unser ganzes Geld stünde hinter den Polizeistreitkräften. Wenn es zu Untersuchungen in der Sache käme, der beste Anwalt ... Ich habe auch viele Freunde, wie Sie sich vorstellen können ...«

»Es ist besser, wenn wir bis Tagesanbruch warten, Sir Marcus. Verlassen Sie sich da auf mich. Ich weiß, wie die Dinge liegen. Ich war Soldat, müssen Sie wissen.«

»Ja, das wußte ich«, sagte Sir Marcus.

»Sieht so aus, als müßte die alte Bulldogge wieder mal zubeißen, wie? Gott sei Dank haben wir eine Regierung mit Mumm in den Knochen.«

»Ja, ja«, sagte Sir Marcus. »Ich würde sagen, es ist jetzt fast sicher.« Die schuppigen Augen richteten sich auf die Karaffe. »Ich will Sie nicht von Ihrem Port abhalten, Major.«

»Nun, wenn Sie meinen, Sir Marcus, dann nehme ich noch ein kleines Glas als Schlaftrunk.«

Sir Marcus sagte: »Ich bin sehr froh, daß Sie so gute Nachrichten für mich haben. Es macht ja einen schlechten Eindruck, wenn man einen bewaffneten Raufbold frei in Nottwich herumlaufen läßt. Sie dürfen nicht das Leben Ihrer Männer riskieren, Major. Besser, dieses – menschliche Stück Abfall – wäre tot, als einer Ihrer prächtigen Männer.« Er lehnte sich plötzlich im Sessel zurück und schnappte nach Luft wie ein Fisch auf dem Trockenen. Er sagte: »Eine Tablette. Bitte. Schnell.«

Der Chief Constable zog die goldene Dose aus seiner Westentasche, aber Sir Marcus hatte sich schon wieder erholt. Er nahm die Tablette selbst. Der Chief Constable sagte: »Soll ich Ihren Wagen rufen lassen, Sir Marcus?«

»Nein, nein«, flüsterte Sir Marcus, »es besteht keine Gefahr. Es ist nur der Schmerz.« Er starrte benommen mit seinen alten Augen auf die Krümel auf seiner Hose.

»Wovon sprachen wir? Prächtige Männer, ja, *ihr* Leben sollten Sie nicht riskieren. Das Land braucht sie noch.«

»Sehr wahr.«

Sir Marcus flüsterte gehässig: »Für mich ist dieser – Raufbold – ein Verräter. Jetzt ist die Zeit, da jeder Mann gebraucht wird. Ich würde ihn wie einen Verräter behandeln.«

»So kann man es auch sehen.«

»Nehmen Sie noch ein Glas Port, Major.«

»Ja, das werde ich wohl.«

»Wenn man bedenkt, wie viele kräftige Burschen dieser Kerl vom Militärdienst abzieht, selbst wenn er niemanden erschießt. Gefängniswärter. Polizeistreifen. Erhält Kost und Logis auf Kosten des Landes, während andere Männer ...«

»Dafür sterben. Sie haben recht, Sir Marcus.« Das Pathos, mit dem das alles vorgetragen wurde, hatte gewirkt. Er dachte an seine Uniformjacke im Schrank: Die Knöpfe mußten noch poliert werden: die Knöpfe auf der königlichen Uniform. Der Geruch von Mottenkugeln hing noch immer an ihm. Er sagte: »Und irgendwo in fremder Erde, da ist ein Eckchen für die Ewigkeit ... Shakespeare wußte es. Wenn der alte Gaunt sagt, daß –«

»Es wäre wirklich viel besser, Major Calkin, wenn Ihre Männer überhaupt kein Risiko eingehen. Wenn sie schießen, sobald sie ihn erblicken. Man muß das Unkraut ausrotten – mitsamt den Wurzeln.«

»Das wäre wirklich besser.«

»Sie sind der Vater für Ihre Männer.«

»Genau das hat der alte Piker einmal zu mir gesagt. Gott verzeihe ihm, er hat es anders gemeint. Ich wünschte, daß Sie auch ein Glas nähmen, Sir Marcus. Sie sind ein verständnisvoller Mann. Sie wissen, was ein Offizier empfindet. Ich war früher in der Army.«

»Vielleicht sind Sie in einer Woche wieder dabei.«

»Sie wissen, wie ein Mann empfindet. Ich möchte nicht, daß irgend etwas zwischen uns tritt, Sir Marcus.

Es gibt da eine Sache, die möchte ich Ihnen erzählen. Es lastet auf meinem Gewissen. Es *war* ein Hund unter dem Sofa.«

»Ein Hund?«

»Ein Pekinese namens Chinky. Ich wußte nichts davon, als ...«

»Sie sagte, es wäre eine Katze.«

»Sie wollte nicht, daß Sie es erfahren.«

Sir Marcus sagte: »Ich mag es nicht, wenn man mich hintergeht. Ich werde mich um Piker kümmern, bei den nächsten Wahlen.« Er ließ einen kleinen, müden Seufzer hören, als gebe es zu viele Dinge, um die er sich zu kümmern hatte, die in Ordnung zu bringen waren, wo Rache geübt werden mußte – lauter Dinge, die endlose Zeit kosten würden und die schon soviel Zeit gekostet hatten – seit dem Ghetto, seit der Sache in dem Bordell in Marseilles, falls es jemals ein Ghetto und ein Bordell gegeben hatte. Ohne Übergang flüsterte er: »Sie rufen also jetzt gleich im Revier an und sagen ihnen, daß sie schießen sollen, sobald er auftaucht? Sagen Sie, daß Sie die Verantwortung übernehmen. Ich werde mich um Sie kümmern.«

»Ich weiß nicht, ob und wie ...«

Die alten Hände fuchtelten ungeduldig: So viel in Ordnung zu bringen. »Hören Sie. Ich verspreche nie etwas, das ich nicht halten kann. Zehn Meilen von hier gibt es ein Ausbildungslager für Reservisten. Ich kann für Sie arrangieren, daß Sie nominell dorthin zum Einsatz gerufen werden, und zwar im Rang eines Obersten, gleich, wenn der Krieg erklärt ist.«

»Und Oberst Banks?«

»Er wird versetzt.«

»Sie meinen, wenn ich jetzt telefoniere?«

»Nein. Ich meine, wenn Sie Erfolg haben.«

»Und der Mann tot ist?«

»Er ist unwichtig. Ein junger Halunke. Es gibt keinen Grund zu zögern. Nehmen Sie noch ein Glas Portwein.«

Der Chief Constable streckte seine Hand nach der

Karaffe aus. Er dachte »Oberst Calkin«, fand aber weniger Geschmack daran, als er erwartet hatte. Ihm gingen dafür andere Dinge durch den Kopf. Er war ein sentimentaler Mann im mittleren Alter. Er dachte an seine Ernennung als Chief Constable: Sie war »arrangiert«, natürlich, nicht anders würde es mit seiner Berufung in das Ausbildungslager gehen, aber dann stieg wieder dieses Gefühl von Stolz heftig in ihm auf, Stolz darauf, der Chef der besten Polizeitruppe in den Midlands zu sein. »Es wäre besser, wenn ich nichts mehr trinke«, sagte er unentschlossen. »Es bekommt meinem Schlaf nicht, und meine Frau ...«

Sir Marcus sagte: »Also, Oberst«, und seine alten Augen blinzelten, »Sie können in jeder Hinsicht auf mich zählen.«

»Das tue ich gern«, sagte der Chief Constable beschwörend. »Und ich bin Ihnen gern zu Gefallen, Sir Marcus. Aber ich weiß nicht, wie ... Die Polizei kann so etwas nicht tun.«

»Es würde niemals bekannt.«

»Ich nchme kaum an, daß sie meinen Anordnungen folgen werden. Nicht in einer solchen Sache.«

Sir Marcus flüsterte: »Meinen Sie damit, Sie haben in Ihrer Stellung – keinerlei *Macht*?« Er sprach mit der Verwunderung eines Mannes, der immer sehr darauf geachtet hatte, seine Macht zu sichern, bis hinunter zum kleinsten Angestellten.

»Ich wäre Ihnen gern zu Gefallen.«

»Da ist das Telefon«, sagte Sir Marcus. »Sie können wenigstens Ihren Einfluß geltend machen. Ich bitte niemals einen Mann um mehr, als er leisten kann.«

Der Chief Constable sagte: »Sie sind ein Haufen prima Jungs. Ich war oft am Abend unten bei ihnen im Revier und habe ein Glas oder zwei mit ihnen getrunken. Sie sind tapfer. Tapferere Männer finden Sie nirgends. Sie werden ihn kriegen. Sie brauchen da nichts zu befürchten, Sir Marcus.«

»Sie meinen, sie kriegen ihn tot?«

»Tot oder lebendig. Sie lassen ihn nicht entkommen. Es sind brave Jungs.«

»Aber er muß tot sein«, sagte Sir Marcus. Er nieste. Das Luftholen danach schien ihn zu erschöpfen. Er lehnte sich wieder zurück und keuchte leise.

»Ich kann sie darum nicht bitten, Sir Marcus, jedenfalls nicht so. Das ist ja wie Mord.«

»Unsinn.«

»Diese Abende mit den Jungs bedeuten mir eine Menge. Wenn ich so etwas machte, könnte ich nie mehr zu ihnen hinuntergehen. Ich bleibe lieber, was ich bin. Sie werden mir wieder den Vorsitz bei einem Militärgericht geben. Solange es Kriege gibt, gibt es auch Kriegsdienstverweigerer.«

»Es könnte keinerlei Kommission mehr für Sie geben«, sagte Sir Marcus. »Dafür könnte ich sorgen.« Der Geruch von Mottenkugeln stieg von Calkins Kleidern auf und stach ihm in die Nase. »Ich kann auch dafür sorgen, daß Sie nicht mehr sehr lange Chief Constable sind. Sie und Piker.« Er ließ ein seltsames Pfeifen durch die Nase hören. Er war zu alt, um noch zu lachen und seinen Lungen zuviel zuzumuten. »Kommen Sie. Nehmen Sie noch ein Glas.«

»Nein, nein, lieber nicht. Hören Sie, Sir Marcus, ich stelle Polizeibeamte ab für Ihr Büro. Ich lasse Davis bewachen.«

»Ich mache mir nicht viel aus Davis«, sagte Sir Marcus. »Rufen Sie mir meinen Chauffeur?«

»Ich täte ja gern, was Sie wollen, Sir Marcus. Kommen Sie nicht noch mit nach hinten zu den Damen?«

»Nein, nein«, flüsterte Sir Marcus, »nicht mit dem Hund dabei.« Man mußte ihm auf die Beine helfen und ihm den Stock reichen; ein paar trockene Krümel hingen ihm im Bart. Er sagte: »Wenn Sie heute abend noch Ihre Meinung ändern sollten, können Sie mich anrufen. Ich bin noch wach.« Ein Mann in seinem Alter, dachte der Chief Constable nachsichtig, dachte offenbar anders über den Tod; er bedrohte ihn ja jeden Augenblick, auf dem vereisten Gehsteig, mit einem Stück Seife auf dem Boden des Badezimmers. Es mußte ihm als eine ganz natürliche Sache erscheinen, was er da verlangte; das hohe Alter war ein abnormaler Zustand: Man mußte Konzessionen machen. Aber als er zusah, wie Sir Marcus nach draußen in die Einfahrt und in seinen breiten, ausladenden Wagen geholfen wurde, ging ihm immer wieder durch den Kopf: »Oberst Calkin, Oberst Calkin.« Und dann fügte er noch hinzu: »C. B.« – Ritter des Bath-Ordens.

Der Hund kläffte im Gesellschaftszimmer. Sie mußten ihn hervorgelockt haben. Er war hochgezüchtet und nervös, und wenn ein Fremder ihn zu plötzlich oder zu scharf anredete, rannte er im Kreis herum, Schaum vor dem Mund, mit einem schrecklichen Jaulen, das an menschliche Laute erinnerte, und sein herunterhängendes Fell glitt über den Teppich wie ein Staubsauger. Ich sollte mich verdrücken, dachte der Chief Constable, und mit den Jungs einen Schluck trinken. Aber die Idee milderte weder seine düstere Stimmung noch seine Unentschiedenheit. War es möglich, daß Sir Marcus ihm sogar das raubte? Aber das hatte er ja bereits getan. Er konnte mit dem, was er da mit sich herumtrug, dem Superintendenten und dem Inspektor ohnehin nicht vor die Augen treten. Er ging in sein Arbeitszimmer und setzte sich neben das Telefon. In fünf Minuten würde Sir Marcus zu Hause sein. Nachdem ihm nun schon so viel genommen worden war, hatte er auch nicht mehr viel zu verlieren, wenn er seine Einwilligung gab. Aber er saß da und tat nichts, ein kleiner, feister, schikanöser Profiteur, der unter dem Pantoffel seiner Frau stand.

Seine Frau steckte den Kopf zur Tür herein. »Was treibst du denn hier, Joseph?« sagte sie. »Komm sofort und unterhalte Mrs. Piker.«

4

Sir Marcus lebte mit seinem Kammerdiener, der zugleich ausgebildeter Krankenpfleger war, im obersten Stock des großen Gebäudes an der Gerberei-Straße. Es war die einzige Wohnung, die er hatte. In London wohnte er im »Claridge's«, in Cannes im »Ritz«. Sein Kammerdiener erwartete ihn unten am Eingang mit dem Rollstuhl, schob ihn in den Lift und dann den Flur entlang in sein Arbeitszimmer. Die Heizung war auf die richtige Temperatur eingestellt, und der Fernschreiber neben seinem Schreibtisch tickerte leise. Die Vorhänge waren nicht zugezogen, und durch die breiten Doppelfenster konnte man den nächtlichen Himmel über Nottwich ausgebreitet sehen, über den die Suchscheinwerfer des Flugplatzes von Hanlow streiften.

»Sie können zu Bett gehen, Mollison. Ich werde nicht schlafen.«

Sir Marcus schlief in diesen Tagen recht wenig. Bei dem bißchen Zeit, das ihm noch zum Leben blieb, hatten ein paar Stunden Schlaf eine ganz andere Bedeutung. Und er brauchte den Schlaf gar nicht wirklich. Keine körperliche Anstrengung machte ihn erforderlich. Mit dem Telefon in Reichweite, begann er die Notizen auf seinem Schreibtisch und die Ausdrucke aus dem Fernschreiber zu lesen. Er las die Anordnungen für die Gasübung am Morgen. Alle Angestellten, die im Erdgeschoß arbeiteten und unter Umständen auch außerhalb eingesetzt wurden, waren bereits mit Gasmasken ausgerüstet. Die Sirenen sollten heulen, wenn der morgendliche Stoßverkehr gerade vorbei war und die Arbeit in den Büros begonnen hatte. Die Transportarbeiter, die Lastwagenfahrer und die Boten sollten ihre Gasmasken mit Beginn der Arbeit aufsetzen. Das war die einzige Möglichkeit, um sicherzustellen, daß sie sie nicht irgendwo herumliegen ließen, während der Übungszeit dann aufgegriffen würden und die wertvollen Arbeitsstunden von Midland Steel im Hospital vergeudeten.

Wertvoller, als sie jemals gewesen waren seit dem November 1918. Sir Marcus las die Börsenkurse aus dem Fernschreiber. Rüstungsbeteiligungen stiegen weiter, und mit ihnen der Stahl. Es machte überhaupt keinen Unterschied, daß die britische Regierung alle Exportgenehmigungen gestoppt hatte; das Land selbst brauchte jetzt mehr Waffen, als es je aufgehäuft hatte, seit jenem Spitzenjahr, in dem Haig seine Angriffe auf die Hindenburg-Linie unternahm. Sir Marcus hatte viele Freunde in vielen Ländern; die Winter verbrachte er regelmäßig mit ihnen in Cannes oder auf Soppelsas Jacht vor der Küste von Rhodos; er war ein enger Freund von Mrs. Cranbeim. Es war jetzt zwar unmöglich, Waffen zu exportieren, aber es war noch immer möglich, Nickel auszuführen und die meisten anderen Metalle, die für die Bewaffnung der Völker notwendig waren. An jenem Abend, als die Jacht etwas schlingerte und Rosen sich peinlicherweise auf Mrs. Ziffos schwarzes Satinkleid übergeben mußte, hatte Mrs. Cranbeim definitiv behaupten können, daß die britische Regierung die Ausfuhr von Nickel in die Schweiz oder andere neutrale Länder so lange nicht verbieten werde, solange der eigene Bedarf vorrangig gedeckt sei. Die Zukunft sah also in der Tat rosig aus, denn den Worten von Mrs. Cranbeim konnte man vertrauen. Der Vogel, der ihr das ins Ohr gezwitschert hatte, war schließlich erste Wahl – wenn man den allseits respektierten alten Staatsmann, dessen Vertrauen sie genoß, denn so nennen durfte.

Es schien jetzt ganz sicher; Sir Marcus las aus den Nachrichten, die ihm der Fernschreiber lieferte, daß die beiden hauptsächlich betroffenen Regierungen weder von ihren Standpunkten abrücken noch die Frist des Ultimatums akzeptieren würden. Wahrscheinlich würden binnen fünf Tagen wenigstens vier Länder im Kriegszustand sein, und der Munitionsbedarf würde auf eine Million Pfund pro Tag steigen.

Und doch war Sir Marcus nicht ganz glücklich. Davis hatte Pfuscharbeit geleistet. Als er Davis gesagt hatte, daß ein Mörder aus seinem Verbrechen keinen Nutzen ziehen dürfe, hatte er niemals mit dieser blödsinnigen Geschichte mit dem gestohlenen Geld gerechnet. Jetzt mußte er dafür die ganze Nacht hier sitzen und darauf warten, daß das Telefon läutete. Sein alter, dünner Körper machte es sich auf den aufblasbaren Kissen so bequem wie möglich: Er war sich so schmerzhaft seiner Glieder bewußt wie ein Skelett, das sich am Bleifutter seines letzten Anzugs langsam abschabt. Eine Uhr schlug Mitternacht; er hatte einen ganzen Tag mehr gelebt.

FÜNFTES KAPITEL

1

Raven tastete sich durch die Dunkelheit des kleinen Schuppens vor, bis er die Säcke gefunden hatte. Er stapelte sie aufeinander und schüttelte sie dabei auf, wie man ein Kissen schüttelt. Er flüsterte besorgt: »Können Sie sich dort ein wenig ausruhen?« Anne ließ sich von ihm an der Hand in die Ecke führen. Sie sagte: »Es ist kalt.«

»Legen Sie sich hin, ich suche noch mehr Säcke.« Er riß ein Streichholz an, und die zarte Flamme wanderte durch die kalte Dunkelheit, die sie eng umgab. Er brachte noch mehr Säcke herbei und deckte sie über sie, während er das Streichholz fallen ließ.

»Könnten wir nicht ein bißchen Licht haben?« fragte Anne.

»Es geht nicht, wegen der Sicherheit. Und es ist gut für mich«, sagte er. »Sie können mich im Dunkeln nicht sehen. Sie können *das* hier nicht sehen.« Er berührte heimlich seine Lippe. Er lauschte an der Tür; er hörte Schritte auf den Schlacken und Füße gegen die Schienen stoßen, und nach einer Weile hörte er eine gedämpfte Stimme. Er sagte: »Lassen Sie mich überlegen. Die wissen, daß ich hier bin. Vielleicht gehen Sie besser. Die haben nichts gegen Sie in der Hand. Wenn sie kommen, wird es eine Schießerei geben.«

»Glauben Sie, die wissen, daß ich hier bin?«

»Sie müssen uns die ganze Zeit gefolgt sein.«

»Dann bleibe ich«, sagte Anne. »Es wird keine Schießerei geben, solange ich hier bin. Sie werden bis zum Morgen warten, bis Sie herauskommen.«

»Das ist nett von Ihnen«, sagte er mit mürrischer Skepsis, und sein ganzer Argwohn gegenüber jeder Freundlichkeit stieg wieder in ihm hoch.

»Ich habe es Ihnen gesagt. Ich bin auf Ihrer Seite.«

»Ich muß darüber nachdenken, wie wir hier herauskommen«, sagte er.

»Sie können sich jetzt auch ausruhen. Sie haben die ganze Nacht zum Nachdenken.«

»Irgendwie ist das ganz gut hier«, sagte Raven, »weg von der ganzen verdammten Welt draußen. Im Dunkeln.« Er kam ihr nicht nahe, sondern setzte sich in die gegenüberliegende Ecke, die Automatic im Schoß. Er sagte argwöhnisch: »Woran denken Sie?« Als er ihr Lachen hörte, war er verwundert und empört zugleich. »Ein wenig wie zu Hause«, sagte Anne.

»Ich mache mir nicht viel aus zu Hause«, sagte Raven. »Ich bin in einem Heim gewesen.«

»Erzählen Sie mir davon. Wie heißen Sie?«

»Sie kennen meinen Namen. Sie haben ihn in den Zeitungen gelesen.«

»Ich meine Ihren Taufnamen.«

»Taufname. Das ist ein guter Spaß, wirklich. Glauben Sie, es geht heutzutage noch so christlich zu? Daß es jemanden gibt, der auch noch die andere Wange hinhält?« Er stieß den Lauf der Automatic ärgerlich in die Schlacken. »Nie und nimmer.« Er konnte sie dort in ihrer Ecke atmen hören, unsichtbar, außer Reichweite, und ihn quälte das eigentümliche Gefühl, daß er etwas Falsches gesagt hatte. Er sagte: »Ich will damit nicht sagen, daß Sie kein feiner Kerl sind. Ich möchte sogar sagen, daß Sie sich wirklich christlich verhalten.«

»Prüfen Sie, ob es stimmt«, sagte Anne.

»Ich habe Sie zu diesem Haus dort gebracht, um Sie zu töten ...«

»Mich zu töten?«

»Weswegen meinten Sie denn? Ich gebe wohl kaum einen Liebhaber ab, oder? Der Traum aller Mädchen? Gut aussehend wie der helle Tag?«

»Warum haben Sie es nicht getan?«

»Diese beiden Männer tauchten da auf. Das ist alles. Ich habe mich nicht in Sie verknallt. Ich verknalle mich nicht in Mädchen. Wenigstens das ist mir erspart geblieben. Sie werden nie erleben, daß ich wegen eines Weiberrocks weich werde.« Verzweifelt fuhr er fort: »Warum haben Sie der Polizei nichts von mir erzählt? Warum schreien Sie jetzt nicht nach ihnen?«

»Also«, sagte sie, »Sie haben doch eine Waffe, nicht?«

»Ich würde nicht schießen.«

»Warum nicht?«

»So verrückt bin ich nicht«, sagte er. »Wenn Leute offen und ehrlich mit mir sind, dann bin ich es auch mit ihnen. Los. Rufen Sie. Ich werde nichts unternehmen.«

»Also«, sagte Anne, »ich muß Sie doch nicht erst um Erlaubnis fragen, ob ich Ihnen dankbar sein darf, oder? Sie haben mir heute abend das Leben gerettet.«

»Diese Typen hätten Sie nicht umgebracht. Sie haben nicht die Nerven dazu, jemanden umzubringen. Es braucht schon einen ganzen Mann, um jemanden zu töten.«

»Also, Ihr Freund Cholmondeley war ziemlich nah dran. Er erwürgte mich fast, als er vermutete, daß ich mit Ihnen zusammenstecke.«

»Mit mir zusammen?«

»Um den Mann zu finden, hinter dem Sie her sind.«

»Dieser elende Betrüger.« Mit brütendem Blick sah er auf seine Pistole hinab, aber er konnte sich nicht auf seinen Haß konzentrieren, seine Gedanken schweiften immer wieder ab und kehrten zurück in diese dunkle, sichere Ecke; er war verwirrt, er war so etwas nicht gewöhnt. Er sagte: »Sie haben wirklich Verstand. Ich mag Sie.«

»Danke für das Kompliment.«

»Das ist kein Kompliment. Sie brauchen mir nichts zu erzählen. Ich habe etwas auf der Seele, das ich Ihnen gerne anvertrauen würde, aber ich kann nicht.«

»Was ist es denn für ein düsteres Geheimnis?«

»Es ist kein Geheimnis. Es geht um eine Katze, die ich in meinem Zimmer in London zurückgelassen habe, als sie mich von dort verjagten. Sie hätten sich um sie gekümmert.«

»Sie enttäuschen mich, Mr. Raven. Ich dachte, es ginge wenigstens um ein paar Morde.« Mit plötzlichem Ernst rief sie aus: »Ich hab' es! Ich weiß, wo Davis arbeitet.«

»Davis?«

»Der Mann, den Sie Cholmondeley nennen. Ich bin ganz sicher. Bei Midland Steel. An einer Straße nahe beim ›Metropole‹. Ein regelrechter Palast.«

»Ich muß hier heraus«, sagte Raven und stieß den Lauf der Automatic gegen den gefrorenen Boden.

»Können Sie nicht zur Polizei gehen?«

»Ich?« sagte Raven. »Ich soll zur Polizei gehen?« Er lachte. »Das wäre was, oder? Ihnen die Hände hinstrekken für die Handschellen ...«

»Ich werde mir einen Ausweg überlegen«, sagte Anne. Ihre Stimme wurde schwächer, und es war, als wäre sie gegangen. Er sagte scharf: »Sind Sie noch da?«

»Natürlich bin ich da«, sagte sie. »Was haben Sie?«

»Es ist ein seltsames Gefühl, allein zu sein.« Die bittere Skepsis kam wieder in ihm hoch. Er riß ein paar Streichhölzer an und hielt sie gegen sein Gesicht, ganz nah an seinen entstellten Mund. »Schauen Sie«, sagte er, »werfen Sie einen langen Blick darauf.« Die kleinen Flammen brannten langsam herunter. »Sie wollen *mir* doch nicht helfen, nicht wahr? Mir?«

»Sie sind in Ordnung«, sagte sie. »Ich mag Sie.« Die Flammen leckten jetzt an seiner Haut, aber er hielt die beiden Streichhölzer starr fest, und sie verbrannten seine Finger; den Schmerz empfand er fast als Freude. Aber er wehrte sich dagegen; sie war zu spät gekommen; er saß im Dunkeln und spürte die Tränen, die wie schwere Gewichte in seinen Augen standen, aber er konnte nicht weinen. Er hatte nie den besonderen Trick gekannt, der zur rechten Zeit die richtigen Schleusen öffnete. Er kroch ein Stück aus seiner Ecke auf sie zu, tastete mit der Automatic den Weg am Boden ab. Er sagte: »Ist Ihnen kalt?«

»Ich war schon an wärmeren Orten«, sagte Anne.

Es gab nur noch die Säcke, auf denen er selber saß. Er schob sie zu ihr hinüber. »Wickeln Sie sich ein«, sagte er.

»Haben Sie denn genug?«

»Natürlich. Ich kann schon für mich sorgen«, sagte er scharf, als hasse er sie dafür. Seine Hände waren so kalt, daß er die Automatic kaum benutzen könnte. »Ich muß hier heraus.«

»Lassen Sie uns darüber nachdenken. Am besten schlafen Sie eine Weile.«

»Ich kann nicht schlafen«, sagte er, »ich habe neuerdings schlimme Träume.«

»Vielleicht erzählen wir einander Geschichten? Es ist Märchenstunde für Kinder.«

»Ich weiß keine Geschichten.«

»Gut, dann erzähle ich Ihnen eine. Was für eine soll es sein? Eine komische?«

»Ich habe noch nie eine komisch gefunden.«

»Vielleicht paßt die von den drei Bären.«

»Nichts, was mit Geld zu tun hat. Ich will nichts über Geld hören.«

Sie konnte ihn jetzt, nachdem er näher gekommen war, erkennen, ein geduckter Schatten, der nicht ein Wort von dem verstand, was sie sagte. Sie zog ihn ein wenig auf und war sich dabei sicher, daß er das gar nicht merkte. Sie sagte: »Ich erzähle Ihnen die Geschichte vom Fuchs und der Katze. Also, diese Katze begegnete im Wald einem Fuchs, und sie hatte immer gehört, daß man den Fuchs als besonders schlau hochjubelte. So sagte sie ihm also höflich guten Tag und fragte ihn, wie es ihm gehe. Aber der Fuchs war hochmütig. Er sagte: ›Wie kannst du es wagen, mich nach meinem Wohlbefinden zu fragen, du verhungerter Mäusejäger? Was weißt du denn schon von der Welt?‹ ›Also, eines weiß ich jedenfalls‹, sagte die Katze. ›Und das wäre?‹ sagte der

Fuchs. ›Wie man sich die Hunde vom Leibe hält‹, sagte die Katze. ›Wenn sie Jagd auf mich machen, klettere ich einfach auf einen Baum.‹ Da blies sich der Fuchs auf und sagte: ›Du beherrschst nur einen Trick, und ich habe hundert davon. Ich habe einen ganzen Sack voller Tricks. Komm mit mir, und ich zeige sie dir.‹ Genau in dem Moment kam unauffällig und leise ein Jäger mit seinen vier Hunden herbei. Die Katze kletterte auf den Baum und rief: ›Öffnen Sie Ihren Sack, Herr Fuchs, öffnen Sie Ihren Sack.‹ Aber die Hunde packten ihn mit ihren Zähnen und hielten ihn fest. Da lachte die Katze und sagte: ›Hätten Sie nur diesen einen Trick in Ihrem Sack gehabt, Herr Allwissend, dann wären Sie jetzt hier oben bei mir auf dem Baum.‹« Anne hielt an. Sie flüsterte zu dem dunklen Schatten nebenan hinüber: »Schlafen Sie?«

»Nein«, sagte Raven, »ich bin nicht eingeschlafen.«

»Jetzt sind Sie dran.«

»Ich weiß keine Geschichten«, sagte Raven mürrisch, traurig.

»Keine Geschichten wie diese? Dann hat man Sie nicht ordentlich erzogen.«

»Ich wurde schon richtig erzogen«, protestierte er, »aber ich habe andere Dinge im Kopf. Eine ganze Menge.«

»Kopf hoch. Es gibt jemanden, der muß sich noch mehr Gedanken machen.«

»Wer?«

»Der Kerl, mit dem das alles angefangen hat, der den alten Mann getötet hat, Sie wissen, wen ich meine. Der Freund von Davis.«

»Was sagen Sie da?« fuhr er hoch. »Davis' Freund?« Er unterdrückte seinen Zorn. »Um den Mord geht es mir nicht; es ist dieser Betrug.«

»Ja, natürlich«, sagte Anne fröhlich und plauderte unter ihrer Schicht Säcke munter weiter, »so ein kleiner Mord macht mir auch weiter gar nichts aus.«

Er sah auf und versuchte, sie in der Dunkelheit zu

erkennen. Er jagte einem Funken Hoffnung nach. »Das macht Ihnen nichts aus?«

»Es gibt solche Morde und solche«, sagte Anne. »Stünde der Mann vor mir, der diesen – wie hieß der alte Mann noch? – ermordet hat …«

»Ich weiß nicht mehr.«

»Ich erinnere mich auch nicht. Aussprechen könnten wir ihn ohnehin nicht.«

»Also weiter. Wenn er hier stünde …«

»Also, ich würde es zulassen, daß Sie ihn erschießen, ohne einen Finger zu rühren. Und hinterher würde ich sagen: ›Gut gemacht.‹« Sie fand an dem Thema Gefallen. »Erinnern Sie sich, was ich Ihnen über die Gasmasken erzählt habe? Daß sie für die Babys keine entwickeln können? Das ist es, was er auf sein Gewissen laden wird. Die Mütter bleiben hinter ihren Gasmasken am Leben und müssen zusehen, wie ihre Babys sich die Seele aus dem Leib husten.«

Er antwortete halsstarrig: »Die armen Kleinen können doch von Glück sagen. Und wieso soll ich mich um die Reichen sorgen? Das hier ist keine Welt, in die ich Kinder setzen würde.« Sie konnte gerade die Umrisse seines gespannt zusammengekauerten Körpers erkennen. »Es ist nur ihre Selbstsucht«, sagte er. »Sie lassen es sich gutgehen, und was sollen sie sich Gedanken machen um einen, der häßlich geboren ist? Drei Minuten im Bett oder gegen eine Wand gelehnt, und für den, der danach geboren wird, dauert es ein ganzes Leben. Mutterliebe«, er fing an zu lachen und sah den Küchentisch deutlich vor sich, das Tranchiermesser auf dem Linoleumboden und überall das Blut auf dem Kleid seiner Mutter. Er erklärte: »Sie sehen, ich kenne mich aus. Ich bin erzogen worden in einem der Heime Seiner Majestät. So nennen sie sie – Heime. Was bedeutet für Sie das Wort Heim?« Aber er gab ihr gar keine Gelegenheit, etwas dazu zu sagen. »Falsch. Sie denken an einen Ehemann, der zur Arbeit geht, einen hübschen Gasherd und ein Doppelbett, Hauspantoffeln und Kinderbetten und all das. Das ist kein Heim. Ein Heim, das ist Einzelarrest für ein Kind, das man beim Schwätzen in der Kirche erwischt hat, das sind Schläge mit der Rute für fast alles, was man tut. Wasser und Brot. Ein Aufpasser, der dich verprügelt, wenn du mal ein bißchen Spaß machst. Das ist ein Heim.«

»Also, er wollte das alles ändern, nicht? Er war arm, so wie wir.«

»Von wem reden Sie?«

»Von dem alten Wie-hieß-er-denn-noch. Haben Sie von ihm nicht in der Zeitung gelesen? Daß er alle Ausgaben für das Militär kürzte, um die Slums zu sanieren? Es gab Fotos von ihm, wie er neue Wohnungen einweihte und mit den Kindern redete. Er gehörte nicht zu den Reichen. Er wäre nicht in den Krieg gezogen. Aus dem Grunde haben sie ihn erschossen. Ich möchte wetten, daß es Leute gibt, die aus seinem Tod finanzielle Vorteile ziehen. Und in seinem Nachruf heißt es, er hat auch noch alles aus eigener Kraft geschafft. Sein Vater war ein Dieb, und seine Mutter beging –«

»Selbstmord?« flüsterte Raven. »Haben Sie gelesen, wie sie ...«

»Also die Sachen, die Sie lesen«, sagte Raven. »Sie machen einen nachdenklich.«

»Also, das würde ich auch sagen, daß der Kerl, der den alten Wie-hieß-er-denn-noch umgebracht hat, über einiges nachzudenken hat.«

»Vielleicht«, sagte Raven, »wußte er nicht, was in all den Zeitungen stand. Die Leute, die ihn bezahlt haben, die wußten es. Mag sein, daß wir, wenn wir alles über ihn wüßten, welche Chancen er gehabt hat und so, daß wir es dann auch mit seinen Augen sehen könnten.«

»Das würde viele Gespräche brauchen, bis ich es verstünde. Aber jetzt sollten wir besser schlafen.«

»Ich muß nachdenken«, sagte Raven.

»Das wird Ihnen besser gelingen, wenn Sie erst ein Nickerchen gemacht haben.«

Aber ihm war viel zu kalt, als daß er hätte schlafen

können; es gab keine Säcke mehr, mit denen er sich zudecken konnte, und sein enger schwarzer Mantel war so abgetragen, daß er nur noch wie ein Stück Baumwolle wirkte. Der eisige Wind, der unter der Tür hereinblies, war vielleicht von Schottland die frostigen Gleise entlang bis hierher geweht, ein Nordost, der die kalten Nebel der See vor sich her trieb. Er dachte bei sich: Ich hatte nichts gegen den alten Mann, nichts Persönliches ... »Ich würde es zulassen, daß Sie ihn erschießen, und hinterher würde ich sagen: ›Gut gemacht.‹« Für einen Augenblick hatte er die verrückte Idee aufzustehen, mit seiner Automatic in der Hand durch die Tür zu gehen und sie auf sich schießen zu lassen. »Herr Allwissend«, könnte sie dann sagen, »hätten Sie nur diesen einen Trick in Ihrem Sack gehabt, dann würden die Hunde nicht ...« Aber dann schien es ihm, als ob das, was er von dem alten Mann erfahren hatte, nur noch mehr gegen Cholmondeley sprach. Cholmondeley hatte das alles gewußt. Das bedeutete noch eine Kugel mehr in seinen Wanst und eine weitere für Cholmondeleys Auftraggeber. Aber wie sollte er den anderen Mann finden? Das einzige, was ihm weiterhelfen konnte, war die Erinnerung an ein Foto, ein Foto, das der alte Minister irgendwie mit dem Empfehlungsschreiben in Verbindung gebracht hatte, das Raven bei sich hatte, das narbige Gesicht eines Jungen, das jetzt wahrscheinlich einem alten Mann gehörte.

Anne sagte: »Schlafen Sie?«

»Nein«, sagte Raven. »Was stört Sie?«

»Ich glaubte, ich hätte etwas gehört.«

Er lauschte. Es war nur der Wind, der draußen ein loses Brett gegen die Wand schlagen ließ. Er sagte: »Sie sollten schlafen. Sie brauchen sich nicht zu fürchten. Die kommen nicht, bevor sie nicht genug Licht haben.« Er dachte: Wo könnten die beiden einander begegnet sein, als sie noch so jung waren? Sicher nicht in einem Heim, wie er eines kannte, mit seinen kalten Steintreppen, der schrillen gebieterischen Glocke, den winzigen Arrestzellen. Ganz plötzlich fiel er in Schlaf, und der alte Minister kam auf ihn zu und sagte: »Schieß. Schieß mir in die Augen«, und Raven selber war ein Kind mit einer Schleuder in der Hand. Er weinte und schoß nicht, und der alte Minister sagte: »Schieß, mein liebes Kind. Dann gehen wir zusammen nach Hause. Schieß.«

Raven wachte genauso plötzlich wieder auf. Im Schlaf hatte er die Automatic fest umklammert. Sie zielte auf die Ecke, in der Anne schlief. Voller Schrecken starrte er in die Dunkelheit und hörte ein Flüstern, wie er es durch die Tür gehört hatte, als die Sekretärin versuchte, nach draußen zu telefonieren. Er sagte: »Schlafen Sie? Was haben Sie gesagt?«

Anne sagte: »Ich bin wach.« Abwehrend sagte sie: »Ich habe nur gebetet.«

»Glauben Sie an Gott?«

»Ich weiß nicht«, sagte Anne. »Manchmal vielleicht. Es ist eine Gewohnheit, das Beten. Es schadet nichts. Es ist so, wie man die Finger überkreuzt, wenn man unter einer Leiter durchgeht. Wir brauchen alle soviel Glück, wie es nur gibt.«

Raven sagte: »Wir haben jede Menge gebetet in dem Heim. Zweimal am Tag und dazu vor den Mahlzeiten.«

»Das beweist gar nichts.«

»Nein, das beweist gar nichts. Nur macht es einen irgendwie wahnsinnig, wenn einem alles, was aus und vorbei ist, trotzdem nicht aus dem Gedächtnis verschwindet. Manchmal will man einfach von vorne beginnen, und dann fängt einer an zu beten, oder man liest etwas in der Zeitung, und alles ist wieder da, die Menschen und die Orte.« Er kam ein wenig näher heran in dem Schuppen, suchte nach Gesellschaft; das Gefühl der Einsamkeit wurde noch größer als sonst, wenn man wußte, daß die da draußen auf einen warteten, auf das Tageslicht warteten, damit sie einen gefahrlos ergreifen konnten und nicht das Risiko eingingen, daß man die Flucht ergriff oder als erster schoß. Er hatte nicht übel Lust, sie sofort hinauszuschicken, wenn der Tag anbrach, selber aber auszuhalten, wo er war, und die Sache mit der Waffe auszufechten. Aber das würde bedeuten, daß Cholmondeley und sein Auftraggeber ungeschoren davonkamen; genau das wäre ihnen wohl am liebsten. Er sagte: »Ich habe einmal gelesen – ich lese gerne – ich habe eine Bildung genossen, irgend etwas über Psy-, Psycho –«

»Schon gut«, sagte Anne. »Ich weiß, was Sie meinen.«

»Es scheint so, daß Träume etwas bedeuten. Ich meine nicht so etwas wie aus dem Kaffeesatz lesen oder Karten legen.«

»Ich kannte einmal eine«, sagte Anne. »Die konnte so gut Karten legen, daß es einem kalt den Rücken hinunterlief. Sie hatte immer Karten mit diesen komischen Bildern darauf: Der Gehenkte ...«

»So war es nicht«, sagte Raven. »Es war – ach, ich weiß nicht recht. Ich habe es nicht so richtig verstanden. Aber es kommt mir so vor, daß, wenn man seine Träume erzählt ... Es war, als trüge man eine Last mit sich herum; man wird schon damit geboren und hat es von seinem Vater und seiner Mutter und von deren Vätern und ... Es scheint, als führte es weit zurück, so, wie es in der Bibel heißt von den Sünden der Väter, die über einen kommen. Wenn man dann heranwächst, wird die Last immer größer; all die Dinge, die man tun soll und nicht kann; und dann alle die, die man wirklich tut. Man entgeht ihnen nicht.« Er stützte sein trauriges Mördergesicht auf seine Hände. »Es ist, als säße man im Beichtstuhl. Nur wenn man gebeichtet hat, dann geht man hin und tut es wieder. Ich meine, man erzählt diesen Ärzten alles, jeden Traum, den man gehabt hat, und nachträglich *will* man es nicht mehr. Aber man muß ihnen alles erzählen.«

»Jeden Quatsch?«

»Alles. Und wenn man ihnen alles erzählt hat, ist es vorbei.«

»Das hört sich nach Schwindel an«, sagte Anne.

»Ich glaube, ich habe es nicht richtig erzählt. Aber das

war es, was ich gelesen habe. Und ich habe mir gedacht, daß es den Versuch mal wert sein könnte.«

»Das Leben ist voll von komischen Dingen. Sie und ich hier zum Beispiel. Sie glauben, Sie hätten vorgehabt, mich zu töten. Ich stelle mir vor, wir könnten einen Krieg verhindern. Ihre Psycho-Geschichte ist da auch nicht komischer.«

»Wissen Sie, es kommt darauf an, daß man es los wird«, sagte Raven. »Nicht darauf, was der Arzt tut. So kam es mir jedenfalls vor. Ähnlich wie vorhin, als ich Ihnen von dem Heim erzählte, von Wasser und Brot und von den Gebeten, die erschienen mir nachher nicht mehr so wichtig.« Er fluchte leise und obszön, fast unhörbar. »Ich habe immer behauptet, daß ein Weiberrock mich nicht schwach macht. Ich habe immer gedacht, meine Lippe schützt mich davor. Wenn man weich wird, gerät man in Gefahr. Man wird langsam. Ich habe erlebt, wie das anderen passiert ist. Die Burschen sind immer im Kittchen gelandet oder hatten plötzlich ein Rasiermesser im Bauch. Und jetzt bin ich doch weich geworden, so weich wie all die anderen.«

»Ich mag Sie«, sagte Anne. »Ich bin Ihre Freundin –«

»Ich bitte Sie um nichts«, sagte Raven. »Ich bin häßlich, und ich weiß das. Nur um eines bitte ich. Seien Sie anders als die anderen. Gehen Sie nicht zur Polizei. Die meisten Weiber tun das. Ich habe es erlebt. Aber vielleicht gehören Sie nicht zu diesen Weibern. Sie sind ein Mädchen.«

»Ich bin ein Mädchen, das schon zu jemandem gehört.«

»Das geht schon in Ordnung«, rief er mit gequältem Stolz in die Kälte und die Dunkelheit. »Ich bitte Sie um nichts, außer daß Sie mich nicht linken.«

»Ich gehe nicht zur Polizei«, sagte Anne. »Ich verspreche es Ihnen. Ich mag Sie wie jeden anderen Mann – ausgenommen meinen Freund.«

»Ich dachte, ich könnte Ihnen vielleicht etwas davon erzählen – einen oder zwei von diesen Träumen –, so wie irgendeinem Arzt. Wissen Sie , ich kenne die Ärzte. Man kann ihnen nicht trauen. Ich bin gerade bei einem gewesen, bevor ich hierher fuhr. Ich wollte von ihm, daß er etwas an meiner Lippe macht. Er versuchte, mich mit Gas zu betäuben. Er wollte die Polizei rufen. Man kann den Ärzten nicht trauen. Aber Ihnen könnte ich vertrauen.«

»Sie können mir wirklich vertrauen«, sagte Anne. »Ich werde nicht zur Polizei gehen. Aber besser schlafen Sie jetzt erst einmal und erzählen mir Ihre Träume später, wenn Sie wollen. Es wird eine lange Nacht.«

Seine Zähne fingen plötzlich vor Kälte unkontrolliert zu klappern an, und Anne hörte es. Sie streckte eine Hand aus und berührte seinen Mantel. »Ihnen ist kalt«, sagte sie. »Sie haben mir alle Säcke gegeben.«

»Ich brauche keine. Ich habe den Mantel.«

»Wir sind Freunde, nicht?« sagte Anne. »Wir stecken zusammen in dieser Sache. Nehmen Sie also zwei von den Säcken.«

Er sagte: »Da liegen bestimmt noch welche herum. Ich sehe mich einmal um«, und er riß ein Streichholz an und tastete sich an der Wand entlang. »Da sind zwei«, sagte er und setzte sich außer ihrer Reichweite wieder hin, mit leeren Händen. Er sagte: »Ich kann nicht schlafen. Nicht richtig. Ich hatte gerade einen Traum. Er handelte von diesem alten Mann.«

»Welchem alten Mann?«

»Dem alten Mann, den sie ermordet haben. Ich habe geträumt, ich wäre ein Kind mit einer Schleuder in der Hand, und er sagte: ›Schieß mir durch die Augen‹, und ich weinte, und er sagte: ›Schieß mir durch die Augen, mein liebes Kind.‹«

»Und dafür wollen Sie von *mir* eine Deutung?«

»Ich wollte ihn Ihnen nur erzählen.«

»Wie sah er aus?«

»So, wie er aussah.« Hastig fügte er hinzu: »Wie ich ihn von den Fotos kenne.« Er brütete über seinen Erinnerungen mit dem leidenschaftlichen Drang, alles zu bekennen. Bis heute war er in seinem Leben keinem Menschen begegnet, dem er hätte trauen können. Er sagte: »Sie haben nichts dagegen, diese Dinge zu hören?« und vernahm mit einem seltsam tiefen Glücksgefühl ihre Antwort: »Wir sind Freunde.« Er sagte: »Dies ist die schönste Nacht, die ich je erlebt habe.« Aber es gab Dinge, die konnte er ihr immer noch nicht erzählen. Sein Glücksgefühl war noch nicht vollkommen, solange sie nicht alles wußte, solange er ihr noch nicht ganz sein Vertrauen geschenkt hatte. Er wollte sie nicht schockieren oder quälen; er steuerte langsam auf die entscheidende Enthüllung zu. Er sagte: »Ich hatte noch andere Träume, in denen ich ein Kind war. Ich träumte, daß ich eine Tür aufmache, eine Küchentür, und da liegt meine Mutter – sie hat sich die Kehle durchgeschnitten – sie sah scheußlich aus – ihr Kopf war fast ab – sie hatte richtig daran herumgesägt – mit einem Brotmesser –«

Anne sagte: »Das war kein Traum.«

»Nein«, sagte er, »Sie haben recht, es war kein Traum.« Er wartete. Er spürte, wie ihr Mitgefühl sich durch die Dunkelheit bis zu ihm ausbreitete. Er sagte: »Das war gräßlich, nicht? Gibt es noch etwas Gräßlicheres? Sie hat nicht einmal so weit an mich gedacht, daß sie die Tür abgeschlossen hätte, damit ich sie so nicht sehe. Und danach, da gab es das Heim. Das wissen Sie schon. Das könnte man auch gräßlich nennen, aber es war nicht so gräßlich wie *das*. Und sie erzogen mich dort zu ordentlich, so daß ich alle Dinge verstand, von denen ich in der Zeitung las. Etwa dieses Psycho-Geschäft. Ich lernte ordentlich schreiben und spreche ein gebildetes Englisch. Anfangs habe ich eine Menge Schläge gekriegt, Einzelarrest, Wasser und Brot, dieses ganze Heimrepertoire. Aber das hörte auf, als sie an meine Ausbildung gingen. Danach war ich ihnen nämlich für so etwas zu schlau. Sie konnten mich nie mehr festnageln. Sie hatten zwar ihren Verdacht, aber nie einen Beweis. Einmal hat der Kaplan sogar versucht, mir mit untergeschobenen Beweisen an den Kragen zu gehen. Sie hatten recht, als sie uns an dem Tag, als wir das Heim verließen, sagten, bei ihnen gehe es genauso zu wie draußen im Leben. Jim und mir und all den sanften Knaben.« Verbittert sagte er: »Dies ist jetzt das erstemal, daß sie mir etwas anhängen können, und ich bin unschuldig.«

»Sie kommen da heraus«, sagte Anne. »Wir müssen uns zusammen etwas ausdenken.«

»Das klingt gut, wenn Sie sagen ›wir zusammen‹, aber diesmal haben die mich. Es würde mir auch gar nichts ausmachen, wenn ich vorher noch diesen Cholmondeley und seinen Boß kriegte.« Mit einer Art ängstlichem Stolz sagte er: »Würde es Sie überraschen, wenn ich Ihnen erzählte, daß ich einen Mann umgebracht habe?« Es war so etwas wie die erste Hürde; wenn es gutging, dann durfte er sich ihr anvertrauen ...

»Wen?«

»Haben Sie jemals von Battling Kite gehört?«

»Nein.«

Er lachte ängstlich-vergnügt. »Ich vertraue Ihnen jetzt mein Leben an. Hätten Sie mir vor vierundzwanzig Stunden erzählen wollen, daß ich mein Leben einer ... Aber ich habe Ihnen natürlich noch keinen *Beweis* in die Hand gegeben. Ich war damals im Renngeschäft. Kite machte uns mit seiner Bande Konkurrenz. Was sollte man tun? Er versuchte, meinen Boß aus der Bahn zu werfen. Die Hälfte von uns fuhr mit einem schnellen Wagen zurück in die Stadt. Er glaubte, wir säßen alle in der Bahn, mit der auch er fuhr. Aber wir standen schon auf dem Bahnsteig, als der Zug einfuhr. Wir umringten ihn, gleich als er aus dem Waggon stieg. Ich schnitt ihm die Kehle durch, und wir hielten ihn aufrecht, bis wir in einem Schub mit ihm durch die Sperre waren. Dann ließen wir ihn neben dem Zeitungsstand fallen und ergriffen die Flucht.« Er sagte: »Sie sehen, es hieß: er oder wir. Draußen auf der Bahn waren sie mit Rasiermessern aufgetaucht. Es herrschte Krieg.«

Nach einer Weile sagte Anne: »Ja. Das begreife ich. Er hatte seine Chance.«

»Es hört sich scheußlich an«, sagte Raven, »aber das Komische ist, es war nicht scheußlich. Es war ganz natürlich.«

»Sind Sie in dem Geschäft geblieben?«

»Nein. Es ging nicht gut. Man konnte den anderen nicht trauen. Sie kriegten entweder weiche Knie, oder sie wurden leichtsinnig. Sie benutzten ihr Hirn nicht.« Er sagte: »Ich wollte Ihnen das von Kite erzählen. Es tut mir nicht leid. Ich habe keine Religion. Nur sagten Sie etwas von Freundschaft, und ich will nicht, daß Sie sich falsche Vorstellungen machen. Diese Geschichte mit Kite brachte mir die Feindschaft von Cholmondeley ein. Inzwischen weiß ich, daß er nur im Renngeschäft war, weil er so Leute kennenlernte. Ich hielt ihn für einen Schnüffler.«

»Wir sind weit abgekommen von den Träumen.«

»Ich wollte darauf zurückkommen«, sagte Raven. »Ich glaube, daß ich Kite auf diese Weise getötet habe, hat mich nervös gemacht.« Seine Stimme zitterte leicht vor Furcht und Hoffnung – Hoffnung deswegen, weil sie den einen Mord so ruhig hinnahm, obwohl sie ihr Versprechen vielleicht doch noch zurücknehmen konnte (»Gut gemacht«, »Ich würde keinen Finger rühren«); Furcht deswegen, weil er nicht wirklich glaubte, daß man in einen anderen Menschen ein so vollkommenes Vertrauen haben konnte, ohne betrogen zu werden. Aber es würde guttun, dachte er, jemandem alles erzählen zu können und zu wissen, daß der andere jetzt Bescheid wußte, und es kümmerte ihn nicht, es würde so sein, als legte er sich für eine lange Weile zur Ruhe. Er sagte: »Diese Spanne Schlaf jetzt eben war die erste seit zwei – drei –, ich weiß nicht seit wie vielen Nächten. Es sieht so aus, als wäre ich am Ende nicht zäh genug.«

»Mir scheinen Sie zäh genug«, sagte Anne. »Aber kein Wort mehr von Kite.«

»Niemand wird mehr ein Wort über Kite hören. Aber

wenn ich Ihnen erzählte –«, er wich vor der Enthüllung zurück. »Neuerdings habe ich häufiger geträumt, daß es eine alte Frau war, die ich getötet habe, nicht Kite. Ich hörte sie durch eine Tür nach draußen anrufen, und ich versuchte, die Tür zu öffnen, aber sie hielt den Türgriff fest, und ich mußte sie töten, um die Tür aufzubekommen. Dann träumte ich, daß sie noch am Leben war, und schoß ihr in die Augen. Aber sogar das – es war nicht wirklich *scheußlich.*«

»In Ihren Träumen scheinen Sie mir auch zäh genug«, sagte Anne.

»In dem Traum habe ich auch einen alten Mann umgebracht. Hinter seinem Schreibtisch. Er fiel dahinter zu Boden. Ich wollte ihm gar keinen Schmerz zufügen. Er bedeutete mir nichts. Ich habe ihn mit Kugeln vollgepumpt. Dann habe ich ihm ein Stückchen Papier in die Hand gedrückt. Mitzunehmen brauchte ich nichts.«

»Was meinen Sie damit – daß Sie nichts mitnehmen mußten?«

Raven sagte: »Sie hatten mich nicht dafür bezahlt, daß ich dort etwas holen sollte, Cholmondeley und sein Boß.«

»Es war also kein Traum.«

»Nein. Es war kein Traum.« Das Schweigen ließ ihn frieren. Er fing schnell an zu reden, um es auszufüllen. »Ich wußte nicht, daß der alte Knabe einer von uns war. Ich hätte ihm kein Haar gekrümmt, wenn ich gewußt hätte, daß er so einer war. All dieses Gerede über den Krieg. Es bedeutet mir gar nichts. Warum sollte es mich kümmern, ob Krieg ist? Für mich war immer Krieg. Sie reden viel von den Kindern. Können sie nicht auch ein bißchen Mitleid mit erwachsenen Männern aufbringen? Es ging darum: er oder ich. Zweihundert Pfund, wenn der Auftrag erledigt war, und fünfzig Pfund im voraus. Das ist eine Menge Geld. Es war nur noch einmal wie schon bei Kite. Es war auch genauso leicht wie bei Kite.« Er sagte: »Werden Sie mich jetzt verlassen?«, und in der Stille konnte Anne seinen ängstlich rasselnden

Atem hören. Schließlich sagte sie: »Nein, ich werde Sie nicht verlassen.«

Er sagte: »Das ist gut. Oh, das ist gut«, und er streckte seine Hand nach ihr aus, spürte ihre Hand, die kalt wie Eis auf den Säcken lag. Er hielt sie einen Augenblick gegen seine unrasierte Wange gedrückt; mit seiner mißgestalteten Lippe konnte er sie nicht berühren. Er sagte: »Es tut gut, jemandem alles anvertrauen zu können.«

2

Anne wartete lange ab, ehe sie wieder sprach. Sie wollte, daß ihre Stimme den richtigen Ton hatte und nicht ihren Abscheu verriet. Dann wollte sie es versuchen, aber das einzige, was ihr einfiel, war noch einmal: »Ich werde Sie nicht verlassen.« Sie erinnerte sich in der Dunkelheit sehr deutlich an alles, was sie über das Verbrechen gelesen hatte: an die alte Sekretärin, die mit durchschossenen Augen im Gang draußen gelegen hatte, den brutal zugerichteten Schädel des alten Sozialisten. Die Zeitungen hatten es den schlimmsten politischen Mordanschlag seit den Tagen genannt, als der König und die Königin von Serbien aus den Fenstern ihres Palastes geworfen worden waren, um die Thronfolge des heroischen Königs der Kriegszeit zu sichern.

Raven sagte noch einmal: »Es tut gut, wenn man jemandem so vertrauen kann«, und plötzlich fiel ihr sein Mund ein, der ihr gar nicht besonders häßlich vorgekommen war, und sie hätte bei der Erinnerung daran erbrechen können. Wie dem auch sei, dachte sie, ich muß weitermachen, ich darf es ihm nicht zeigen, er muß Cholmondeley finden und Cholmondeleys Boß, und dann ... Sie zog sich vor ihm in die Dunkelheit zurück.

Er sagte: »Die warten jetzt da draußen. Sie haben Cops aus London zur Verstärkung bekommen.«

»Aus London?«

»Es stand überall in der Zeitung«, sagte er stolz. »Detective-Sergeant Mather von Scotland Yard.«

Sie konnte einen Schrei der Verzweiflung und des Entsetzens kaum zurückhalten. »Hier?«

»Vielleicht ist er jetzt gerade draußen.«

»Warum kommt er nicht herein?«

»Im Dunkeln würden die mich nie kriegen. Und inzwischen werden sie wissen, daß *Sie* hier sind. Sie könnten also nicht schießen.«

»Und Sie – Sie würden?«

»Da draußen ist niemand, bei dem es mir etwas ausmacht, wenn ich ihn verletze«, sagte Raven.

»Wie wollen Sie bei Tageslicht herauskommen?«

»Ich werde nicht so lange warten. Ich brauche nur gerade so viel Licht, daß ich meinen Weg finde. Und genug sehe, um zu schießen. Sie dürfen nicht als erste zum Schuß kommen; sie dürfen mich auch nicht einfach erschießen. So habe ich einen Vorteil. Ich brauche nur ein paar Stunden, in denen ich mich frei bewegen kann. Wenn ich durchkomme, werden sie nie ahnen, wo ich zu finden bin. Nur Sie wissen, daß ich bei Midland Steel bin.«

Sie spürte einen verzweifelten Haß in sich. »Sie werden also kaltblütig schießen?«

»Sie haben gesagt, Sie wären auf meiner Seite, nicht?«

»O ja«, sagte sie vorsichtig, »ja«, und sie versuchte nachzudenken. Es war einfach zuviel, die Welt retten zu müssen – *und* Jimmy. Wenn es zu einer Schießerei kam, dann hatte die Welt die zweite Rolle zu spielen. Und was, fragte sie sich, wird Jimmy durch den Kopf gehen? Sie kannte seine schwerfällige, humorlose Rechtschaffenheit; es würde mehr als Ravens Kopf auf einem Silberteller brauchen, um ihm verständlich zu machen, warum sie sich gegenüber Raven und Cholmondeley so und nicht anders verhalten hatte. Es hörte sich schwachsinnig und phantastisch an, sogar in ihren eigenen Ohren, wenn sie sagte, daß sie einen Krieg verhindern wollte.

»Schlafen wir jetzt«, sagte sie. »Wir haben einen langen, langen Tag vor uns.«

»Ich glaube, ich könnte jetzt schlafen«, sagte Raven. »Sie wissen nicht, wie es wirkt ...« Jetzt war es Anne, die nicht schlafen konnte. Sie mußte über zu vieles nachdenken. Ihr kam der Gedanke, daß sie ihm seine Waffe stehlen konnte, bevor er wieder aufwachte, und dann die Polizei hereinrufen. Das würde Jimmy vor Gefahren bewahren, aber was brachte es? Sie würden ihr ihre Geschichte niemals glauben; sie hatten keinen Beweis, daß er den alten Mann umgebracht hatte. Und er konnte auch so noch entkommen. Sie brauchte Zeit, aber es gab keine mehr. Aus südlicher Richtung konnte sie ganz fern, vom Militärflughafen, das Dröhnen eines abfliegenden Geschwaders hören. Hoch über ihnen flogen sie vorbei, eine Spezialpatrouille zum Schutz der Bergwerke von Nottwich und der Schlüsselindustrieanlage der Midland Steel. Als kleine Lichtpunkte, die an Glühwürmchen erinnerten, flogen sie schnell in Formation über die Eisenbahn, die Lagerplätze, über den Schuppen hinweg, in dem Anne und Raven lagen, über Saunders, der, hinter einem Waggon, im Windschatten verborgen, die Arme um sich schlug, um sich warm zu halten, über Acky, der träumte, er stünde auf der Kanzel von St. Lukas, und über Sir Marcus, der schlaflos neben seinem Fernschreiber saß.

Raven schlief zum erstenmal seit fast einer Woche tief und fest, die Automatic im Schoß. Er träumte, daß er am Guy-Fawkes-Day ein großes Feuer anzündete. Er warf hinein, was immer er fand: ein Messer mit gezackter Schneide, einen Packen Karten für das Rennen, ein Tischbein. Es brannte warm, stark und schön. Überall um ihn herum wurden Feuerwerke abgebrannt, und wieder erschien der alte Kriegsminister, diesmal auf der anderen Seite des Feuers. Er sagte: »Es ist ein schönes Feuer« und stieg selber hinein. Raven rannte zum Feuer, um ihn herauszuziehen, aber der alte Mann sagte: »Laß mich. Es ist warm hier«, und dann versank er wie eine Strohpuppe in den Flammen.

Eine Uhr schlug. Anne zählte die Schläge, wie sie das schon die ganze Nacht lang getan hatte; es mußte jetzt fast Tag sein, und sie hatte noch immer keinen Plan gefaßt. Sie hustete; ihr Hals schmerzte; und plötzlich bemerkte sie voller Freude, daß draußen Nebel war: nicht der Nebel, der von oben kam und alles grau erscheinen ließ, sondern ein kalter, gelber Nebel aus der Flußniederung, durch den ein Mann leicht würde fliehen können. Sie streckte ihre Hand aus und stieß Raven an, widerwillig, weil er jetzt so abstoßend auf sie wirkte. Er wachte sofort auf. Sie sagte: »Es kommt Nebel auf.«

»Welches Glück«, sagte er, »welches Glück!« Und er lachte leise. »Da fängt man an, an die Vorsehung zu glauben, nicht?« Im frühen Dämmerlicht konnten sie einander gerade erkennen. Nach dem Wachwerden begann er nun zu zittern. Er sagte: »Ich habe von einem großen Feuer geträumt.« Sie sah, daß er keine Säcke zum Zudekken hatte, aber sie empfand jetzt kein Mitleid mehr. Es war nur ein wildes Tier, dem man mit Vorsicht begegnen mußte, bis man es erlegte. »Laß ihn nur frieren«, dachte sie. Er überprüfte die Automatic; sie sah, wie er sie entsicherte. Er sagte: »Was ist mit Ihnen? Sie waren aufrichtig zu mir. Ich möchte nicht, daß Sie in irgendwelche Schwierigkeiten geraten. Ich möchte nicht, daß sie denken«, er zögerte und fuhr dann in demütig-fragendem Tonfall fort, »wir stecken in dieser Sache unter einer Decke.«

»Ich überlege mir etwas«, sagte Anne.

»Ich sollte Sie k.o. schlagen. Das würde die da draußen verwirren. Aber ich bin weich geworden. Ich würde Ihnen nichts tun, nicht einmal, wenn man mich dafür bezahlte.«

Sie konnte nicht widerstehen zu antworten: »Nicht für zweihundertfünfzig Pfund?«

»Er war für mich ein Fremder«, sagte Raven. »Das ist nicht dasselbe. Ich dachte, er wäre einer von den Großen und Mächtigen. Sie aber –« er zögerte wieder und blickte finster und stumm auf die Automatic – »sind eine Freundin.«

»Sie brauchen nichts zu befürchten«, sagte Anne. »Ich werde denen schon eine Geschichte erzählen.«

Bewundernd sagte er: »Sie sind klug.« Er sah, wie der Nebel unter der schlecht schließenden Tür hereinkroch und den kleinen Schuppen mit seinen kalten Schwaden füllte. »Er ist jetzt fast schon dicht genug, daß ich es versuchen könnte.« Er hielt die Automatic in der linken Hand und bewegte die Finger der Rechten. Er lachte, um den Mut nicht sinken zu lassen. »Bei diesem Nebel werden die mich niemals fassen.«

»Werden Sie schießen?«

»Natürlich werde ich schießen.«

»Ich habe eine Idee«, sagte Anne. »Wir wollen doch kein Risiko eingehen. Geben Sie mir Ihren Mantel und den Hut. Ich ziehe sie an, schlüpfe vor Ihnen hinaus und lasse die für ihr Geld hinter mir herrennen. Bei diesem Nebel werden sie nichts merken, bevor sie mich haben. Gleich wenn Sie die Trillerpfeifen hören, zählen Sie langsam bis fünf und machen sich dann aus dem Staub. Ich laufe nach rechts. Sie laufen nach links.«

»Sie haben Nerven«, sagte Raven. Er schüttelte den Kopf. »Nein. Sie könnten schießen.«

»Sie haben selbst gesagt, daß sie nicht als erste schießen dürfen.«

»Das stimmt. Aber Sie bekommen dafür ein paar Jahre.«

»Ach«, sagte Anne, »ich erzähle ihnen eine Geschichte. Ich sage ihnen, Sie hätten mich gezwungen.« Sie sagte es mit einer Spur von Verbitterung. »In meiner Truppe wird mir das sogar helfen. Ich bekomme sicher eine Sprechrolle.«

Raven sagte scheu: »Wenn Sie behaupten würden, Sie seien mein Mädchen, dann würden die Ihnen nichts anhängen. Sie haben Verständnis, wenn ein Mädchen so etwas für seinen Freund tut.«

»Haben Sie ein Messer?«

»Ja.« Er suchte in allen Taschen nach; es war nicht da; er mußte es auf dem Fußboden von Ackys bestem Gästezimmer verloren haben.

Anne sagte: »Ich wollte meinen Rock damit abschneiden. Dann könnte ich leichter rennen.«

»Ich versuche ihn abzureißen«, sagte Raven, kniete sich vor sie hin, packte zu, aber der Stoff riß nicht. Als sie zu ihm hinabschaute, war sie erstaunt, welch schmale Handgelenke er hatte; seine Hände sahen nicht kräftiger aus als die eines zarten Jungen. Seine ganze Stärke steckte in dem mechanischen Gerät dort zu seinen Füßen. Sie dachte an Mather und hatte ein Gefühl von Geringschätzung und gleichzeitig von Widerwillen gegenüber diesem dünnen, häßlichen Körper, der da vor ihr kniete.

»Macht nichts«, sagte sie. »Ich mache es, so gut es geht. Geben Sie mir den Mantel.«

Er zitterte, zog ihn aus und schien damit zugleich etwas von seiner mürrischen Selbstsicherheit zu verlieren, ohne die enge schwarze Hülle, die einen sehr alten, sehr auffällig karierten Anzug mit Löchern an den Ellbogen verborgen hatte. Schlaff hing er an ihm herunter. Er sah unterernährt aus. Es ging kein Eindruck von Gefahr mehr von ihm aus. Er preßte die Arme an sich, um die Löcher zu verbergen. »Und Ihren Hut«, sagte Anne. Er nahm ihn von den Säcken auf und gab ihn ihr. Er sah gedemütigt aus, und er hätte früher nie eine Demütigung hingenommen, ohne in Wut zu geraten. »Also«, sagte Anne, »denken Sie daran. Warten Sie auf den Pfeifton, und dann zählen Sie.«

»Es gefällt mir nicht«, sagte Raven. Verzweifelt versuchte er ihr die tiefe Qual zu zeigen, die er empfand, wenn er sie jetzt gehen lassen mußte; es kam ihm so vor, als sei damit alles zu Ende. Er sagte: »Wir sehen uns wieder – irgendwann«, und als sie mechanisch versicherte: »Ja«, lachte er in schmerzlicher Verzweiflung: »Kaum, nachdem ich ihn getötet habe –«, und er wußte nicht einmal den Namen des Mannes.

SECHSTES KAPITEL

1

Saunders war in Halbschlaf gefallen; eine Stimme neben ihm weckte ihn. »Der Nebel wird dicker, Sir.«

Er war schon ziemlich dicht, und das erste Tageslicht färbte ihn staubig-gelb. Er hätte dem Polizisten mit einem Fluch geantwortet, daß er ihn nicht früher geweckt hatte, wenn sein Stottern ihn nicht dazu erzogen hätte, sparsam mit Worten umzugehen. Er sagte: »Geben Sie weiter, daß nähergerückt werden soll.«

»Wollen wir stürmen, Sir?«

»Nein. Da ist ein Mädchen drinnen. Wir können uns keine Sch-sch-schießerei erlauben. Abwarten, bis er herauskommt.«

Aber der Polizist war noch nicht weggetreten, als er bemerkte: »Die Tür geht auf.« Saunders steckte die Pfeife in den Mund und entsicherte seine Waffe. Das Licht war schlecht und der Nebel trügerisch; aber er registrierte den dunklen Mantel, als die Gestalt nach rechts in den Schutz der Kohlenwaggons schlüpfte. Er betätigte seine Pfeife und war schon hinterher. Der schwarze Mantel hatte etwas Vorsprung und bewegte sich schnell durch den Nebel weiter. Man konnte nicht weiter als sechs, sieben Meter sehen, aber Saunders blieb hartnäckig auf Sichtweite hinter ihm und pfiff unausgesetzt. Wie erwartet, hörte er einen Pfiff von vorn; das brachte den Flüchtenden durcheinander; er zögerte einen Augenblick, und Saunders gewann Boden. Sie hatten ihn eingekreist, und Saunders wußte, daß das ein gefährlicher Moment war. Er gab drei dringliche Triller in den Nebel ab, damit die Polizisten einen vollen Kreis schlossen, und seine Pfiffe wurden aufgenommen und in einem weiten unsichtbaren Kreis in der gelben Ungewißheit weitergegeben.

Aber er hatte dabei wieder ein paar Schritte verloren, und der Flüchtling rannte weiter und war verschwunden. Saunders pfiff zweimal: »Langsam vorgehen und Berührung nicht verlieren.« Von rechts und von vorn signalisierte ein einzelner langer Pfiff, daß der Mann gesichtet worden war, und die Polizisten kreisten die Stelle ein. Jeder hielt Kontakt mit dem Nebenmann rechts und links. Solange der Kreis geschlossen gehalten wurde, war es dem Mann unmöglich zu entkommen. Aber der Kreis zog sich zusammen, und es war nichts von ihm zu sehen; die einzelnen kurzen Pfiffe, die der Verständigung dienten, klangen ungeduldig und verloren. Schließlich gewahrte Saunders vorne die schwachen Umrisse eines Polizisten, der in rund zwölf Meter Entfernung aus dem Nebel auftauchte. Er ließ sie alle auf ein Pfeifsignal anhalten: Der Flüchtige mußte direkt vor ihnen zwischen den Güterwaggons sein. Mit gezückter Waffe ging Saunders vor, und ein Polizist nahm seinen Platz ein und schloß den Kreis wieder.

Plötzlich entdeckte Saunders seinen Mann. Er hatte sich eine günstige strategische Position ausgesucht, die ihn vor Überraschungen schützte – im Rücken einen Keil, den ein leerer Waggon und ein Kohlenhaufen bildeten. Für die Polizisten hinter ihm war er unsichtbar, und wie bei einem Duell hatte er sich seitlich hingestellt, so daß er Saunders nur eine Schulter zeigte, während ein Stapel alter Schwellen ihn bis zu den Knien verdeckte. Das konnte in den Augen von Saunders nur eines bedeuten, nämlich daß er es auf eine Schießerei ankommen ließ; der Mann mußte wahnsinnig und verzweifelt sein. Den Hut hatte er sich tief über das Gesicht gezogen; der Mantel flatterte seltsam lose um ihn herum; die Hände steckten in den Taschen. Saunders rief ihn durch die gelben Nebelschwaden an: »Sie kommen besser friedlich heraus.« Er hob die Pistole und bewegte sich vorwärts, den Finger am Abzug. Aber die Regungslosigkeit der Gestalt ließ ihn erschrecken. Sie stand im Schatten und halb vom Nebel verdeckt. Er selber war der Exponierte, denn hinter ihm drang aus dem Osten das erste Frühlicht blaß durch die Nebelschwaden. Es war, als warte er auf seine eigene Exekution, denn er durfte ja nicht als erster schießen. Doch schließlich wußte er, was in Mather vorging, der wußte, daß dieser Mann mit seinem Mädchen zusammensteckte, und da brauchte er keine besondere Entschuldigung dafür, wenn er schoß. Mather würde hinter ihm stehen. Eine Bewegung würde genügen. Ohne zu stottern, sagte er in scharfem Ton: »Heben Sie die Hände hoch!« Die Gestalt rührte sich nicht. Er sagte zu sich selbst, und zugleich flammte Haß gegen diesen Mann in ihm auf, der Mather das angetan hatte: Ich verpasse ihm eine Kugel, wenn er nicht gehorcht: Sie stehen alle hinter mir: Noch eine Chance: »Heben Sie die Hände hoch!«, und als die Gestalt weiter regungslos verharrte, die Hände in den Taschen versteckt und somit eine kaum erkennbare Bedrohung, da schoß er.

Doch während er auf den Abzug drückte, ertönte ein Pfiff, ein langer, eindringlicher Ton, der wie ein Keuchen klang, wie das Quieken eines Gummitiers, von der Mauer und der Straße her. Es gab keinen Zweifel, was das bedeutete, und plötzlich sah er es auch – er hatte auf Mathers Mädchen geschossen; sie hatte sie abgelenkt. Er schrie den Männern in seinem Rücken zu: »Zurück zum Tor!« und rannte nach vorn. Er hatte sie bei seinem Schuß wanken gesehen. Er sagte: »Sind Sie verletzt?« und stieß ihr den Hut vom Kopf, um sie besser zu sehen.

»Sie sind der dritte Mensch, der versucht hat, mich umzubringen«, sagte Anne mit schwacher Stimme. Sie lehnte sich schwer gegen den Waggon. »Besuchen Sie das sonnige Nottwich. Na ja, sechs Leben bleiben mir noch.«

Saunders' Antwort war ein Stammeln: »W-w-w-w.«

»Dahin haben Sie getroffen«, sagte Anne, »falls es das

ist, was Sie wissen wollen«, und sie zeigte ihm einen langen gelben Kratzer an der Unterkante des Waggons. »Daneben. Dafür gibt es nicht einmal eine Tafel Schokolade.«

Saunders sagte. »Sie m-m-m-müssen mit mir kommen.«

»Das wird mir ein Vergnügen sein. Haben Sie etwas dagegen, wenn ich den Mantel hier ausziehe? Ich komme mir damit irgendwie albern vor.«

Am Tor standen vier Polizisten um etwas herum, das am Boden lag. Einer von ihnen sagte: »Wir haben einen Krankenwagen gerufen.«

»Ist er tot?«

»Noch nicht. Er ist in den Magen getroffen. Er muß losgegangen sein, als Alarm gepfiffen wurde –«

Saunders packte für einen Augenblick eine gemeine Wut. »Geht mal zur Seite, Jungs«, sagte er, »und laßt die Lady hinsehen.« Sie traten zurück, unwillig und unangenehm berührt, als hätten sie eine schmutzige Kreidezeichnung an der Wand verdeckt, und ließen den Blick frei auf das weiße, blutleere Gesicht, das aussah, als wäre es nie lebendig gewesen, als wäre nie warmes Blut unter seiner Haut geflossen. Seinen Ausdruck konnte man nicht friedlich nennen; es hatte überhaupt keinen Ausdruck. Die Hose, die die Polizisten gelockert hatten, war überall voller Blut, und auf der Schlacke des Weges verkrustete es. Saunders sagte: »Zwei von euch bringen diese Lady zum Bahnhof. Ich bleibe hier, bis der Krankenwagen kommt.«

2

Mather sagte: »Wenn du eine Aussage machen willst, muß ich dich darauf hinweisen, daß alles, was du sagst, als Beweis gegen dich verwendet werden kann.«

»Ich hatte nicht vor, eine Aussage zu machen«, sagte Anne. »Ich will mit dir reden, Jimmy.«

Mather sagte: »Wenn der Superintendent hier gewesen wäre, dann hätte ich ihn gebeten, den Fall zu übernehmen. Ich möchte, daß du verstehst: Ich will keine persönlichen – und daß ich dich nicht als Beschuldigte angesprochen habe, bedeutet nicht –«

»Du könntest einem Mädchen schon eine Tasse Kaffee anbieten«, sagte Anne. »Es ist bald Frühstückszeit.«

Mather schlug wütend auf die Tischplatte. »Wohin wollte er?«

»Laß mir Zeit«, sagte Anne, »ich habe viel zu erzählen. Aber du wirst es nicht glauben.«

»Du hast den Mann gesehen, auf den er geschossen hat«, sagte Mather. »Er hat eine Frau und zwei Kinder. Sie haben vom Krankenhaus angerufen, er hat innere Blutungen.«

»Wie spät ist es?« sagte Anne.

»Acht Uhr. Es macht auch nichts, wenn du weiter schweigst. Er kann uns jetzt nicht mehr entkommen. In einer Stunde heulen die Sirenen für die Luftschutzübung. Dann wird es keine Menschenseele mehr auf der Straße ohne Gasmaske geben. Er wird sofort entdeckt. Was hat er an?«

»Hast du wohl etwas zu essen für mich? Ich habe seit vierundzwanzig Stunden keinen Bissen mehr gehabt. Danach könnte ich besser denken.«

Mather sagte: »Es gibt nur eine Chance, daß du nicht als Komplizin angeklagt wirst. Wenn du eine Aussage machst.«

»Ist das bei euch der dritte Grad?«

»Warum willst du ihn decken? Warum hältst du Wort, wenn du doch nicht –«

»Mach so weiter«, sagte Anne. »Mach deine anzüglichen Bemerkungen. Keiner kann dir da Vorwürfe machen. Ich auch nicht. Aber eines möchte ich, daß du nämlich nicht denkst, ich hielte ihm gegenüber mein Wort. Er hat den alten Mann umgebracht. Das hat er mir erzählt.«

»Welchen alten Mann?«

»Den Kriegsminister.«

»Du solltest dir schon etwas Besseres ausdenken als so etwas«, sagte Mather.

»Aber es ist wahr. Er hat dieses Geld niemals gestohlen. Sie haben ihn hereingelegt. Es war die Summe, die sie ihm für die Erledigung seines Auftrags bezahlt haben.«

»Da hat er dir eine schöne Lügengeschichte aufgetischt«, sagte Mather. »Aber *ich* weiß, woher diese Geldscheine stammen.«

»Das weiß ich auch. Ich kann es mir denken. Irgendwoher aus dieser Stadt.«

»Da hat er dir etwas Falsches erzählt. Sie stammen von den United Rail Makers in der Victoria Street.«

Anne schüttelte den Kopf. »Von dort ist die Sache nicht ausgegangen. Sie kommen von Midland Steel.«

»Dahin geht er also, zu Midland Steel – in der Gerberei-Straße?«

»Ja«, sagte Anne. In dem Wort klang etwas Endgültiges mit, das sie erschreckte. Sie haßte Raven jetzt; der Polizist, den sie blutend auf dem Boden gesehen hatte, ließ ihr Herz Ravens Tod wünschen, aber sie konnte sich auch nicht gegen die Erinnerung an die Hütte, die Kälte, den Haufen Säcke und an sein vollkommenes, verzweifeltes Vertrauen wehren. Sie saß da mit gesenktem Kopf, während Mather den Hörer aufnahm und seine Anordnungen gab. »Wir werden ihn dort erwarten«, sagte er. »Wen sucht er da?«

»Das weiß er nicht.«

»Da könnte etwas dran sein«, sagte Mather. »Irgendeine Verbindung zwischen den beiden. Er ist vielleicht von einem Angestellten hereingelegt worden.«

»Es war kein Angestellter, der ihm all das Geld ausgezahlt und der auch versucht hat, mich umzubringen, weil ich wußte –«

Mather sagte: »Dein Mädchen kann warten.« Er drückte auf einen Klingelknopf und sagte zu dem Konstabler, der hereinkam: »Halten Sie das Mädchen für weitere Verhöre fest. Sie können ihr jetzt ein Sandwich und eine Tasse Kaffee geben.«

»Wohin gehst du?«

»Deinen Freund vorführen«, sagte Mather.

»Er wird schießen. Er ist schneller als du. Warum läßt du nicht die anderen –?« Sie flehte ihn an: »Ich mache eine umfassende Aussage. Daß er auch einen Mann namens Kite umgebracht hat.«

»Nehmen Sie es auf«, sagte Mather zu dem Konstabler. Er zog seinen Mantel an. »Der Nebel klart auf.«

Sie sagte: »Verstehst du denn nicht: Wenn es wahr ist – laß ihm nur Zeit, seinen Mann zu finden –, dann wird es keinen Krieg geben.«

»Er hat dir ein Märchen erzählt.«

»Er hat mir die Wahrheit erzählt – aber, gewiß, du warst nicht dabei – du hast ihn nicht gehört. Für dich hört es sich anders an. Ich habe gedacht, ich könnte sie retten – alle.«

»Alles, was du erreicht hast«, sagte Mather brutal, »war, daß ein Mann getötet wurde.«

»Die ganze Sache klingt hier so anders. Irgendwie phantastisch. Aber er hat es geglaubt. Vielleicht«, sagte sie hoffnungslos, »war er verrückt.«

Mather öffnete die Tür. Plötzlich schrie sie ihn an: »Jimmy, er war nicht verrückt. Sie haben versucht, *mich* umzubringen.«

Er sagte: »Ich lese deine Aussage, wenn ich zurück bin« und schloß die Tür hinter sich.

SIEBTES KAPITEL

1

Im Krankenhaus war mächtig was los. Es war der tollste Spaß seit dem Tag der Straßensammlung, an dem die Studenten den alten Piker gekidnappt und ans Ufer des Weevil geschleppt hatten, wo sie drohten, ihn unterzutauchen, wenn er kein Lösegeld bezahlte. Der gute alte Fergusson, der gute alte Buddy, hatte alles organisiert. Jetzt hatten sie drei Ambulanzen drunten im Hof, und eine hatte eine Totenkopfflagge auf dem Dach für die Leichen. Irgendeiner kreischte, daß Mike mit einem Gummischlauch Benzin abzapfte, und sie fingen an, ihn mit Mehl und Ruß zu bewerfen; das hatten sie in großen Eimern bereitstehen. Das gehörte zum inoffiziellen Übungsprogramm: Alle Opfer wurden damit eingerieben, bis auf die »Leichen«, die der Leichenwagen auflesen würde. Die sollten in den Keller geschafft werden, wo die Kühlmaschine die wirklichen Leichen bis zur Obduzierung frisch hielt.

Einer der Chefchirurgen überquerte nervös und eilig den Hof. Er war auf dem Weg zu einem Kaiserschnitt, aber er war sich keineswegs sicher, ob die Studenten ihn nicht bewerfen oder untertauchen würden; erst vor fünf Jahren hatte es einen Skandal und eine offizielle Untersuchung gegeben, weil eine Frau an solch einem Schabernack-Tag gestorben war. Sie hatten den Arzt, der sie behandelte, gekidnappt und ihn im Guy-Fawkes-Kostüm durch die ganze Stadt gefahren. Glücklicherweise war sie keine zahlende Privatpatientin gewesen, und der Untersuchungsrichter hatte, obwohl der Ehemann nach der Feststellung der Todesursache ganz hysterisch geworden war, befunden, man müsse mit der Jugend schon einmal Nachsicht üben. Der Untersuchungsrichter war selbst auch einmal Student gewesen und erinnerte sich mit Vergnügen an den Tag, an dem sie den Vize-Kanzler der Universität mit Ruß beworfen hatten.

Der Chefchirurg hatte damals ebenfalls Dienst gehabt. Als er wieder in dem glasverkleideten Gang in Sicherheit war, erinnerte er sich lächelnd an alles. Der Vize-Kanzler war unbeliebt gewesen; er war klassischer Philologe gewesen und hatte nicht gut an eine Provinz-Universität gepaßt. Er hatte Lukans *Pharsalia* in einem komplizierten Versmaß übertragen, das er selbst erfunden hatte. Der Oberarzt erinnerte sich nur noch vage an Akzente und Betonungen. Er sah noch das kleine, verhutzelte Gesicht eines Liberalen vor sich, das zu lächeln versuchte, während sie ihm den Kneifer zerbrachen; er bemühte sich, ein guter Sportsmann zu sein. Aber daß er kein wirklich guter Sportsmann war, konnte jeder sehen. Und das war der Grund, warum sie ihn so besonders heftig bewarfen.

Der Chefchirurg war nun völlig in Sicherheit und blickte sanft lächelnd auf das Treiben im Hof. Ihre weißen Kittel waren bereits schwarz von Ruß. Einer hatte einen Magenschlauch und die Pumpe dazu in der Hand. Schon bald würden sie den Laden in der High Street überfallen und sich ihr Maskottchen greifen, den ausgestopften und ziemlich mottenzerfressenen Tiger. Die Jugend, die Jugend, dachte er und lachte gütig, als er Colson, den Schatzmeister, verschreckt von Tür zu Tür flitzen sah: Vielleicht hatten sie es auf ihn abgesehen: Nein, sie ließen ihn vorbei: Was für ein Spaß.

Buddy trieb es am schlimmsten. Alle sausten hin und her, um seine Kommandos auszuführen. Er war der Anführer. Sie ergriffen alle und bewarfen jeden, den er ihnen nannte. Er fühlte sich ungeheuer mächtig; es war mehr als nur Genugtuung für unzureichende Prüfungszensuren, mehr als ärztlicher Sarkasmus. Nicht einmal ein Chirurg war heute sicher, wenn *er* das Kommando gab. Der Ruß und das Wasser und das Mehl, sie waren seine Idee; die ganze Luftschutzübung wäre eine langweilige, nüchterne Routinegeschichte nach offiziellem Muster gewesen, wenn ihm nicht eingefallen wäre, daraus einen »Schabernack« zu machen. Das war ein Wort, das totale Befreiung von jeder Kontrolle bedeutete. Er hatte ein Treffen der aufgeweckteren Studenten einberufen und ihnen erklärt: »Wenn jemand ohne Gasmaske auf der Straße angetroffen wird, ist er ein ›Kriegsdienstverweigerer‹. Es gibt Leute, die wollen die Übung sabotieren. Wenn wir die erwischen und ins Krankenhaus schaffen, dann machen wir ihnen die Hölle heiß.«

Um ihn herum brodelte es. »Der alte Buddy.« »Paß auf die Pumpe auf.« »Wer ist der Schweinehund, der mir mein Stethoskop geklaut hat?« »Was ist mit Tiger Tim?« Sie drängten sich um Buddy Fergusson, warteten auf Kommandos, und er stand über ihnen auf dem Trittbrett eines Krankenwagens, den weißen Kittel offen, die Finger in den Taschen seines zweireihigen Sakkos, seine bullige, untersetzte Gestalt aufgebläht vor Stolz, während sie riefen: »Tiger Tim! Tiger Tim! Tiger Tim!«

»Freunde, Römer, Landsleute«, sagte er, und sie brüllten vor Lachen: der gute alte Buddy; Buddy fand immer die richtigen Worte. Er sorgte bei jeder Party für Schwung. Man wußte nie, was Buddy als nächstes sagen würde. »Leiht mir euer –« Sie kreischten vor Lachen. Er war schon ein Teufelskerl, der alte Buddy. Der gute alte Buddy.

Wie ein großes Tier, das mit zuviel Heu gefüttert worden war und jetzt Bewegung brauchte, spürte Buddy Fergusson seinen Körper. Er fühlte seinen Bizeps; er war gespannt, wartete auf Taten. Zu viele Prüfungen, zu viele Vorlesungen, Buddy Fergusson wollte, daß etwas passierte. Während sie sich um ihn drängten, fühlte er sich als Anführer. Das Rote Kreuz war nichts für ihn, wenn erst einmal der Krieg ausbrach: Buddy Fergusson, der

Kompaniechef, Buddy Fergusson, der Draufgänger in den Schützengräben. Das einzige Examen, das er jemals mit Erfolg bestanden hatte, war der Grundkurs für die Offiziersausbildung gewesen.

»Ein paar von unseren Freunden scheinen zu fehlen«, sagte Buddy Fergusson. »Simmons, Aitkin, Mallowes, Watt. Das sind verdammte Drückeberger, jeder von ihnen, pauken Anatomie, während wir unserem Vaterland dienen. Wir schnappen sie uns in der Stadt. Die Greiftrupps werden sie aus ihren Buden holen.«

»Was ist mit den Frauen, Buddy?« schrie einer, und alles lachte, stieß sich in die Rippen, rangelte und schubste. Denn Buddy hatte einen Ruf, was Frauen anging. Vor seinen Freunden prahlte er sogar von dieser Super-Barfrau im »Metropole«, nannte sie seine Juicy Juliet und erregte die Phantasie seiner Zuhörer mit der Andeutung toller Szenen der Leidenschaft auf seiner Bude.

Buddy Fergusson baute sich breitbeinig auf dem Trittbrett auf: »Schafft sie mir her. In Kriegszeiten brauchen wir mehr Mütter.« Er fühlte sich stark, derb, vital wie ein Gemeindestier; er konnte sich kaum mehr daran erinnern, daß er ja eigentlich noch jungfräulich war, mit nur einem beschämend-erfolglosen Fehltritt bei der alten Nottwicher Hure; er holte sich die Bestätigung durch seinen eigenen Ruf, der ihn in seiner Einbildung auf magische Weise in jedes Bett trug. Er kannte die Frauen, er war ein Realist.

»Pack sie hart an«, schrien sie ihm zu. »Ihr sagt es«, war seine großspurige Antwort. Jeden Gedanken an die Zukunft schob er beiseite: an den armseligen Job eines praktischen Arztes in der Provinz, an die Kassenpatienten in den schäbigen Ordinationen, die unzähligen Geburten, die lebenslängliche, schlecht gelohnte Treue zu einer einzigen langweiligen Frau. »Habt ihr eure Gasmasken griffbereit?« rief er ihnen zu, der unangefochtene Anführer, der Draufgänger Buddy. Was hatten denn Prüfungen noch zu bedeuten, wenn man ein Anführer von Männern war? Er sah, wie ihn einige der jüngeren

Schwestern durch die Fensterscheiben beobachteten. Er erkannte die kleine Brünette namens Milly. Sie wollte am Samstag zu ihm zum Tee kommen. Er spürte, wie seine Muskeln sich vor Stolz strafften. Was das *diesmal*, sagte er zu sich selbst, für eine verrufene Orgie zwischen ihnen beiden werden würde, und verdrängte die unvermeidliche Wahrheit, die nur er selber kannte und jeweils das Mädchen, das dran war: das lange Schweigen über dem Teekuchen, die stockenden Gesprächsversuche, die bei den Liga-Ergebnissen endeten, das Küßchen an der frischen Luft unter der Tür.

Die Sirene der Klebstoff-Fabrik setzte mit ihrem langsam anwachsenden Heulton ein, der eher wie das Heulen eines hysterischen Schoßhundes klang, und alle standen einen Augenblick lang still und erinnerten sich vage an die Schweigeminute am Jahrestag des Waffenstillstands. Und dann brachen sie in drei Meuten auf, kletterten auf die Dächer der Krankenwagen, befestigten die Gasmasken und fuhren hinaus in die kalten, leeren Straßen von Nottwich. An jeder Ecke ließen die Ambulanzen ein paar Leute absteigen, und in kleinen Gruppen wanderten sie die Straßen entlang, in denen ihre Beutegier jedoch enttäuscht wurde. Die Straßen waren fast leer. Nur ein paar Laufburschen kamen auf ihren Fahrrädern vorbei und sahen mit ihren Gasmasken aus wie Zirkusbären, die ihre Kunststücke vorführten. Sie schrien einander zu, weil sie nicht wußten, wie ihre Stimmen draußen zu hören waren. Es war, als ob jeder für sich in eine eigene, schalldichte Telefonzelle eingeschlossen wäre. Beutehungrig starrten sie durch die großen Sichtscheiben der Masken in die Geschäftseingänge und hielten nach einem Opfer Ausschau. Eine kleine Gruppe hielt sich an Buddy Fergusson und schlug vor, einen Polizisten festzunehmen, der im Dienst, aber ohne Maske war. Doch Buddy war dagegen. Er sagte, das hier sei kein gewöhnlicher Schabernack. Wonach sie her wären, das wären Leute, die so wenig für ihr Land übrig hätten, daß sie sich nicht einmal die Mühe machten, die

Gasmasken aufzusetzen. »Das sind die Leute«, sagte er, »die sich vor dem Bootsmanöver drücken. Wir hatten mal mächtigen Spaß mit einem Typen damals im Mittelmeer, als der nicht zum Bootsmanöver antrat.«

Das erinnerte sie wieder an all die Kumpels, die jetzt nicht mitmachten, die im Augenblick vielleicht einfach über ihrer Anatomie saßen. »Watt wohnt hier in der Nähe«, sagte Buddy Fergusson, »holen wir uns Watt, und sacken wir ihn ein.« Ein körperliches Wohlgefühl durchströmte ihn, gerade so, als hätte er die eine oder andere Halbe Bier getrunken. »Die Gerberei-Straße hinunter«, sagte Buddy. »Erste links. Erste rechts. Zweite links, Nummer zwölf. Erster Stock.« Er wisse den Weg, sagte er, weil er ein paarmal bei Watts zum Tee gewesen sei, damals, im ersten Semester, bevor er erfahren hatte, was für ein Hund dieser Watt war. Dieses Wissen um seinen anfänglichen Fehler weckte in ihm ein ungewöhnlich starkes Verlangen, Watt physisch etwas anzutun und damit den Bruch ihrer Beziehung deutlicher zu markieren als mit bloßem Hohn und Spott.

Sie liefen die leere Straße hinunter, ein halbes Dutzend maskierter Monster in weißen, rußverschmierten Mänteln; es war unmöglich, einen vom anderen zu unterscheiden. Durch die große gläserne Eingangstür zu Midland Steel sahen sie drei Männer beim Lift stehen und sich mit dem Portier unterhalten. Es gab eine Menge uniformierter Polizisten rundherum, und auf dem Platz weiter vorn sahen sie eine Gruppe Kommilitonen, die mehr Glück gehabt hatten, denn sie schleppten einen kleinen Mann (der um sich trat und zeterte) zu einem Krankenwagen. Die Polizei sah zu und lachte, und ein Flugzeuggeschwader zog über ihre Köpfe hinweg, ging über dem Stadtkern auf geringere Höhe und verlieh der Übung so eine größere Wirklichkeitsnähe. Erste links, erste rechts. Das Zentrum von Nottwich war für einen Fremden voller plötzlicher Kontraste. Nur am Nordrand der Stadt, draußen beim Park, konnte man sicher sein, auf eine Straße nach der anderen mit Häusern der wohlhabenden Mittelklasse zu stoßen. Näher beim Markt wechselte man dann an einer Ecke von modernen, chromblitzenden Büros zu kleinen Katzenfutter-Läden, vom Luxus des »Metropole« zu schäbigen Behausungen und dem Geruch nach gekochtem Gemüse. Für Nottwich galt nicht die Ausrede, daß die eine Hälfte der Menschheit wisse, wie die andere Hälfte lebe.

Zweite links. Die Häuser auf der einen Seite wichen nacktem Felsen, und die Straße führte steil hinab bis unterhalb des Schlosses. Es war in Wirklichkeit kein Schloß mehr; es war jetzt ein städtisches Museum aus gelbem Ziegelstein, voll mit Pfeilspitzen aus Feuerstein, braunen Keramikscherben, ein paar mottenzerfressenen Hirschköpfen in der zoologischen Abteilung und einer Mumie, die der Earl of Nottwich 1843 aus Ägypten mitgebracht hatte. Von den Motten wurde sie in Ruhe gelassen, aber der Museumswärter glaubte, in ihrem Innern Mäuse gehört zu haben. Mike wollte, mit seinem Spritzbesteck in der Brusttasche, den Felsen hinaufklettern. Er rief Buddy Fergusson zu, der Museumswärter sei ohne Gasmaske im Freien und gebe feindlichen Flugzeugen Zeichen. Aber Buddy und die übrigen rannten den Hügel hinab zu Nummer zwölf.

Die Hauswirtin öffnete ihnen die Tür. Sie lächelte gewinnend und sagte, Watt sei zu Hause; sie glaube, er sei an der Arbeit; sie hielt Buddy am Jackenknopf fest und sagte, sie sei sicher, daß es Mr. Watt nur guttun werde, wenn man ihn einmal für eine halbe Stunde von seinen Büchern weghole. Buddy sagte: »Wir holen ihn weg.«

»Ja, Sie sind Mr. Fergusson«, sagte die Hauswirtin. »An Ihrer Stimme erkenne ich Sie überall, aber wenn Sie mich nicht angesprochen hätten, in diesem Atemschutzgerät hätte ich Sie nicht erkannt. Ich wollte gerade ausgehen, da hat Mr. Watt mich erinnert, daß diese Gasmaskenübung ist.«

»Ach, daran hat er tatsächlich gedacht?« sagte Buddy. Hinter seiner Maske wurde er rot, weil ihn die Hauswirtin erkannt hatte. Er mußte sich also mehr denn je in Szene setzen.

»Er sagte, sie würden mich ins Krankenhaus bringen.«

»Kommt, Männer«, sagte Buddy und ging die Treppe voraus. Aber sie waren zu viele. Sie konnten nicht zugleich durch Watts Tür hereinstürzen und ihn gleichzeitig in dem Sessel, in dem er gerade saß, festnageln. Sie mußten einer nach dem anderen hinter Buddy hineingehen und sich dann in einem Haufen neben dem Tisch aufbauen, in verlegenem Schweigen. Das war der Augenblick, in dem ein erfahrener Mann mit ihnen hätte fertig werden können, aber Watt war sich seiner Unbeliebtheit bewußt. Er hatte Angst davor, seine Würde zu verlieren. Er war einer, der hart arbeitete, weil er die Arbeit mochte; er hatte nicht einmal die Ausrede, daß die Armut ihn dazu zwang. Er machte bei Spielen nicht mit, weil er Spiele nicht mochte, ohne daß er sich auf einen schwachen Körper hätte herausreden können. Er verfügte über eine geistige Arroganz, die ihm seine Erfolge sicherte. Wenn er jetzt als Student unter seiner Unbeliebtheit zu leiden hatte, dann war das der Preis, den er für den Titel eines Baronet, für eine Praxis an der Harley Street, für eine elegante Klientel in der Zukunft bezahlte. Es gab keinen Grund, ihn zu bemitleiden; die anderen waren die Bemitleidenswerten, die sich fünf Jahre lang ein munteres, vulgäres Studentenleben leisteten, bevor sie sich ihr weiteres Leben lang in der Provinz beerdigen ließen.

Watt sagte: »Schließt die Tür, bitte. Es zieht«, und sein ängstlicher Sarkasmus bot ihnen die Gelegenheit, die sie brauchten.

Buddy sagte: »Wir sind gekommen, um dich zu fragen, warum du heute morgen nicht in der Klinik warst.«

»Du bist Fergusson, nicht?« sagte Watt. »Ich weiß nicht, was dich das angeht.«

»Bist du ein Drückeberger?«

»Was für eine altmodische Ausdrucksweise«, sagte

Watt. »Nein. Ich bin kein Drückeberger. Ich schaue mir nur gerade ein paar alte medizinische Bücher durch, und da ich annehme, daß sie dich nicht interessieren, darf ich dich bitten, von hier zu verschwinden.«

»Du arbeitest? Das ist es, was Typen wie du treiben: in die Bücher gucken, während andere einer ordentlichen Aufgabe nachkommen.«

»Es ist nur eine andere Art von Vergnügen, sonst nichts«, sagte Watt. »Mir macht es eben Spaß, in diese alten Folianten zu schauen, und euch macht es Spaß, in diesem komischen Aufputz schreiend durch die Straßen zu rennen.«

Das war das Stichwort, um auf ihn loszugehen. Was er getan hatte, war praktisch nichts anderes als eine Beleidigung des Uniformrocks des Königs.

»Wir werden dir jetzt die Hosen runterziehen«, sagte Buddy.

»Prima. Es spart Zeit«, sagte Watt, »wenn ich sie mir selber ausziehe«, und er fing damit an. Er sagte: »Dieser Vorgang hat eine interessante psychologische Bedeutung. Es ist eine Form von Kastration. Meine Theorie ist, daß dahinter eine Form von Sexualneid steckt.«

»Du dreckiger Köter«, sagte Buddy. Er griff nach dem Tintenfaß und spritzte die Tapete damit voll. Das Wort »Sex« konnte er nicht leiden. Er hielt viel von Barmädchen, von Krankenschwestern und von Huren, und er hielt viel von der Liebe, aber das war eher etwas Mütterliches mit schweren Brüsten. Das Wort »Sex« suggerierte ihm, daß es da eine Übereinstimmung zwischen beidem gab: Das brachte ihn aus der Fassung. »Macht die Bude zu Kleinholz!« brüllte er, und gleich waren sie alle glücklich und erleichtert, daß sie nun wie die jungen Stiere ihre Kräfte austoben konnten. Aber gerade weil sie so glücklich waren, richteten sie keinen wirklichen Schaden an, sondern rissen nur die Bücher aus den Regalen und warfen sie auf den Fußboden; in einem Anfall von puritanischem Eifer zerbrachen sie das Glas in einem Bilderrahmen, weil in ihm das Bild von einem nackten Mädchen gesteckt hatte. Watt sah ihnen zu; er hatte Angst, und je mehr Angst er hatte, desto sarkastischer wurde er. Buddy sah ihn plötzlich so, wie er war, wie er dastand in Unterhosen, von Geburt her bestimmt, anders zu sein als er, erfolgreich, und er haßte ihn dafür. Er hatte ein Gefühl von Impotenz; er stand nicht auf derselben Stufe mit Watt, er hatte nicht seinen Verstand, und in ein paar Jahren schon würde er nichts mehr in der Hand haben oder aussprechen können, was den Erfolg oder das Glück des Spezialisten aus der Harley Street, des Frauenarztes und Baronets, würde beeinträchtigen können. Was sollte das Gerede über den freien Willen? Nur der Krieg und der Tod konnten Buddy aus seiner Beengtheit, vor einer Praxis in der Provinz, vor einer einzigen langweiligen Frau und vor den Bridge-Partien retten. Ihm schien, daß er glücklich sein konnte, wenn er stark genug war, sich in Watts Gedächtnis einzuprägen. Er griff nach dem Tintenfaß und leerte es über dem aufgeschlagenen Titelblatt des alten Folianten auf dem Tisch.

»Los, Männer«, sagte er, »in diesem Zimmer stinkt's«, und marschierte mit seinem Trupp hinaus und die Treppe hinunter. Er war mächtig aufgekratzt; es war, als hätte er seine Männlichkeit bewiesen.

Kaum waren sie draußen, griffen sie eine alte Frau auf. Sie wußte überhaupt nicht, was los war. Sie glaubte, es handelte sich um eine Straßensammlung und bot ihnen einen Penny an. Sie sagten ihr, sie müsse mit ihnen in die Klinik kommen; sie waren sehr höflich, und einer bot sich an, ihr den Korb zu tragen; die Reaktion auf ihre Gewalttätigkeit war jetzt eine ungewöhnliche Vornehmtuerei. Sie lachte. Sie sagte: »Also, ich bin mal gespannt, auf was ihr Jungs als nächstes kommt!«, und als einer sie am Arm faßte und sie sanft die Straße hinaufzuführen begann, sagte sie: »Wer von euch ist denn der Weihnachtsmann?« Das gefiel Buddy nicht: Es verletzte seine Würde: Er hatte sich plötzlich ziemlich ritterlich gefühlt: »Frauen und Kinder zuerst«: »Obwohl rund um ihn die

Bomben fielen, brachte er die Frau wohlbehalten ...« Er blieb stehen und ließ die anderen mit der alten Frau die Straße hinaufgehen; sie amüsierte sich köstlich; sie gakkerte und stieß ihnen die Ellbogen in die Rippen: Ihre Stimme trug weit in der kalten Luft. Sie sagte immer wieder zu ihnen, sie sollten »das Zeug ausziehen und sich anständig aufführen«, und kurz bevor sie um eine Ecke gingen, nannte sie sie Mormonen. Sie meinte Mohammedaner, weil sie die Vorstellung hatte, daß Mohammedaner mit vermummten Gesichtern in der Gegend herumliefen und eine Menge Frauen hatten. Ein Flugzeug zog über ihnen hinweg, und Buddy stand allein in der Straße unter den »Sterbenden« und den »Toten«, bis Mike auftauchte. Mike sagte, er habe eine prima Idee. Wie es wäre, wenn sie die Mumie aus dem Museum schnappten und in die Klinik brächten, weil sie keine Gasmaske aufhabe? Die Kumpel im »Leichenwagen« hätten Tiger Tim bereits einkassiert und führen jetzt in der Stadt herum und schrien nach Piker.

»Nein«, sagte Buddy, »das hier ist kein gewöhnlicher Streich. Das ist Ernst«, und dann sah er plötzlich an der Einmündung einer Seitenstraße einen Mann, der kehrt machte, als er ihn sah. »Schnell. Bringt ihn zur Strecke«, schrie Buddy. »Hallo, ho!« Und sie rannten los und nahmen die Verfolgung auf. Mike war der schnellere: Buddy neigte schon ein wenig zur Dicklichkeit, und Mike war ihm bald zehn Meter voraus. Der Mann hatte einen Vorsprung und war um die Ecke verschwunden. »Los«, rief Buddy, »halt ihn, bis ich komme!« Mike war jetzt auch aus seinem Blickfeld verschwunden, da hörte er aus einem Hauseingang, an dem er vorbeilief, eine Stimme. »He«, sagte die, »Sie da! Wohin so eilig?«

Buddy hielt an. Der Mann stand mit dem Rücken gegen eine Haustür gelehnt. Er war einfach in die Nische getreten, und Mike war in der Eile an ihm vorbeigerannt. So, wie er sich gab, wirkte er entschlossen, zielbewußt, gefährlich. Die Straße mit den kleinen neugotischen Villen war völlig leer.

»Sie waren hinter mir her, nicht wahr?« sagte der Mann.

Buddy sagte scharf: »Wo ist Ihre Gasmaske?«

»Ist das ein Spiel hier?« fragte der Mann ärgerlich.

»Das ist natürlich kein Spiel«, sagte Buddy. »Sie sind ein Angriffsopfer. Sie müssen mit mir in die Klinik kommen.«

»Muß ich das, ja?« sagte der Mann und preßte sich gegen die Tür, dünn, klein, in abgenutzten Kleidern.

»Besser, Sie tun es«, sagte Buddy. Er blähte den Brustkorb auf und ließ den Bizeps schwellen. Disziplin, dachte er, Disziplin. Der kleine Wicht da merkte nicht, daß ein Offizier vor ihm stand. Befriedigt registrierte er seine körperliche Überlegenheit. Er würde ihm schon zeigen, wo es langging, wenn er nicht friedlich mitkam.

»In Ordnung«, sagte der Mann, »ich komme mit.« Er tauchte aus dem dunklen Hauseingang auf, gemeiner, bösartiger Gesichtsausdruck, Hasenscharte, scheußlicher karierter Anzug, unheilvoll und drohend in seiner Bereitwilligkeit. »Nicht da lang«, sagte Buddy, »nach links.«

»Weiter in die Richtung«, sagte der kleine Mann und drückte ihm die Pistole durch die Jackentasche, in der er sie versteckt hielt, in die Seite. »*Ich* und ein Opfer«, sagte er, »das ist gut«, und er lachte unlustig. »Geh durch das Tor da, oder du bist das Opfer –« (Sie standen vor einer kleinen Garage; sie war leer; ihr Besitzer war ins Büro gefahren, und die kleine leere Box stand offen; sie lag nur wenige Schritte von der Straße entfernt.)

Buddy brauste auf. »Was, zum Teufel!« Aber er hatte das Gesicht erkannt, von dem es in den Lokalblättern Beschreibungen gegeben hatte, und so kontrolliert, wie der Mann sich benahm, gab es für Buddy keinen Zweifel, daß er nicht zögern würde zu schießen. Es war ein Augenblick in seinem Leben, den er niemals vergessen würde; auch Freunde würden ihn nicht vergessen lassen, Freunde, die nichts Falsches darin sahen, was er tat. Sein ganzes Leben lang würde diese Geschichte wieder an den am wenigsten erwarteten Stellen auftauchen, in Büchern und Zeitschriften: in feierlichen Abhandlungen, in Sammelbänden über berühmte Kriminalfälle: Sie würde ihn verfolgen, wo immer er eine kleine Praxis aufmachte. Niemand würde es irgendwie wichtig nehmen, was er jetzt tat: Keiner würde einen Zweifel haben, daß er es genauso gemacht hätte: in die Garage gehen und auf Ravens Anordnung das Tor schließen. Aber die Freunde würden gar nicht bemerken, wie heftig ihn dieser Schlag traf: Sie hatten nicht soeben noch aufrecht im Bombenhagel auf der Straße gestanden, sie hatten nicht freudig und aufgeregt auf den Krieg gewartet, sie hatten nicht in Buddys Haut gesteckt, Buddy, vor einer Minute noch der Teufelskerl in den Schützengräben, bevor ihn der wirkliche Krieg einholte in Gestalt einer Automatic, die ihm eine schmale Hand verzweifelt gegen den Leib drückte.

»Ausziehen!« sagte Raven, und gehorsam zog Buddy sich aus. Aber er legte mehr ab als seine Gasmaske, seinen weißen Kittel, seinen grünen Tweedanzug. Als er soweit war, war ihm keine Hoffnung mehr geblieben. Es hatte keinen Sinn mehr, auf einen Krieg zu hoffen, in dem er sich als Anführer beweisen konnte. Er war nur ein dicker, verängstigter junger Mann, dem die Röte im Gesicht stand und der in seinen Unterhosen in der kalten Garage zitterte. Die Unterhose hatte an der Sitzfläche ein Loch, und seine Knie waren blaßrot und blank. Man sah, daß er kräftig war, aber wenn man seinen Bauch betrachtete, seinen fetten Nacken, dann sah man, daß er auseinanderging. Wie eine Bulldogge brauchte er mehr Auslauf und Training, als ihm eine Stadt bieten konnte, selbst dann, wenn er, den Frost nicht scheuend, die kurzen Hosen und ein Trikothemd anzog und langsam und stetig seine Runden durch den Park zog, ein bißchen rot im Gesicht, doch ohne daß ihn das Grinsen der Kindermädchen und die schrillen Kommentare der unerträglichen Kinder in den Kinderwagen einschüchtern konnten. Er hielt sich in Form, aber es war ein schrecklicher Gedanke, daß er sich dafür in Form gehalten hatte: zitternd und schweigend in löchrigen Unterhosen dazustehen, während diese gemeine, dünne, unterernährte Stadtratte, deren Arm er mit einer einzigen Drehung hätte brechen können, nach seinen Kleidern, seinem weißen Kittel und schließlich auch noch nach seiner Gasmaske griff.

»Umdrehen«, sagte Raven, und Buddy Fergusson gehorchte. Er fühlte sich jetzt so elend, daß er selbst dann, wenn Raven ihm eine Chance geboten hätte, diese verpaßt hätte, unglücklich und voller Angst, wie er war. Er hatte nicht viel Phantasie; er hatte sich nie wirklich vorgestellt, was Gefahr bedeutete, so, wie sie ihm jetzt begegnete unter einer Garagenlampe, in Form eines langen, grauen, bedrohlich wirkenden Stücks Metall, Schmerz und Tod verheißend. »Die Hände auf den Rükken.« Raven band ihm die dicken, rosafarbenen, wurstförmigen Armgelenke mit Buddys Krawatte zusammen: der braun-gelb gestreiften Alte-Herren-Krawatte aus einer billigen Public School. »Hinlegen.« Und demütig gehorchte Buddy Fergusson, und Raven band seine Füße mit einem Taschentuch zusammen, und mit einem anderen machte er ihm einen Knebel. Es war nicht besonders sicher, aber es mußte reichen. Er mußte schnell weitermachen. Er verließ die Garage und zog die Türen sanft hinter sich zu. Er konnte jetzt auf einen Vorsprung von mehreren Stunden hoffen, doch mit Sicherheit zählen konnte er nur auf ebenso viele Minuten.

Still und vorsichtig kam er unterhalb des Schloßfelsens hervor und hielt die Augen nach Studenten offen. Aber die Gruppen waren weitergezogen; einige standen Posten am Bahnhof und warteten auf ankommende Züge, und die anderen streiften durch die Straßen, die nach Norden zu den Kohlengruben führten. Die größte Gefahr drohte jetzt daher, daß die Sirenen jeden Moment Entwarnung geben konnten. Es war eine Menge Polizisten unterwegs: Er wußte, warum, aber er zog ohne zu zögern an ihnen vorbei in Richtung Gerberei-Straße. Weiter als bis zu den großen Glastüren der Midland Steel führte ihn sein Plan nicht. Er hatte eine Art blindes Vertrauen in das Schicksal, in eine romantische Gerechtigkeit; wenn er erst in dem Gebäude war, dann würde er den Weg zu dem Mann irgendwie finden, der ihn hintergangen hatte. Er gelangte unbeanstandet in die Gerberei-Straße, und er überquerte die enge Fahrbahn, auf der nur Platz für Einbahnverkehr war, und ging auf das große, funktionell gebaute Gebäude aus schwarzem Glas und Stahl zu. Er hielt die Automatic an die Hüfte gepreßt in dem Gefühl, eine große Tat vor sich zu haben, und sein Haß und sein Groll waren von einer Art unbeschwerter Erleichterung begleitet, wie er sie früher nie gekannt hatte; seine Bitterkeit und seine Bedrücktheit waren verschwunden; es lag jetzt etwas weniger Persönliches in seiner Rache. Es war fast so, als handle er für jemand anderen.

Hinter dem Eingang zur Midland Steel lugte ein Mann zu den geparkten Wagen und auf die verlassene Straße hinaus. Er sah aus wie ein Angestellter. Raven überquerte den Gehsteig. Er spähte durch die Sichtscheibe seiner Maske zurück zu dem Mann hinter der Tür. Irgend etwas ließ in zögern: die Erinnerung an ein Gesicht, das er für einen Moment vor dem Café in Soho gesehen hatte, in dem er logierte. Mit einem Ruck wandte er sich von der Eingangstür weg und ging schnell und angstvoll die Gerberei-Straße hinunter. Die Polizei war schon vor ihm da.

Das hatte nichts zu bedeuten, sagte Raven sich, während er in der stillen High Street landete, verlassen bis auf einen Telegrammboten mit Gasmaske, der gerade vor dem Postamt sein Fahrrad bestieg. Es bedeutete bloß, daß auch die Polizei eine Verbindung zwischen dem Büro in der Victoria Street und der Midland Steel entdeckt hatte. Es bedeutete nicht, daß auch das Mädchen wieder nur so ein Weibsbild war, das in verraten hatte. Nur ein leichter Hauch seiner alten Bitterkeit und Einsamkeit streifte ihn noch. Sie ist aufrichtig, beteuerte er sich selber mit fast vollkommener Überzeugung, *sie* würde ihn nicht hereinlegen, wir stecken beide in der Sache, und er erinnerte sich mit einem Gefühl von zweifelhafter Gewißheit, wie sie gesagt hatte: »Wir sind Freunde.«

2

Der Regisseur hatte eine frühe Probe angesetzt. Er hatte nicht vor, die Kosten für die Produktion noch dadurch in die Höhe zu treiben, daß er jedem eine Gasmaske kaufte. Sie sollten schon im Theater sein, ehe die Luftschutzübung begann, und sie würden es nicht verlassen, ehe das Entwarnungssignal kam. Mr. Davis hatte gewünscht, die neue Nummer zu sehen, und so hatte ihn der Regisseur von der Probe verständigt. Den Zettel mit der Nachricht hatte er hinter den Rand seines Rasierspiegels gesteckt, gleich neben das Blatt, auf dem die Telefonnummern von allen seinen Mädchen standen.

In seiner modernen, zentralgeheizten Junggesellenwohnung war es bitterkalt. Wie üblich war etwas mit der Ölheizung nicht in Ordnung, und das immer heiße Wasser war kaum warm. Mr. Davis schnitt sich beim Rasieren mehrere Male und mußte eine ganze Reihe kleiner Wattetupfer über sein Kinn verteilen. Sein Blick fiel auf Mayfair 632 und Museum 798. Das waren Coral und Lucy. Dunkel und hübsch, mannbar und schlank. Sein blonder und sein dunkler Engel. Ein schwacher Frühnebel lag gelb vor den Scheiben, und die Fehlzündung eines Autos ließ ihn an Raven denken, der jetzt, von der Polizei eingekreist, sicher in seiner Falle im Hof des Güterbahnhofs saß. Er wußte, daß Sir Marcus die Dinge in der Hand hatte, und er fragte sich, wie man sich wohl fühlte, wenn man zu seinem letzten Tag erwachte. Die Stunde kennen wir nicht, dachte Mr. Davis, betupfte seine Wunden mit einem blutstillenden Stift und legte

Watte auf die größeren Wunden, doch wenn einer es wußte, und Raven mußte es wissen, würde er sich dann noch von einer mangelhaften Zentralheizung oder einer stumpfen Rasierklinge ärgern lassen? Mr. Davis' Kopf war immer voll von großen, würdigen Gedanken, und ihm kam es reichlich grotesk vor, daß ein Mann, der zum Tode verurteilt war, sich noch um so triviale Dinge wie eine Rasur kümmern könnte. Aber andererseits würde Raven sich wohl kaum in seiner Hütte rasieren können.

Mr. Davis frühstückte hastig – zwei Scheiben Toast, zwei Tassen Kaffee, vier gebratene Nieren und ein Stück Speck, per Lift vom Restaurant zu ihm heraufgeschickt, und noch ein wenig süße Orangenmarmelade. Es befriedigte ihn sehr, wenn er daran dachte, daß Raven kein solches Frühstück vor sich hatte – ein abgeurteilter Mann im Gefängnis vielleicht, aber nicht Raven. Mr. Davis hatte etwas gegen jede Art von Verschwendung; er hatte für das Frühstück bezahlt, also türmte er auf die zweite Toastschnitte alles, was an Butter und Marmelade noch übrig war. Ein bißchen von der Marmelade fiel auf seine Krawatte.

Nur eine ernsthafte Sorge bewegte ihn noch, abgesehen von Sir Marcus' Unwillen, und das war das Mädchen. Er hatte völlig den Kopf verloren: erst mit dem Versuch, sie zu töten, und dann, es nicht zu tun. Es war alles die Schuld von Sir Marcus gewesen. Er hatte Angst davor gehabt, was Sir Marcus unternehmen würde, wenn er von der Existenz des Mädchens erfuhr. Aber jetzt würde alles gut ausgehen. Es hatte sich herausgestellt, daß das Mädchen eine Komplizin gewesen war; kein Gericht würde der Geschichte einer Kriminellen eher glauben als der von Sir Marcus. Er vergaß die Luftschutzübung, während er in das Theater eilte, um sich ein wenig zu entspannen, jetzt, nachdem offenbar alle Dinge bereinigt waren. Unterwegs zog er sich eine Sixpenny-Packung Sahnebonbons aus einem Automaten.

Er traf Mr. Collier verzweifelt an. Sie hatten die neue Nummer bereits einmal geprobt, und Miss Maydew, die im Pelzmantel vorne in der ersten Reihe saß, hatte gesagt, das Ganze sei vulgär. Sie sagte, sie habe nichts gegen Sex, aber das hier sei nicht das richtige Niveau. Das sei etwas für die Music Hall, nicht für eine Revue. Mr. Collier interessierte die Meinung von Miss Maydew zwar einen Dreck, aber es konnte bedeuten, daß Mr. Cohen ... Er sagte: »Können Sie mir vielleicht sagen, was daran vulgär ist ...? Ich sehe das einfach nicht ...«

Mr. Davis sagte: »Ich werde Ihnen sagen, ob es vulgär ist. Machen Sie es noch einmal.« Und er lehnte sich in einen Parkettsessel gleich hinter Miss Maydew zurück, mit dem warmen Duft ihres Pelzes und ihrem ziemlich teuren Parfüm in der Nase, und lutschte ein Sahnebonbon. Ihm schien, das Leben könne nichts Besseres bieten als das. Und es war seine Show. Jedenfalls war sie es zu vierzig Prozent. Er pickte sich seine vierzig Prozent heraus, als die Mädchen wieder in blauen Shorts mit roten Streifen und in Büstenhalter, mit Briefträgermützen auf dem Kopf und Füllhörnern in den Händen, herauskamen: ganz rechts das dunkle Mädchen mit den orientalischen Augenbrauen, das hübsche Mädchen mit den etwas drallen Beinen und dem großen Mund (ein großer Mund war bei einem Mädchen ein gutes Zeichen). Sie tanzten zwischen zwei freistehenden Briefkästen, wakkelten mit ihren netten kleinen Hüften, und Mr. Davis lutschte seine Sahnebonbons.

»Es heißt ›Weihnacht für zwei‹«, sagte Mr. Collier.

»Wieso?«

»Also, wissen Sie, diese Füllhörner sollen Weihnachtsgeschenke auf klassisch symbolisieren. Um mit ›für zwei‹ soll ein bißchen Sex hineinkommen. Das tut es bei jeder Nummer ›für zwei‹, und es läuft.«

»Wir hatten bereits ›Ein Apartment für zwei‹«, sagte Miss Maydew, »und ›Zwei erfüllen sich einen Traum‹.«

»Man kann gar nicht zuviel ›für zwei‹ machen«, sagte

Mr. Collier. Und mit kläglicher Stimme fragte er: »Können Sie mir sagen, was daran nun vulgär ist?«

»Diese Füllhörner, erst einmal.«

»Aber die sind klassisch«, sagte Mr. Collier. »Griechisch.«

»Und zweitens die Briefkästen.«

»Die Briefkästen«, schrie Mr. Collier hysterisch auf. »Was ist denn schlimm an den Briefkästen?«

»Mein Lieber«, sagte Miss Maydew, »wenn Sie nicht wissen, was schlimm an roten Briefkästen in Säulenform ist – ich werde es Ihnen nicht erzählen. Vor einem Frauenkomitee können Sie es haben; es *denen* zu erzählen würde mir nichts ausmachen. Aber wenn Sie sie haben *müssen*, dann malen Sie sie blau an, und es sind eben Luftpostkästen.«

Mr. Collier sagte: »Ist das hier ein Spiel, oder was?« Grimmig fragte er: »Was muß in Ihnen vorgehen, wenn Sie einen Brief schreiben!« Die Mädchen machten hinter seinem Rücken geduldig weiter zum Klimpern des Klaviers, boten einmal die Füllhörner, dann wieder ihre knopfbesetzten Popos dar. Wütend drehte er sich zu ihnen um: »Aufhören, ja? Laßt mich nachdenken.«

Mr. Davis sagte: »Es gefällt mir. Wir bringen es in der Show.« Es tat ihm gut, Miss Maydew zu widersprechen, deren Parfüm er jetzt schwelgerisch einsog. Es vermittelte ihm auf andere Art das angenehme Gefühl, sie zu schlagen oder mit ihr zu schlafen: das Vergnügen, über eine Frau zu herrschen, die von Geburt über ihm stand. Es war die Art Traum, der er sich hingegeben hatte, als er heranwuchs und seinen Namen in die Tische und Stühle einer schrecklichen Schule in den Midlands ritzte.

»Meinen Sie das wirklich, Mr. Davenant?«

»Mein Name ist Davis.«

»Tut mir leid, Mr. Davis.« Ein Schrecken nach dem anderen, dachte Mr. Collier; jetzt handelte er sich auch noch den Unmut des neuen Finanziers ein.

»Ich finde es widerlich«, sagte Miss Maydew. Mr. Davis nahm sich ein neues Sahnebonbon. »Machen Sie weiter, mein Guter«, sagte er. »Machen Sie weiter.« Sie machten weiter: Die Songs und die Tanznummern zogen gefällig an den Augen und Ohren von Mr. Davis vorbei, manchmal sehnsuchtsvoll, manchmal süß und traurig, manchmal verfänglich. Die süßen mochte Mr. Davis am liebsten. Wenn sie sangen »Du erinnerst mich an Mutter«, dann dachte er wirklich an seine Mutter: Er war ein idealer Zuhörer. Jemand kam aus der Kulisse und brüllte etwas zu Mr. Collier hinüber. Mr. Collier schrie zurück: »Was meinen Sie?«, und ein junger Mann in blaßblauem Pullover sang dazu mechanisch weiter:

»Schenk mir ein Bild von dir ...«

»Sagten Sie Weihnachtsbaum?« schrie Mr. Collier.

»Im Dezember denk' ich an dich ...«

Mr. Collier brüllte: »Weg damit.« Der Song endete abrupt mit den Worten »... wie Mutter«. Der junge Mann sagte: »Sie sind zu schnell« und fing an, mit dem Pianisten zu streiten.

»Ich kann ihn nicht wegschaffen«, sagte der Mann in der Kulisse. »Er wurde bestellt.« Er trug eine Schürze und eine Segeltuchmütze. Er sagte: »Ich habe dafür einen Wagen mit zwei Pferden gebraucht. Besser, Sie kommen einmal her und schauen ihn sich an.« Mr. Collier verschwand und kam sofort wieder zurück. »Mein Gott!« sagte er. »Er ist über vier Meter hoch. Wer kann uns denn diesen Streich gespielt haben?« Mr. Davis träumte gerade einen glücklichen Traum: Seine Pantoffeln wurden von einem Kaminfeuer in einer großen, prunkvollen Halle gewärmt, ein Hauch exklusiven Parfüms wie das von Miss Maydew hing in der Luft, und er war eben auf dem Weg ins Bett mit einem lieben, aber aristokratischen Mädchen, mit dem ihn am Morgen ein

Bischof ordnungsgemäß getraut hatte. Sie erinnerte ihn ein wenig an seine Mutter. *»Im Dezember denk' ich an dich ...«*

Plötzlich merkte er, daß Mr. Collier zu ihm sagte: »Und dazu eine Kiste mit Glaskugeln und Kerzen.«

»Ah«, sagte Mr. Davis, »ist mein kleines Geschenk angekommen?«

»*Ihr* – kleines –?«

»Ich dachte mir, wir könnten hier auf der Bühne eine Weihnachtsfeier abhalten«, sagte Mr. Davis. »Ich würde euch Künstler gerne alle in einer freundlichen, gemütlichen Atmosphäre kennenlernen. Ein bißchen Tanzen, einen Song oder zwei.« Seinem Gegenüber schien es sichtlich etwas an Begeisterung zu fehlen. »... und ein paar Sektkorken knallen lassen.« Ein fahles Lächeln erleuchtete Mr. Colliers Gesicht. »Also«, sagte er, »das ist sehr nett von Ihnen, Mr. Davis. Wir wissen das wirklich zu schätzen.«

»Ist der Baum in Ordnung?«

»Ja, Mr. Daven – Davis, es ist ein prächtiger Baum.« Der junge Mann im Pullover sah aus, als wollte er anfangen zu lachen, und Mr. Collier sah ihn finster an. »Wir danken Ihnen alle sehr, Mr. Davis, nicht wahr, Mädchen?« Alle antworteten fein und perfekt im Chor, als hätten sie es einstudiert: »*Ganz gewiß*, Mr. Collier«, bis auf Miss Maydew und ein dunkles Mädchen, das seinen Blick dauernd hin und her wandern ließ und zwei Sekunden zu spät dran war, ehe es sagte: »Darauf können Sie wetten.«

Das erregte Mr. Davis' Aufmerksamkeit. Eigenwillig, dachte er anerkennend, hebt sich aus der Masse ab. Er sagte: »Ich gehe am besten mal nach hinten und sehe mir den Baum an. Ich will Ihnen nicht im Wege sein, mein Guter. Machen Sie nur weiter«, und machte sich auf den Weg in die Kulissen, in denen der Baum stand und den Weg zu den Garderoben blockierte. Ein Elektriker hatte einiges von dem Tand zum Spaß schon aufgehängt, und zwischen den herumliegenden Requisiten glänzte der

Baum unter den nackten Birnen in eisiger Würde. Mr. Davis rieb sich die Hände, ein verborgenes kindliches Vergnügen wurde in ihm wach. Er sagte: »Wunderschön sieht es aus.« Eine Art Weihnachtsfrieden ergriff ihn: daß ihm hin und wieder auch noch Raven durch den Kopf ging, war nur wie die Dunkelheit, die sich um die kleine erleuchtete Krippe legte.

»Das ist ein Baum!« sagte eine Stimme. Es war das dunkle Mädchen. Sie war ihm in die Kulissen gefolgt; man brauchte sie nicht auf der Bühne bei der Nummer, die jetzt geprobt wurde. Sie war klein und rundlich und nicht sehr hübsch; sie setzte sich auf eine Kiste und sah Mr. Davis mit traurig-freundlichem Blick zu.

»Gibt einem ein weihnachtliches Gefühl«, sagte Mr. Davis.

»Dazu eine Flasche Sekt«, sagte das Mädchen.

»Wie heißt du?«

»Ruby.«

»Wie wäre es mit einem kleinen Bissen zum Lunch nach der Probe?«

»Ihre Mädchen verschwinden irgendwie, nicht wahr?« sagte Ruby. »Ich könnte ein Steak mit Zwiebeln vertragen, aber ich möchte nicht weggezaubert werden. Ich bin nicht das Mädchen von einem Detektiv.«

»Was soll das heißen?« sagte Mr. Davis scharf.

»Sie ist das Mädchen von dem Yard-Menschen. Gestern war er hier.«

»Das geht schon in Ordnung«, sagte Mr. Davis mürrisch und dachte angestrengt nach, »bei mir sind Sie in Sicherheit.«

»Ich bin nämlich vom Pech verfolgt, wissen Sie.«

Trotz der neuerlichen Befürchtungen, die da aufkamen, fühlte Mr. Davis sich obenauf und munter: *Sein* letzter Tag war das hier nicht. Der Geschmack von Nieren und Speck, die er zum Frühstück gehabt hatte, kam mit dem Atem wieder ein wenig hoch. Gedämpft klang die Musik herüber. Er leckte sich ein Stückchen Sahnebonbon von einem Backenzahn und sagte: »Jetzt haben

Sie Glück. Ein besseres Maskottchen als mich können Sie überhaupt nicht haben.«

»Das müssen Sie wohl sein«, sagte das Mädchen mit dem ihm eigenen traurigen Blick.

»Im ›Metropole‹? Punkt eins?«

»Ich werde kommen. Es sei denn, ich werde überfahren. Ich gehöre zu den Mädchen, die überfahren werden, wenn sie schon einmal zu einem kostenlosen Essen eingeladen sind.«

»Es wird nett werden.«

»Das hängt davon ab, was Sie unter nett verstehen«, sagte das Mädchen und machte ihm Platz auf der Kiste. Sie saßen nebeneinander und starrten den Baum an. Mr. Davis legte die Hand auf ihr nacktes Knie. Die Melodie und die weihnachtliche Atmosphäre hatten ihn ein wenig ehrfürchtig gestimmt. Seine Hand lag ganz flach auf, huldvoll, wie die Hand eines Bischofs auf dem Kopf eines Chorknaben.

»Sindbad«, sagte das Mädchen.

»Sindbad?«

»Ich meine Blaubart. Bei diesen Stücken werfe ich immer alles durcheinander.«

»Vor *mir* hast du doch wohl keine Angst?« protestierte Mr. Davis und legte seinen Kopf gegen ihre Briefträgermütze.

»Wenn irgendein Mädchen verschwindet, dann bin das sicher ich.«

»Sie hätte mich nicht gleich verlassen sollen«, sagte Mr. Davis weich, »so bald nach dem Dinner. Sie ließ mich allein nach Hause gehen. Bei mir wäre sie in Sicherheit gewesen.«

Er legte seinen Arm versuchsweise um Rubys Taille und drückte sie, ließ aber hastig los, als ein Elektriker vorbeikam. »Du bist ein kluges Mädchen«, sagte Mr. Davis, »du solltest eine richtige Rolle spielen. Ich wette, du hast eine gute Stimme.«

»Ich, eine Stimme? Ich habe soviel Stimme wie eine Gans.«

»Gibst du mir ein Küßchen?«

»Aber natürlich.« Es wurde ein ziemlich feuchter Kuß. »Wie soll ich Sie nennen?« fragte Ruby. »Für mich hört es sich komisch an, wenn ich jemanden, der mich zum Essen einlädt, mit ›Mister‹ anrede.«

Mr. Davis sagte: »Sie könnten mich Willie nennen.«

»Gut«, sagte Ruby und seufzte traurig, »ich hoffe, ich treffe dich, Willie. Im ›Metropole‹. Um eins. Ich werde da sein. Ich hoffe nur, daß *du* auch da bist, sonst ist das schöne Steak mit Zwiebeln flöten.« Sie zog wieder zur Bühne davon. Sie wurde gebraucht. *Und was sagte Aladin ...* Zu dem Mädchen neben ihr sagte sie: »Er hat mir aus der Hand gefressen.« »Als er Peking sah?« »Das Dumme ist«, sagte Ruby, »ich kann sie nicht halten. Immer von neuem dieses flüchtige Lieben und Fortgehen. Aber es sieht so aus, als käme immerhin ein guter Lunch dabei heraus.« Sie sagte: »Da haben wir es wieder. Ich sage es und vergesse, dabei den Daumen zu drücken.«

Mr. Davis hatte genug gesehen; er hatte erreicht, wofür er gekommen war; alles, was jetzt noch getan werden mußte, war, ein wenig Unbeschwertheit und Kameradschaft zu verbreiten. Er begab sich langsam hinaus an den Garderoben vorbei, sagte ein nettes Wort hier und da und bot aus seinem goldenen Zigarettenetui an. Man konnte nie wissen. Er war neu hier in dem Reich hinter der Bühne, und ihm ging durch den Kopf, daß man sogar unter den Garderobieren jemand finden konnte – jung und talentiert, eine, der noch Mut gemacht und die natürlich ins ›Metropole‹ zum Essen eingeladen werden mußte. Bald schon wußte er es besser; alle Garderobieren waren alt; sie begriffen gar nicht, worauf er aus war, und eine verfolgte ihn sogar auf Schritt und Tritt, um dafür zu sorgen, daß er sich nicht in irgendeiner Garderobe der Mädchen versteckte. Mr. Davis war gekränkt, aber er gab sich stets höflich. Er trat durch den Bühneneingang auf die kalte, schmutzige Straße und winkte zurück. Es war ohnehin Zeit, daß er bei Midland Steel hineinschaute und Sir Marcus traf.

Die High Street war eigentümlich leer bis auf den Umstand, daß viel mehr Polizisten da waren als gewöhnlich; er hatte die Luftschutzübung ganz vergessen. Niemand versuchte, Mr. Davis aufzuhalten, sein Gesicht war allen Leuten von der Polizei gut bekannt, obwohl keiner von ihnen hätte sagen können, was für einen Beruf Mr. Davis eigentlich ausübte. Sie hätten wohl, und zwar ohne ein Lächeln, trotz seiner dünnen Haare, seines dicken Wanstes, seiner fetten und runzeligen Hände, gesagt, er sei einer von Sir Marcus' jungen Männern. Bei so einem alten Arbeitgeber konnte man es kaum vermeiden, im Vergleich dazu als junger Mann zu gelten. Mr. Davis winkte fröhlich einem Wachtmeister auf dem anderen Gehsteig zu und nahm ein Sahnebonbon. Es gehörte nicht zu den Aufgaben der Polizei, »Verletzte« ins Krankenhaus zu schaffen, und keiner hätte sich freiwillig Mr. Davis in den Weg gestellt. Dafür war an seiner fetten Gemütlichkeit etwas, das zu leicht in Bösartigkeit umschlagen konnte. Sie sahen ihm mit heimlicher Belustigung zu, wie er den Gehsteig in Richtung Gerberei-Straße hinuntersegelte, so, wie man einem würdevollen Mann zuschaut, der gleich auf einer eisigen Stelle ausrutschen wird. Von der anderen Seite der Straße kam ihm ein Medizinstudent in Gasmaske entgegen.

Es brauchte einige Zeit, ehe Mr. Davis den Studenten bemerkte, und der Anblick der Gasmaske versetzte ihm für einen Augenblick einen regelrechten Schock. Er dachte: Diese Pazifisten gehen einfach zu weit: so ein Quatsch, nur um aufzufallen; und als der Mann Mr. Davis anhielt und etwas sagte, was durch die schwere Maske nicht zu verstehen war, baute Mr. Davis sich vor ihm auf und sagte: »Unsinn. Wir sind gut vorbereitet.« Dann erinnerte er sich und wurde wieder ganz freundlich; das war schließlich gar kein Pazifismus, das war Patriotismus. »Gut, gut«, sagte er, »ich habe es ganz vergessen. Natürlich, die Luftschutzübung.« Der unpersönliche Blick durch die Maske, die gedämpfte Stimme machten ihn unsicher. Er sagte scherzend: »Sie werden doch *mich* nicht ins Krankenhaus schaffen, nicht wahr? Ich bin ein beschäftigter Mann.« Der Student schien in Gedanken versunken, die Hand auf Mr. Davis' Arm. Mr. Davis sah, wie ein Polizist grinsend auf dem gegenüberliegenden Gehsteig vorbeiging, und es fiel ihm schwer, seinen Ärger zurückzuhalten. In den höheren Luftschichten war es noch etwas neblig, ein Geschwader Flugzeuge war im Nebel unterwegs in Richtung Süden und Flughafen und erfüllte die Straßen mit seinem tiefen Brummen. »Sie sehen«, sagte Mr. Davis und unterdrückte seinen Zorn, »die Übung ist vorbei. Die Sirenen werden jeden Augenblick losheulen. Es wäre absolut widersinnig, mich einen Vormittag im Krankenhaus verschwenden zu lassen. Sie kennen mich. Mein Name ist Davis. Jedermann in Nottwich kennt mich. Fragen Sie den Polizisten dort. Niemand kann *mich* beschuldigen, ich sei ein schlechter Patriot.«

»Sie glauben, es ist fast vorbei?« sagte der Mann.

»Ich bin froh zu sehen, wie begeistert ihr jungen Leute dabei seid«, sagte Mr. Davis. »Wir sind uns sicher schon einmal im Krankenhaus begegnet. Bei allen größeren Veranstaltungen bin ich dort dabei, und ich vergesse nie eine Stimme. Übrigens«, sagte Mr. Davis, »war ich es, der die größte Spende für den neuen Operationssaal aufgebracht hat.« Mr. Davis wäre gern weitergegangen, aber der Mann stellte sich ihm in den Weg, und es schien ein wenig gegen seine Würde, deswegen einen Schritt auf die Straße zu tun und um ihn herum zu gehen. Der Mann glaubte womöglich, daß er flüchten wollte: Es käme vielleicht zu einem Gerangel, und der Polizist stand dort an der Ecke und schaute herüber. Eine plötzliche Wut schoß in Mr. Davis hoch wie die dunkle Tinte in einem Tintenfisch, und sie vergiftete seine Gedanken. Dieser grinsende Affe in Uniform ... Ich sorge dafür, daß er entlassen wird ... Ich werde mit Calkin darüber reden. Zu dem Mann in der Gasmaske sagte er freundlich – dünne Figur, kaum mehr als der Körper eines Jungen, an dem der weiße Mantel lose herunterhing –: »Ihr Jungs leistet hervorragende Arbeit. Niemand weiß das mehr zu würdigen als ich. Wenn es Krieg gibt –«

»Sie heißen Davis?« sagte die gedämpfte Stimme.

Mr. Davis sagte, plötzlich ärgerlich: »Sie stehlen mir die Zeit. Ich bin ein beschäftigter Mann. Natürlich bin ich Davis.« Mit Mühe hielt er seinen wachsenden Zorn unter Kontrolle. »Sehen Sie hier. Ich bin ein einsichtiger Mensch. Ich zahle dem Krankenhaus, was Sie wollen. Sagen wir zehn Pfund, als Lösegeld.«

»Ja«, sagte der Mann. »Wo haben Sie es?«

»Sie können mir vertrauen«, sagte Mr. Davis, »so viel trage ich nicht mit mir herum«, und mit Verblüffung hörte er, was wie ein Lachen klang. Das ging zu weit. »In Ordnung«, sagte Mr. Davis, »Sie können mit mir kommen in mein Büro, dort gebe ich Ihnen das Geld. Aber ich erwarte eine ordentliche Quittung von Ihrem Kassenwart.«

»Sie kriegen Ihre Quittung«, sagte der Mann mit seiner merkwürdig tonlosen, von der Maske gedämpften Stimme, trat einen Schritt zur Seite und ließ Mr. Davis vorgehen. Mr. Davis' alter Humor war wieder da. Er schwatzte weiter. »Hat wohl keinen Zweck, wenn ich Ihnen ein Sahnebonbon anbiete in dem Ding da«, sagte er. Ein Laufbursche eilte vorbei, die Gasmaske vor dem Gesicht und die Mütze grotesk über die Maske gezogen; er pfiff spöttisch hinter Mr. Davis her. Mr. Davis lief ein wenig rot an. Die Finger juckten ihn, den Jungen an den Haaren zu reißen, an den Ohren zu ziehen, ihm den Arm umzudrehen. »Die Jungs machen sich einen Spaß«, sagte er. Er wurde vertraulich; wenn ein Doktor in der Nähe war, fühlte er sich immer sicher und sonderbar wichtig: Man konnte einem Doktor die verrücktesten Sachen, zum Beispiel über die eigene Verdauung, erzählen, das war für sie ebensogut berufliches Material, wie es Stoff für eine lustige Anekdote eines professionellen Humoristen abgab. Er sagte: »Seit kurzem habe ich einen bösen Schluckauf. Nach jeder Mahlzeit. Nicht, daß ich schnell esse ... aber, natürlich, Sie sind ja noch Student. Trotzdem wissen Sie mehr über diese Dinge als ich. Und dann flimmern mir manchmal solche Punkte vor den Augen. Vielleicht sollte ich mal meine Mahlzeiten ein bißchen einschränken. Aber das ist schwierig. Ein Mann in meiner Position hat ja an vielen gesellschaftlichen Ereignissen teilzunehmen. Zum Beispiel –« er griff nach dem Arm seines Begleiters, der keine Reaktion zeigte, und drückte ihn wissend – »würde es gar nichts nützen, wenn ich Ihnen verspräche, heute auf meinen Lunch zu verzichten. Ihr Mediziner seid Männer von Welt, und ich scheue mich nicht, Ihnen zu erzählen, daß ich mich mit einem kleinen Mädchen treffe. Im ›Metropole‹. Um eins.« Dabei fiel ihm etwas ein, und er fühlte in seiner Tasche nach, ob das Päckchen mit den Sahnebonbons noch da war.

Sie gingen an einem anderen Polizisten vorbei, und Mr. Davis winkte ihm zu. Sein Begleiter war sehr schweigsam. Der Junge ist schüchtern, dachte Mr. Davis, er ist es nicht gewohnt, mit einem Mann wie mir durch die Stadt zu gehen: Das entschuldigt eine gewisse Derbheit in seinem Benehmen; auch die Unterstellung, die Mr. Davis ihm übelgenommen hatte, war vielleicht nur eine Form von Einfältigkeit. Weil sich der Tag nun schließlich als so schön erwies, weil die Sonne ein bißchen durch die kalte, neblige Luft drang, weil die Nierchen und der Speck ihre Wirkung taten, weil er sich in Gegenwart von Miss Maydew behauptet hatte, die die Tochter eines Adeligen war, weil er eine Verabredung mit einem kleinen, talentierten Mädchen im ›Metropole‹ hatte und weil zudem noch genau zu diesem Zeitpunkt Ravens Leiche wohlbehalten auf den eisigen Fliesen des Seziertisches im Leichenschauhaus lag – aus all diesen Gründen verfiel Mr. Davis in eine freundliche und weihnachtliche Stimmung; er gab sich Mühe, den Jungen nicht weiter ernst zu nehmen. Er sagte: »Ich bin mir ganz sicher, daß wir uns schon einmal begegnet sind.

Vielleicht hat der Chefchirurg uns miteinander bekannt gemacht.« Doch sein Begleiter blieb finster und unzugänglich. »Eine hübsche Singerei habt ihr da bei der Einweihung der neuen Krankenstation vorgeführt.« Sein Blick fiel wieder auf die zarten Handgelenke. »Sie waren nicht zufällig der Junge, den sie als Mädchen angezogen hatten und der das unanständige Lied gesungen hat?« Mr. Davis ließ ein fettes Lachen hören, als er sich daran erinnerte. Sie bogen in die Gerberei-Straße ein, und er lachte, wie er schon öfter darüber gelacht hatte, als er zählen konnte, beim Portwein, im Club unter guten Freunden, wenn sie schmutzige Männerwitze erzählten: »Ich habe mich totgelacht.« Er legte seinem Begleiter die Hand auf den Arm und schob ihn durch die Glastür der Midland Steel.

Ein Fremder trat um die Ecke auf sie zu, und der Angestellte hinter dem Empfangsschalter sagte mit angespannter Stimme: »Das geht in Ordnung. Das ist Mr. Davis.«

»Was hat das zu bedeuten?« fragte Mr. Davis mit scharfer, diesmal nicht mehr leutseliger Stimme, war er doch wieder an dem Ort, an den er gehörte.

Der Detektiv sagte: »Wir halten nur die Augen offen.«

»Raven?« fragte Mr. Davis mit nun ziemlich schriller Stimme. Der Mann nickte. Mr. Davis sagte: »Haben Sie ihn entkommen lassen? Was für Idioten ...«

Der Detektiv sagte: »Sie brauchen sich nicht zu ängstigen. Er wird sofort entdeckt werden, sobald er aus seinem Versteck herauskommt. Diesmal kann er uns nicht entwischen.«

»Aber warum sind Sie hier?« sagte Mr. Davis. »Wieso erwarten Sie ...?«

»Wir haben unsere Befehle«, sagte der Mann.

»Haben Sie Sir Marcus informiert?«

»Er weiß Bescheid.«

Mr. Davis sah müde und alt aus. Scharf sagte er zu seinem Begleiter: »Kommen Sie mit, ich gebe Ihnen Ihr Geld. Ich habe keine Zeit zu verlieren.« Zögernden

Schritts ging er den Gang hinunter, dessen Belag aus einem schwarzglänzenden Material war, zu dem glasverkleideten Liftschacht. Der Mann in der Gasmaske folgte ihm über den Gang und in den Lift; langsam und stetig fuhren die beiden hinauf, wie zwei Vögel beisammen in ihrem Käfig. Stock für Stock versank das große Gebäude unter ihnen, draußen eilte ein Angestellter in schwarzem Kittel in geheimnisvollem Auftrag, zu dem es einer Menge Löschpapier bedurfte, vorbei, ein Mädchen stand vor einer verschlossenen Tür und flüsterte vor sich hin, übte wohl eine Entschuldigung ein, und ein Laufbursche wanderte unsicher einen Gang entlang und balancierte dabei ein Bündel neuer Bleistifte auf dem Kopf. Sie hielten in einem Stockwerk an, wo niemand zu sehen war.

Irgend etwas bedrückte Mr. Davis. Er ging langsam, drehte nur sanft an dem Türknopf zu seinem Büro, fast als fürchtete er, daß drinnen jemand auf ihn wartete. Aber der Raum war völlig leer. Eine Tür im Inneren ging auf, und eine junge Frau mit flaumigem Goldhaar und exaltiert wirkender Hornbrille sagte: »Willie«, und dann sah sie seinen Begleiter. Sie sagte: »Sir Marcus möchte Sie sprechen, Mr. Davis.«

»In Ordnung, Miss Connett«, sagte Mr. Davis. »Können Sie mir wohl einen Fahrplan besorgen?«

»Wollen Sie verreisen – gleich?«

Mr. Davis zögerte. »Sehen Sie mal nach, wann Züge nach London abgehen – nach dem Lunch.«

»Ja, Mr. Davis.« Sie ging hinaus, und die beiden Männer waren allein. Mr. Davis zitterte leicht und schaltete den elektrischen Heizofen ein. Der Mann in der Gasmaske fing an zu sprechen, und die rauhe, gedämpfte Stimme rief etwas in Mr. Davis' Erinnerung wach. »Haben Sie vor etwas Angst?«

»In der Stadt läuft ein Verrückter herum«, sagte Mr. Davis. Seine Nerven waren gespannt auf jeden Ton von draußen im Korridor gerichtet, auf jeden Schritt, jedes Läuten. Es hatte ihn mehr Mut gekostet, als er sich zugetraut hätte, um »nach dem Lunch« zu sagen; er wollte sofort weg, aus Nottwich verschwinden. Er fuhr auf, als er am Fenster ein Schrammen hörte: Es kam von einer kleinen Plattform, von der aus im Innenhof die Fenster geputzt wurden. Er marschierte zur Tür und schloß sie ab; das gab ihm das Gefühl, sicher zu sein, eingeschlossen in dem ihm vertrauten Zimmer mit seinem eigenen Schreibtisch, dem Drehstuhl, dem Schrank, in dem er zwei Gläser und eine Flasche süßen Portwein aufbewahrte, dem Bücherschrank, in dem ein paar technische Werke über Stahl standen, ein *Whitaker's*, ein *Who's Who* und eine Ausgabe von *His Chinese Concubine*, sicherer, als wenn er an den Detektiv unten in der Halle dachte. Er nahm das alles in sich auf, als sähe er es zum erstenmal, und tatsächlich hatte er noch nie so sehr den Frieden und die Tröstlichkeit seines kleinen Büros gespürt. Wieder fuhr er hoch, als die Seile knirschten, an denen die Plattform des Fensterputzers hing. Er zog sein Doppelfenster herunter. In nervös-ärgerlichem Ton sagte er: »Sir Marcus kann warten.«

»Wer ist Sir Marcus?«

»Mein Boß.« Etwas störte ihn an der offenen Tür zum Zimmer seiner Sekretärin, weil von dort jeder zu ihm hereinkommen konnte. Er war nicht mehr in Eile, er war nicht mehr beschäftigt, er wünschte sich Gesellschaft. Er sagte: »Sie sind ja nicht in Eile. Nehmen Sie das Ding ab, es muß stickig dahinter sein, und nehmen Sie ein Glas Portwein.« Auf dem Weg zum Schrank schloß er die innere Tür und drehte den Schlüssel herum. Er seufzte erleichtert und nahm den Portwein und die Gläser heraus. »Jetzt sind wir *wirklich* unter uns, ich möchte Ihnen noch von diesem Schluckauf erzählen.« Er füllte die beiden Gläser bis zum Rand, aber seine Hand zitterte, und der Portwein rann außen herunter. Er sagte: »Unmittelbar nach jeder Mahlzeit ...«

Die dumpfe Stimme sagte: »Das Geld ...«

»Wirklich«, sagte Mr. Davis, »Sie sind ziemlich unverschämt. *Mir* können Sie vertrauen. Ich bin Davis.« Er ging zum Schreibtisch, zog eine Schublade auf, holte zwei Fünf-Pfund-Noten heraus und reichte sie ihm. »Denken Sie daran«, sagte er, »ich erwarte eine ordentliche Quittung von Ihrem Kassenwart.«

Der Mann steckte sie ein. Die Hand behielt er in der Tasche. Er sagte: »Ist das auch gefälschtes Geld?« Eine ganze Szene tauchte in Mr. Davis' Erinnerung auf: das »Lyon's House«, der Geschmack des Alpine Glow, der Mörder, der ihm gegenübersaß und versuchte, ihm von der alten Frau zu erzählen, die er umgebracht hatte. Mr. Davis schrie: Kein Wort kam heraus, kein Hilferuf, nur ein ausdrucksloses Aufstöhnen wie unter einer Narkose, wenn das Skalpell ins Fleisch dringt. Er rannte fluchtartig durch den Raum zur inneren Tür und zog am Türknopf. Er zappelte sinnlos herum, als hätte er sich zwischen den Schützengräben im Stacheldraht verheddert.

»Kommen Sie her«, sagte Raven. »Sie haben die Tür verschlossen.«

Mr. Davis kam zu seinem Schreibtisch zurück. Seine Beine gaben nach, und er sank zu Boden, setzte sich neben den Papierkorb. Er sagte: »Mir ist schlecht. Sie werden doch nicht einen kranken Mann töten.« Aus dem Gedanken schöpfte er tatsächlich Hoffnung. Sein Würgen klang überzeugend.

»Noch bringe ich Sie nicht um«, sagte Raven. »Vielleicht bringe ich Sie auch gar nicht um, wenn Sie sich ruhig verhalten und tun, was ich sage. Dieser Sir Marcus, das ist also Ihr Boß?«

»Ein alter Mann«, protestierte Mr. Davis und fing an zu weinen neben seinem Papierkorb.

»Er möchte Sie sprechen«, sagte Raven. »Gehen wir.« Er sagte: »Seit Tagen habe ich darauf gewartet – daß ich euch beide finde. Fast zu schön, um wahr zu sein. Stehen Sie auf. Stehen Sie auf«, sagte er noch einmal wütend zu der schwachen, schlaffen Gestalt auf dem Boden.

Mr. Davis ging voraus. Miss Connett kam den Gang herunter und hatte ein Stück Papier in der Hand. Sie sagte: »Ich habe die Züge herausgesucht, Mr. Davis. Der beste ist um fünf nach drei. Der um sieben nach zwei ist so langsam, daß Sie nicht mehr als zehn Minuten eher ankommen. Dann gibt es nur noch den um zehn nach fünf, vor dem Nachtzug.«

»Legen Sie es auf meinen Schreibtisch«, sagte Mr. Davis. Er stand zögernd vor ihr in dem prachtvollen, modernen, den Eindruck von Geld und Reichtum vermittelnden Gang, als wollte er von tausend Dingen Abschied nehmen, wenn er sich nur getraut hätte: von diesem reichen Haus, dieser Bequemlichkeit, diesen Machtbefugnissen. Wie er so dastand und von einem Bein auf das andere trat (»Ja, leg es auf meinen Schreibtisch, May«), lag darin auch eine Zärtlichkeit, die er nie im Zusammenhang mit »kleinen Mädchen« empfunden hatte. Raven stand direkt hinter ihm, die Hand in der Tasche. Ihr Chef sah so elend aus, daß Miss Connett sagte: »Fühlen Sie sich nicht wohl, Mr. Davis?«

»Doch, ganz gut«, sagte Mr. Davis. Wie ein Forscher, der sich auf den Weg in ein fremdes Land machte, spürte er den Drang, irgendeine Nachricht zu hinterlassen. hier, am Rande der Zivilisation, dem Nächstbesten zu sagen: »Man wird mich dort weiter im Norden finden« oder »im Westen«. Er sagte: »Wir gehen zu Sir Marcus, May.«

»Er will Sie dringend sprechen«, sagte Miss Connett. Ein Telefon läutete. »Ich würde mich nicht wundern, wenn er das jetzt wäre.« Sie klapperte auf ihren sehr hohen Absätzen weiter den Gang hinunter bis zu ihrem Zimmer, und Mr. Davis spürte wieder den unbarmherzigen Druck an seinem Ellbogen, der ihn vorwärts zum Lift drängte. Sie fuhren in ein anderes Stockwerk hinauf, und als Mr. Davis die Türen aufzog, würgte er erneut. Er wollte sich auf den Boden werfen, warten, daß ihn die Kugeln in den Rücken träfen. Der lange, glänzende Gang zu Sir Marcus' Büro kam ihm vor wie dem Läufer die meilenlange Bahn in einem Stadion.

Sir Marcus saß in seinem Rollstuhl mit einer Art Bett-Tisch über den Knien. Sein Kammerdiener war bei ihm. Er saß mit dem Rücken zur Tür, aber der Diener beobachtete erstaunt, wie Mr. Davis aufgelöst hereintrat, in seiner Begleitung ein Medizinstudent in Gasmaske. »Ist das Davis?« flüsterte Sir Marcus. Er brach einen trockenen Keks auseinander und schlürfte einen Schluck heiße Milch. Er stärkte sich für einen neuen Arbeitstag.

»Ja, Sir.« Verwundert sah der Diener zu, wie Davis sich krank und schwach über den Fußboden mit dem hygienischen Gummibelag schleppte; er sah aus, als benötigte er Hilfe, als würde er gleich in die Knie gehen.

»Dann können Sie gehen«, flüsterte Sir Marcus.

»Ja, Sir.« Aber der Mann in der Gasmaske hatte den Schlüssel herumgedreht; ein ferner Ausdruck von Vorfreude, eine eher hoffnungslose Erwartung zeigte sich in der Miene des Dieners, als fragte er sich, ob hier endlich einmal etwas passierte, etwas anderes, als immer nur Rollstühle über gummibelegte Gänge zu schieben, einen alten Mann an- und auszuziehen, der nicht mehr Kraft genug hatte, sich selber sauber zu halten, ihm heiße Milch oder heißes Wasser oder trockene Keks zu bringen.

»Worauf warten Sie?« flüsterte Sir Marcus.

»Gehen Sie zurück an die Wand«, befahl Raven plötzlich dem Diener.

Mr. Davis schrie verzweifelt: »Er hat eine Waffe! Tun Sie, was er sagt.« Aber das brauchte er dem Diener nicht erst zu sagen. Die Waffe war jetzt draußen und auf alle drei gerichtet, auf den Diener an der Wand, auf Mr. Davis, der zitternd mitten im Zimmer stand, und auf Sir Marcus, der den Rollstuhl umgedreht hatte, um sie anzusehen.

»Was wollen Sie?« sagte Sir Marcus.

»Sind Sie der Boß?«

Sir Marcus sagte: »Unten ist die Polizei. Sie kommen hier nicht heraus, wenn ich nicht –« Das Telefon fing an zu klingeln. Er klingelte weiter und weiter, und dann hörte es auf.

Raven sagte: »Sie haben eine Narbe unter dem Bart da, nicht wahr? Ich möchte keinen Fehler machen. Er hatte ein Foto von Ihnen. Sie waren zusammen in dem Heim«, und zornig sah er sich in dem großen, reich ausgestatteten Raum um und verglich ihn mit seinen eigenen Erinnerungen an schrillende Glocken, steinerne Treppen und Holzbänke und auch an die kleine Wohnung mit dem Ei, das auf der Ofenplatte kochte. Dieser Mann hatte es weiter gebracht als der alte Minister.

»Sie sind verrückt«, wisperte Sir Marcus. Er war zu alt, als daß er Angst gehabt hätte; die Waffe stellte für ihn keine größere Gefahr dar als ein falscher Schritt auf dem Wege zu seinem Rollstuhl, ein Ausgleiten im Bad. Er schien nur ein wenig verärgert darüber zu sein, daß er seine Mahlzeit nicht fortsetzen konnte. Er beugte sich vor und schlürfte laut mit seinen alten Lippen an der heißen Milch.

Plötzlich sagte der Diener etwas von der Wand her. »Er hat eine Narbe«, sagte er. Aber Sir Marcus nahm von keinem von ihnen Notiz, schlürfte an seiner Milch, die an dem dünnen Bart hängen blieb.

Raven richtete seine Waffe auf Mr. Davis. »Er war es«, sagte er. »Wenn Sie keine Kugel im Bauch haben wollen, dann sagen Sie mir, daß er es war.«

»Ja, ja«, sagte Mr. Davis unterwürfig und in ängstlicher Hast, »es war sein Plan. Es war seine Idee. Wir pfiffen hier auf dem letzten Loch. Wir mußten Geld verdienen. Es war ihm über eine halbe Million wert.«

»Eine halbe Million!« sagte Raven. »Und bezahlt hat er mir zweihundert falsche Pfund.«

»Ich habe ihm gesagt, wir müßten großzügiger sein. Er hat gesagt: ›Halten Sie den Mund‹.«

»Ich hätte es nicht getan«, sagte Raven, »wenn ich gewußt hätte, was der alte Mann für einer war. Für ihn da habe ich ihm den Schädel zertrümmert. Und der alten Frau die Kugel in beide Augen.« Er brüllte Sir Marcus an: »Das war Ihr Werk! Wie gefällt es Ihnen?« Aber der alte Mann saß da, sichtlich unbewegt: Das Alter hatte ihm die Vorstellungskraft genommen. Die Morde, die er selber angeordnet hatte, erschienen ihm nicht wirklicher als die, von denen er in der Zeitung las. Ein bißchen Gier (nach seiner Milch), ein bißchen Lasterhaftigkeit (ab und zu einmal einem Mädchen die Hand in die Bluse schieben und spüren, wie warm das Leben ist), ein bißchen Geiz und Berechnung (eine halbe Million für den Tod eines Menschen), ein ganz schwacher, fast mechanischer Selbsterhaltungstrieb: Das waren seine einzigen Leidenschaften. Die letztere ließ ihn seinen Rollstuhl fast unbemerkt in Richtung auf den Klingelknopf an der Kante seines Schreibtischs schieben. In sanftem Ton flüsterte er: »Ich weise alles zurück. Sie sind verrückt.«

Raven sagte: »Jetzt habe ich Sie da, wo ich Sie haben wollte. Selbst wenn die Polizei mich tötet«, er klopfte auf seine Waffe, »das hier ist mein Beweis. Das ist die Waffe, die ich benutzt habe. Der Mörder läßt sich über diese Waffe feststellen. Sie haben mir sagen lassen, ich sollte sie zurücklassen, aber hier ist sie. Durch sie würden Sie für eine lange, lange Zeit von der Bildfläche verschwinden, selbst wenn ich Sie nicht erschieße.«

Sir Marcus flüsterte in seinem sanften Ton und drehte dabei unmerklich und leise seine gummibereiften Rollstuhlräder: »Ein Colt 0.7. Die Fabriken stellen Tausende davon her.«

Raven sagte wütend: »Es gibt nichts, was die Polizei heutzutage nicht an einem Revolver herausfindet. Das sind Experten –« Er wollte Sir Marcus einen Schrecken einjagen, bevor er ihn erschoß; ihm schien es nicht fair, daß Sir Marcus weniger leiden sollte als die alte Frau, die er gar nicht hatte töten wollen. Er sagte: »Wollen Sie nicht beten? Sie sind doch Jude, nicht wahr? Bessere Menschen, als Sie einer sind«, sagte er, »glauben an Gott«, und er dachte daran, wie das Mädchen gebetet hatte in dem dunklen, kalten Schuppen. Das Rad von Sir Marcus' Rollstuhl berührte den Schreibtisch, berührte die Klingel, und das schwache Schrillen der Glocke drang über den Liftschacht zu ihnen herauf, weiter und weiter. Für Raven bedeutete es nichts, bis der Diener sprach. »Der alte Schweinehund«, sagte er mit einem in Jahren angestauten Haß, »er läutet.« Bevor Raven einen Entschluß fassen konnte, was jetzt zu tun war, war jemand an der Tür und rüttelte am Türknopf.

Raven sagte zu Sir Marcus: »Sagen Sie ihnen, sie sollen draußenbleiben, oder ich schieße.«

»Sie Dummkopf«, flüsterte Sir Marcus, »sie sind ja nur wegen Diebstahls hinter Ihnen her. Wenn Sie mich töten, werden Sie hängen.« Aber Mr. Davis war bereit, sich an jeden Strohhalm zu klammern. Er schrie zu dem Mann vor der Tür hinüber: »Bleiben Sie draußen! Um Gottes willen, bleiben Sie draußen!«

Sir Marcus sagte gehässig: »Sie sind ein Dummkopf, Davis. Wenn er uns so oder so tötet –« Während Raven mit der Pistole in der Hand den beiden Männern gegenüberstand, entlud sich zwischen den beiden ein absurder Streit. »Er hat keinen Grund, mich zu töten«, schrie Mr. Davis »Sie sind es, der uns da hineingezogen hat. Ich habe nur in Ihrem Auftrag gehandelt.«

Der Diener fing an zu lachen. »Zwei gegen einen«, sagte er.

»Seien Sie still«, flüsterte Sir Marcus an Davis gerichtet giftig zurück. »Ich kann Sie jederzeit aus dem Weg räumen.«

»Ich nehme es mit Ihnen auf«, schrie Mr. Davis mit schriller Stimme. Jemand warf sich mit dem Körper gegen die Tür.

»Ich habe eine Akte über die West-Rand-Goldfelder angelegt«, sagte Sir Marcus, »und über die East African Petroleum Company.«

Eine Welle von Ungeduld schlug in Raven hoch. Die beiden waren dabei, jenen Anflug von Friedfertigkeit und Güte wieder zu vertreiben, der in ihm wiederzukehren begann, als er Sir Marcus geraten hatte zu beten. Er hob seine Pistole und schoß Sir Marcus in die Brust. Es war die einzige Möglichkeit, sie zum Schweigen zu bringen. Sir Marcus fiel nach vorn über seinen Bett-Tisch, kippte das Glas um und verschüttete die warme

Milch über die Papiere auf seinem Schreibtisch. Blut quoll aus seinem Mund.

Mr. Davis fing an, sehr schnell zu reden. Er sagte: »Er war es ganz allein, der alte Teufel. Sie haben gehört, was er gesagt hat. Was konnte ich tun? Er hatte mich in der Hand. Sie haben doch nichts gegen mich.« Er kreischte: »Gehen Sie von der Tür da weg. Er wird mich töten, wenn Sie nicht gehen«, und sofort redete er wieder weiter, während die Milch langsam von dem Bett-Tisch auf den Schreibtisch tropfte. »Ich hätte nichts getan, wenn es nicht für ihn gewesen wäre. Wissen Sie, was er gemacht hat? Er ist zum Chief Constable gegangen und hat verlangt, daß die Polizei Sie erschießt, sobald Sie sich sehen lassen.« Er bemühte sich, nicht auf den Colt zu sehen, der weiter auf seine Brust gerichtet war. Der Diener stand bleich und schweigend vor der Wand; er sah neugierig und fasziniert zu, wie Sir Marcus verblutete. So wäre es also gegangen, schien er zu denken, wenn er selber nur den Mut gehabt hätte ... irgendwann ... in all diesen Jahren.

Von draußen hörten sie eine Stimme: »Sie machen besser sofort auf, sonst schießen wir durch die Tür.«

»Um Gottes willen«, schrie Mr. Davis, »lassen Sie das. Er erschießt mich«, und die Augen beobachteten ihn dabei aufmerksam durch die Sichtscheiben der Gasmaske, mit zufriedenem Ausdruck. »Ich habe Ihnen überhaupt nichts getan«, protestierte er. Über Ravens Kopf sah er die Uhr: Es waren noch nicht mehr als drei Stunden vergangen, seit er gefrühstückt hatte, und er hatte noch den schalen Geschmack der Nieren und des Specks im Mund: Er konnte nicht glauben, daß das hier nun wirklich das Ende war: Um ein Uhr hatte er eine Verabredung mit einem Mädchen: Man starb nicht vor einem Rendezvous. »Nichts«, murmelte er, »überhaupt nichts.«

»Sie waren es«, sagte Raven, »der versucht hat, sie umzubringen ...«

»Niemand. Nichts«, jammerte Mr. Davis.

Raven zögerte. Das Wort ging ihm schwer von der Zunge. »Meine Freundin.«

»Ich weiß nicht. Ich verstehe nicht.«

»Bleiben Sie draußen«, schrie Raven durch die Tür, »ich bringe ihn um, wenn Sie schießen.« Er sagte: »Das Mädchen.«

Mr. Davis zitterte am ganzen Körper. Er sah aus, als hätte er den Veitstanz. »Sie war nicht Ihre Freundin. Wieso ist die Polizei hier, wenn sie nicht ... Wer sonst hätte wissen können ...?«

Raven sagte: »Allein dafür schieße ich Sie nieder, für nichts sonst. Sie ist anständig.«

»Ha«, schrie Davis ihn an, »sie ist das Mädchen von einem Polizisten. Sie ist das Mädchen von diesem Scotland-Yard-Mann. Sie ist Mathers Mädchen.«

Raven schoß, verzweifelt und doch mit Bedacht erschoß er den, der seine letzte Chance auf eine Flucht bedeutet hatte, pumpte zwei Kugeln in ihn hinein, wo eine gereicht hätte, als strecke er die ganze Welt in der Person des dicken, stöhnenden, blutenden Mr. Davis nieder. Und so war es auch. Für einen Menschen bedeutet sein Leben auch die Welt, und diese Welt löschte er aus: den Selbstmord seiner Mutter, die langen Jahre im Heim, die Gangs an der Rennbahn, Kites Tod und den Tod des alten Ministers und der Frau. Er hatte keine andere Wahl; er hatte versucht zu beichten, zu bekennen, und es war, wie üblich, danebengegangen. Es gab niemanden außer sich selbst, dem man vertrauen konnte: keinem Arzt, keinem Priester, keiner Frau. Ein Sirenenton verkündete der Stadt, daß der Scheinangriff vorüber war, und sogleich schlugen die Kirchenglocken laut ihr Weihnachtsgeläute an: Sogar die Füchse draußen haben ihren Bau, doch des Menschen Sohn ... Eine Kugel zerschmetterte das Türschloß. Raven zielte mit seiner Waffe in Magenhöhe und sagte: »Ist da draußen ein Schweinehund namens Mather? Er sollte lieber verschwinden.«

Während er wartete, daß die Tür aufging, ging ihm einiges durch den Kopf. Er erinnerte sich nicht in allen

Einzelheiten; sie schwammen zusammen wie in einem Nebel und ließen jene Stimmung in ihm wachsen, in der er auf die Chance zu einer letzten Rache wartete: Auf einer dunklen Straße ertönte eine Stimme, die sang: *Sie sagen, ein Mann hätt' die Schneeblüte heut' aus dem kühlen Grönland gebracht*; die kultivierte, wie leblose Stimme des ältlichen Kritikers, die im Radio aus »Maud« vorlas, während er in der Garage gestanden und mit einem Gefühl von Schmerz und Befremdung gespürt hatte, wie das Eis in seinem Herzen schmolz. Es war, als ob er die Grenze in ein Land überschritt, in das er zuvor noch keinen Fuß gesetzt hatte und das er nie wieder würde verlassen können: Das Mädchen in dem Café, das gesagt hatte: »Er ist widerlich und ekelhaft ...«, das kleine Kind aus Gips in den Armen seiner Mutter, das einmal verraten werden würde, die Geißeln, die Nägel. Sie hatte zu ihm gesagt: »Ich bin Ihre Freundin. Sie können mir vertrauen.« Wieder schlug eine Kugel in das Schloß.

Der Diener, mit weißem Gesicht an der Wand, sagte: »Um Gottes willen, geben Sie auf. Die kriegen Sie, so oder so. Er hatte recht. Es *war* das Mädchen. Ich habe sie am Telefon gehört.«

Ich muß schnell sein, dachte Raven, wenn die Tür nachgibt, muß ich als erster schießen. Aber zu viele Gedanken auf einmal stürmten auf ihn ein. Durch die Maske konnte er nicht klar genug sehen, und so zog er sie unbeholfen mit einer Hand vom Kopf und warf sie auf den Boden.

Der Diener konnte jetzt die brennend rote Oberlippe, die dunklen Augen und ihren jammervollen Blick erkennen. Er sagte: »Da ist das Fenster. Gehen Sie auf das Dach.« Er sprach zu einem Mann, der alles nur noch wie durch einen Nebel aufnahm, der nicht wußte, ob er sich überhaupt die Mühe machen sollte, und dessen Gesicht sich so langsam zum Fenster umwandte, daß es der Diener war, der als erster die Plattform sah, die vor dem hohen und breiten Fenster nach unten schwebte. Mather stand auf der Plattform, in dem verzweifelten Versuch, Raven von hinten zu überraschen. Aber er hatte aus Unerfahrenheit eines nicht bedacht: Die kleine Plattform schwang einmal hierhin und einmal dorthin; in der einen Hand hielt er sich an einem Seil fest, mit der anderen griff er nach dem Fenster; er hatte keine Hand frei für seinen Revolver, als Raven sich umdrehte. Er pendelte draußen vor dem Fenster, sechs Stockwerke über der engen Gerberei-Straße, ein wehrloses Ziel für Ravens Colt.

Raven sah ihm wie betäubt zu und versuchte zu zielen. Es war kein schwieriger Schuß, aber es war fast, als habe er das Interesse daran verloren zu töten. Er spürte in sich nur Schmerz und Verzweiflung, die eher einem totalen Überdruß glichen als sonst einem Gefühl. Er war zu keinem Groll und keiner Bitterkeit über den an ihm begangenen Verrat mehr fähig. Der dunkle Weevil, vom kalten Regen gepeitscht, floß zwischen ihm und jedem menschlichen Feind. *O Gott! daß es möglich wäre*, aber seit seiner Geburt war er bestimmt für ein solches Ende, von einem nach dem anderen verraten, bis alle Straßen hinaus ins Leben ganz und gar verschlossen waren: von seiner Mutter, wie sie in ihrem Kellergeschoß verblutete, von dem Kaplan im Heim, von dem zwielichtigen Doktor hinter der Charlotte Street. Wie konnte er erwarten, dem gewöhnlichsten Verrat von allen zu entgehen: dem, der einem von einem Weibsstück drohte? Sogar Kite würde jetzt noch leben, wenn es nicht um ein Weibsstück gegangen wäre. Alle waren sie weich geworden mit der Zeit: Penrith und Carter, Jossy und Ballard, Barker und der Große Dane. Er visierte sein Ziel langsam an, geistesabwesend, mit einer seltsamen Demut und fast so etwas wie Kameradschaftlichkeit in seiner Einsamkeit: Der Trooper und Mayhew. Sie alle hatten irgendwann einmal gedacht, daß ihr Weibsstück etwas Besseres war als die Weibsstücke der anderen, da in *ihrer* Beziehung etwas Höheres steckte. Wenn man einmal geboren war, war das einzige Problem, wie man ordentlicher und schneller wieder aus dem Leben herauskam, als man hereingekommen war. Zum erstenmal stieg der Gedanke an den Selbstmord seiner Mutter ohne Bitterkeit in ihm auf, als er widerstrebend die Waffe auf sein Ziel ausrichtete und Saunders ihn von hinten durch die aufgehende Tür in den Rücken schoß. Der Tod ereilte ihn als ein unerträglicher Schmerz. Es war, als hätte er diesen Schmerz zu gebären, wie eine Frau ihr Kind gebiert, und er stöhnte und schluchzte vor Anstrengung. Schließlich kam er aus ihm heraus, und er folgte seinem einzigen Kind in eine unermeßliche Verlassenheit.

ACHTES KAPITEL

1

Der Essensgeruch drang jedesmal bis in die Halle, wenn jemand aus dem Restaurant kam oder es betrat. Die Rotarier von Nottwich hatten sich zum Lunch in einem der privaten Räume oben versammelt, und als die Tür aufging, hörte Ruby einen Korken knallen und ein paar Fetzen eines Limericks, der gerade vorgetragen wurde. Es war fünf nach eins. Ruby ging nach unten und plauderte mit dem Portier. Sie sagte: »Das Schlimmste dabei ist, daß ich ein Mädchen bin, das immer auf die Sekunde pünktlich ist. Ein Uhr hat er gesagt, und ich bin da und gierig auf ein gutes Essen. Ich weiß, ein Mädchen sollte einen Mann warten lassen, aber was soll man machen, wenn man hungrig ist? Und er geht inzwischen vielleicht hinein und fängt an.« Sie sagte: »Das Dumme ist, daß ich immer Pech habe. Ich gehöre zu den Mädchen, die es nicht wagen, sich auch nur ein bißchen Vergnügen zu gönnen, weil sie ganz sicher sein können, daß sie dann gleich ein Kind kriegen. Also, ein Baby hatte ich noch nicht, aber Mumps habe ich schon einmal gehabt. Können Sie sich vorstellen, daß ein Mädchen von einem erwachsenen Mann Mumps kriegt? Aber ich bin so ein Mädchen.« Sie sagte: »Sie sehen gut aus mit all diesen goldenen Tressen und den Orden. Können Sie auch reden?«

Auf dem Markt war es voller als gewöhnlich, denn alle waren spät dran und machten ihre Weihnachtseinkäufe, nachdem nun die Luftschutzübung vorbei war. Nur Mrs. Alfred Piker hatte als Frau Bürgermeister ein Beispiel gesetzt und war mit Gasmaske zum Einkaufen gegangen. Jetzt war sie auf dem Weg nach Hause, und Chinky trippelte neben ihr her, seine langen Haare an Bauch und Beinen schleiften durch den kalten Matsch, und zwischen den Zähnen schleppte er ihre Gasmaske. Er blieb an einem Laternenpfahl stehen und ließ sie in eine Pfütze fallen. »Ach, Chinky, du böses kleines Ding«, sagte Mrs. Piker. Der Portier in seiner Uniform warf einen Blick hinaus über den Markt. Er trug den königlichen Orden und die Kriegsverdienstmedaille. Dreimal war er verwundet worden. Er zog die Glastür auf, als die Geschäftsleute zu ihrem Lunch hereinkamen, der Erste Handlungsreisende von Crosthwaite & Crosthwaite, der Chef des großen Kolonialwarengeschäfts in der High Street. Einmal stürzte er hinaus auf die Straße und befreite einen fetten Mann aus einem Taxi. Dann kam er zurück, stellte sich wieder zu Ruby und hörte gut gelaunt, aber mit ausdrucksloser Miene zu.

»Zehn Minuten Verspätung«, sagte Ruby, »und ich dachte, er wäre ein Mann, dem ein Mädchen trauen kann. Ich hätte auf Holz klopfen oder den Daumen drücken sollen. Es geschieht mir recht. Lieber hätte ich meine Ehre verloren, als dieses Steak. Kennen Sie ihn? Auf sein Gewicht nimmt er keine besondere Rücksicht. Heißt Davis.«

»Der ist dauernd hier, mit Mädchen«, sagte der Portier.

Ein kleiner Mann mit Kneifer hetzte heran. »Fröhliche Weihnachten, Hallows.«

»Auch Ihnen fröhliche Weihnachten, Sir.« Der Portier sagte: »Sie wären nicht weit mit ihm gekommen.«

»Ich bin ja nicht einmal bis zur Suppe gekommen«, sagte Ruby.

Ein Zeitungsjunge kam vorbei und pries die Mittags-Sonderausgabe der *News* und die Abendausgabe des *Journal* an, und ein paar Minuten später kam ein anderer Zeitungsjunge mit einer Sonderausgabe der *Post* vorbei und mit der Abendausgabe des feineren *Guardian*. Man konnte nicht verstehen, was sie riefen, und der Nordostwind ließ ihre Plakate so flattern, daß man nur die Silben »-gödie« und »-tat« lesen konnte.

»Es gibt Grenzen«, sagte Ruby, »die ein Mädchen nicht überschreiten darf, wenn es sich nicht billiger machen will, als es ist. Zehn Minuten Warten, das geht über die Grenze.«

»Sie haben jetzt schon länger gewartet«, sagte der Portier. Ruby sagte: »So bin ich. Sie sagen jetzt bestimmt, ich werfe mich den Männern an den Hals, nicht wahr? Ich glaube, das stimmt auch, aber scheinbar treffe ich sie nie.« Düster und schwermütig fügte sie hinzu: »Das Dumme ist, daß ich dazu geboren bin, einen Mann glücklich zu machen. Das steht mir auf der Stirn geschrieben. Das hält sie ab. Ich gebe ihnen keine Schuld. Mir würde es auch nicht gefallen.«

»Da geht der Chief Constable«, sagte der Portier. »Unterwegs auf einen Drink im Polizeirevier. Seine Frau erlaubt ihm zu Hause keinen. Alle Gute zum Fest, Sir.«

»Er scheint es eilig zu haben.« Eine Zeitung auf dem Ständer flatterte, und von der Schlagzeile konnte man »Trag-« lesen. »Gehört er zu der Sorte Mensch, der einem Mädchen ein gutes Rumpsteak mit Zwiebeln und Bratkartoffeln spendieren würde?«

»Ich will Ihnen was sagen«, sagte der Portier. »Sie warten noch weitere fünf Minuten, und dann bin ich frei und gehe essen.«

»Das ist eine Verabredung«, sagte Ruby. Sie kreuzte ihre Finger und klopfte auf Holz. Dann ging sie in die Halle, setzte sich und führte ein langes imaginäres Gespräch mit einem Theaterregisseur, den sie sich ziemlich genau wie Mr. Davis vorstellte, aber einen Mr. Davis, der seine Termine einhielt. Der Regisseur nannte sie eine Kleine mit Talent, lud sie zum Dinner ein, brachte sie dann in eine luxuriöse Wohnung und schenkte ihr ein paar Cocktails ein. Er fragte sie, was sie von einem Engagement im Londoner West-End für fünfzehn Pfund die Woche hielt, und er wollte ihr seine

Wohnung zeigen. Rubys düsteres, molliges, trauriges Gesicht hellte sich auf; sie schwenkte das übergeschlagene Bein aufgeregt hin und her und erregte die zornige Aufmerksamkeit eines Geschäftsmannes, der sich Notizen über die mittäglichen Börsenkurse machte. Er suchte sich einen anderen Sessel und murmelte vor sich hin. Auch Ruby murmelte vor sich hin. Sie sagte: »Das ist das Speisezimmer. Und dort geht es in das Badezimmer. Und das hier – elegant, nicht wahr? – ist das Schlafzimmer.« Ruby sagte gleich, daß sie zufrieden sei mit den fünfzehn Pfund die Woche; aber mußte es ein Engagement im West-End sein? Dann sah sie auf die Uhr und ging vor die Tür. Der Portier wartete auf sie.

»Moment«, sagte Ruby. »Muß ich mit der Uniform da ausgehen?«

»Ich habe nur zwanzig Minuten«, sagte der Portier.

»Also kein Rumpsteak«, sagte Ruby. »Na gut, Würstchen tun es wohl auch.«

Sie setzten sich an eine Lunch-Theke an der gegenüberliegenden Seite des Marktes und bestellten Würstchen und Kaffee. »Diese Uniform«, sagte Ruby, »bringt mich in Verlegenheit. Jeder wird glauben, Sie sind ein Gardist, der zur Abwechslung mit einem Mädchen ausgeht.

»Haben Sie die Schießerei gehört?« fragte der Mann hinter der Theke.

»Was für eine Schießerei?«

»Gleich bei Ihnen um die Ecke bei der Midland Steel. Drei Tote. Das alte Ekel Sir Marcus und noch zwei.« Er legte die Mittagszeitung offen auf die Theke, und das alte, boshafte Gesicht von Sir Marcus und die fetten, ängstlichen Züge von Mr. Davis starrten sie zwischen den Würstchen, den Kaffeetassen, dem Pfefferstreuer und der Kanne mit dem heißen Wasser daneben an.

»Darum ist er also nicht gekommen«, sagte Ruby. Sie war einen Augenblick lang ruhig, während sie las.

»Ich möchte wissen, worauf dieser Raven aus war«,

sagte der Portier. »Sehen Sie hier«, und er zeigte auf einen kleinen Absatz am Ende der Kolumne, in dem es hieß, daß der Chef der Politischen Abteilung von Scotland Yard mit dem Flugzeug eingetroffen war und sich umgehend in das Verwaltungsgebäude von Midland Steel begeben habe. »Darauf kann ich mir keinen Reim machen«, sagte Ruby.

Der Portier blätterte um und suchte etwas auf den anderen Seiten. Er sagte: »Komische Sache, nicht? Wir stehen mal wieder gerade vor dem Ausbruch eines Krieges, und die machen ihre erste Seite mit einem Mordfall auf. Den Krieg hat es auf eine der hinteren Seiten verschlagen.«

»Vielleicht gibt es keinen Krieg.«

Sie schwiegen über ihren Würstchen. Ruby kam es seltsam vor, daß dieser Mr. Davis, der mit ihr auf der Kiste gesessen und sich den Weihnachtsbaum angesehen hatte, tot sein sollte, so gewaltsam und schmerzhaft ums Leben gebracht. Vielleicht hatte er vorgehabt, seine Verabredung einzuhalten. Er war kein schlechter Kerl gewesen. Sie sagte: »Irgendwie tut er mir leid.«

»Wer? Raven?«

»O nein, der nicht. Ich meine Mr. Davis.«

»Ich weiß, was Sie fühlen. Mir geht es auch fast so – wegen des alten Mannes. Ich habe selbst einmal bei Midland Steel gearbeitet. Er hatte seine guten Momente. An Weihnachten hat er gewöhnlich Truthähne an alle möglichen Leute geschickt. Er war nicht wirklich schlecht. Sie tun dort mehr für einen als im Hotel.«

»Also«, sagte Ruby und leerte ihre Kaffeetasse, »das Leben geht jedenfalls weiter.«

»Noch eine Tasse?«

»Ich will Sie nicht ausnehmen.«

»Das geht in Ordnung.« Ruby lehnte sich auf dem Hocker gegen ihn; ihre Köpfe berührten einander; sie waren ein wenig still geworden, weil sie beide jeweils einen Menschen gekannt hatten, der nun plötzlich tot war, aber das Wissen, das sie miteinander teilten, gab ihnen auch ein Gefühl von Kameradschaft, das eigentümlich süß und beruhigend wirkte. Es war, als fühlten sie sich in Sicherheit, als spürten sie Liebe zueinander, ohne Leidenschaft, ohne Unsicherheit, ohne Schmerz.

2

Saunders fragte einen Angestellten der Midland Steel nach dem Weg zur Toilette. Er wusch sich die Hände und dachte: »Der Job wäre erledigt.« Es war keine befriedigende Aufgabe gewesen; was als schlichter Raub begonnen hatte, hatte mit zwei Morden und dem Tod des Mörders geendet. Der ganze Fall hatte etwas Rätselhaftes an sich; keineswegs alles war an den Tag gekommen. Mather war jetzt oben im obersten Stock, zusammen mit dem Chef der Politischen Abteilung; sie durchforsteten die Privatpapiere von Sir Marcus. Es schien wirklich, als könnte die Geschichte des Mädchens wahr sein. Über das Mädchen machte sich Saunders mehr Gedanken als um alles andere. Er mußte ihren Mut und ihre Hartnäckigkeit ebenso bewundern, wie er sie gleichzeitig dafür haßte, daß Mather ihretwegen litt. Er war bereit, jeden zu hassen, der Mather ein Leid antat. »Sie muß mit zum Yard«, hatte Mather gesagt. »Es gibt vielleicht eine Anklage gegen sie. Stecken Sie sie in ein verschlossenes Abteil des Drei-Uhr-fünf-Zugs. Ich will sie nicht mehr sehen, bis die Dinge aufgeklärt sind.« Das einzig Erfreuliche an der ganzen Sache war, daß der Konstabler, den Raven in dem Kohlenlager niedergeschossen hatte, durchkommen würde.

Saunders trat aus dem Midland-Steel-Gebäude auf die Gerberei-Straße mit dem merkwürdigen Gefühl, nichts zu tun zu haben. Er ging in ein Wirtshaus an der Ecke des Marktes und leistete sich ein Glas Bier und zwei kalte Würstchen. Es war, als wäre das Leben wieder auf die normale Ebene herabgesunken, als flösse es plötzlich wieder ruhig in seinen Ufern. Ein Plakat, das hinter der

Bar neben ein paar Kinoplakaten hing, fiel ihm ins Auge. »Neue Heilmethode für Stotterer.« Mr. Montague Phelps, M.A., hielt eine öffentliche Veranstaltung in der Freimaurer-Halle ab, um seine neue Behandlung zu erklären. Der Eintritt war frei, es würde aber eine Kollekte geben. Punkt zwei Uhr. In einem Kino ein Eddie-Cantor-Film. In einem anderen George Arliss. Saunders hatte nicht vor, früher zum Polizeirevier zurückzugehen, sondern erst, wenn es Zeit war, das Mädchen zum Zug zu bringen. Er hatte schon eine ganze Reihe Behandlungen gegen das Stottern versucht; warum sollte er nicht noch eine probieren?

Es war ein großer Saal. An den Wänden hingen riesige Fotos von Freimaurer-Berühmtheiten. Sie trugen alle Ordensbänder und Abzeichen von geheimnisvoller Bedeutung. Die Fotografien demonstrierten ein bedrükkendes Wohlleben erfolgreicher Kolonialwarenhändler. Da hingen sie, die Wohlgenährten, die Erfolgreichen, die Gesicherten, und darunter hatten sich die weniger Glücklichen, die Unangepaßten in den abgewetzten Regenmänteln, mit den verblaßten Filzhüten und Schulkrawatten versammelt. Saunders trat hinter einer fetten, heimlichtuenden Frau ein, und ein Ordner fragte ihn stotternd: »B-b-bi - ?« »Eins«, sagte Saunders. Er setzte sich vorne hin und lauschte einem Stottergespräch, das hinter ihm geführt wurde und sich anhörte, als schnatterten zwei Chinesen miteinander. Kleine heftige Ausbrüche von hervorgestoßenen Wörtern, und dann wieder das schlimme Stocken. Ungefähr fünfzig Menschen hatten sich in dem Saal versammelt. Sie beäugten einander gegenseitig, wie ein häßlicher Mensch sich in einem Schaufenster beäugt: Aus diesem Winkel, denkt er, bin ich gar nicht so übel. Sie entwickelten eine Art Gemeinschaftsgefühl; ihre gegenseitige Behinderung bei der Kommunikation war selber wieder so etwas wie Kommunikation. Sie warteten gemeinsam auf ein Wunder.

Saunders wartete mit ihnen: wartete, wie er auf der windgeschützten Seite des Kohlenwaggons gewartet hatte, mit der gleichen Geduld. Er war nicht unglücklich. Er wußte, daß er wahrscheinlich den Wert dessen, was ihm fehlte, überschätzte; selbst wenn er frei sprechen könnte, ohne darauf zu achten, daß er die Zischlaute vermied, die ihn verrieten, würde es ihm wahrscheinlich nicht leichterfallen, seine Bewunderung und seine Zuneigung auszudrücken. Die Möglichkeit zu sprechen gab einem noch nicht die richtigen Worte.

Mr. Montague Phelps, M.A., betrat das Podium. Er war im Gehrock, und seine Haare waren dunkel und eingeölt. Sein bläulich schimmerndes Kinn war leicht gepudert, und er hatte eine ziemlich angriffslustige Kaltblütigkeit an sich, als wollte er dieser depressiven Versammlung von Behinderten sagen: »Seht her, was ihr aus euch machen könnt, mit einem bißchen mehr an Selbstvertrauen und nach ein paar Lektionen von mir.« Er war ein Mann von ungefähr zweiundvierzig Jahren, der gut gelebt hatte und offenbar auch ein Privatleben besaß. Wenn man ihn sah, dachte man an komfortable Betten, gewaltige Mahlzeiten und Brighton-Hotels. Für einen Augenblick erinnerte er Saunders an Mr. Davis, der heute morgen so wichtigtuerisch in die Verwaltung von Midland Steel gestürmt war und der eine halbe Stunde später so schmerzhaft und so plötzlich den Tod gefunden hatte. Fast sah es so aus, als hätte Ravens Tat überhaupt keine Folgen gehabt: als sei das Töten eine Illusion, nicht mehr als ein Traum. Hier stand ein weiterer Mr. Davis vor ihnen; sie waren alle in derselben Form gegossen, und diese Form konnte man nicht zerschlagen, und plötzlich sah Saunders, als er über Mr. Montague Phelps' Schulter blickte, das Foto des Großmeisters der Loge über dem Podium: ein altes Gesicht, eine krumme Nase und ein paar Bartbüschel, Sir Marcus.

3

Major Calkin war sehr weiß im Gesicht, als er Midland Steel verließ. Zum erstenmal in seinem Leben hatte er den Anblick von Menschen gesehen, die gewaltsam getötet worden waren. Das war der Krieg. Er eilte, so schnell er konnte, zum Polizeirevier und war froh, dort den Superintendenten zu finden. Ganz unterwürfig bat er um einen Tropfen Whisky. Er sagte: »Es schüttelt einen durch. Erst gestern abend war er zum Dinner bei mir zu Hause. Mrs. Piker war auch da mit ihrem Hund. Was das für ein Aufwand war, ihn nicht merken zu lassen, daß der Hund da war.«

»Dieser Hund«, sagte der Superintendent, »macht uns mehr Ärger als irgendein Mensch in Nottwich. Habe ich Ihnen jemals davon erzählt, wie er sich in der Damentoilette in der Higham Street aufgeführt hat? Dieser Hund sieht nach gar nichts Besonderem aus, aber plötzlich kann er richtig durchdrehen. Wenn er nicht Mrs. Piker gehörte, hätten wir ihn schon mehr als einmal beseitigt.«

Major Calkin sagte: »Er verlangte von mir, ich sollte Ihren Leuten den Befehl geben, auf ihn zu schießen, sobald er sich sehen ließe. Ich habe ihm gesagt, das könnte ich nicht. Jetzt werde ich den Gedanken nicht los, wir hätten auf diese Weise zwei Menschenleben retten können.«

»Machen Sie sich da keine Sorgen, Sir«, sagte der Superintendent, »wir hätten solch einen Befehl gar nicht akzeptieren können, nicht einmal, wenn er vom Innenminister selbst gekommen wäre.«

»Er war ein seltsamer Bursche«, sagte Major Calkin. »Er schien zu glauben, daß ich über den einen oder anderen von euch verfügen könnte. Er hat mir alle möglichen Dinge versprochen. Ich nehme an, er war, was man einen besonderen Menschen nennt. So einem wie ihm werden wir nicht mehr wieder begegnen. Was für ein Verlust.« Er goß sich noch einmal selber etwas Whisky nach. »Und gerade zu einer Zeit, in der wir

Männer wie ihn dringend brauchen. Der Krieg –«. Major Calkin brach ab, das Glas in der Hand. Er starrte in den Whisky und sah sie vor sich, den Stall mit den Kavalleriepferden, seine Uniform im Schrank. Jetzt würde er niemals mehr zum Obersten ernannt werden, aber andererseits konnte Sir Marcus auch nicht mehr verhindern, daß ... Doch eigenartigerweise spürte er keinen Stolz und keine Erleichterung bei dem Gedanken, noch einmal dem Tribunal gegen Kriegsdienstverweigerer vorzusitzen. Er sagte: »Die Luftschutzübung scheint gut geklappt zu haben. Aber ich weiß nicht, ob es klug war, den Medizinstudenten dabei so viel zu überlassen. Sie wissen nie, an welcher Stelle ein Spaß ein Ende hat.«

»Ein Trupp von ihnen«, sagte der Superintendent, »ist hier johlend vorbeigezogen und hat nach dem Bürgermeister gesucht. Ich weiß nicht wieso, aber Mr. Piker scheint für diese Studenten ein rotes Tuch zu sein.«

»Der gute alte Piker«, sagte Major Calkin mechanisch.

»Sie gehen einfach zu weit«, sagte der Superintendent. »Ich bekam einen Anruf von Higginbotham, dem Kassierer bei der Westminster-Bank. Er sagte mir, seine Tochter hätte in der Garage einen der Studenten ohne seine Hosen gefunden.«

Major Calkin wurde wieder lebendig. Er sagte: »Das wird Rose Higginbotham gewesen sein, nehme ich an. Der kann man glauben. Was hat sie unternommen?«

»Er sagte, sie hätte ihm eine Standpauke gehalten.«

»Standpauke ist gut«, sagte Major Calkin. Er kippte sein Glas und trank den Whisky aus. »Das muß ich dem alten Piker erzählen. Und was haben Sie gesagt?«

»Ich habe ihm gesagt, seine Tochter soll froh sein, daß sie in der Garage nicht die Leiche eines Ermordeten gefunden hat. Auf diese Weise muß Raven sich nämlich seine Kleider und die Gasmaske besorgt haben.«

»Aber was hatte der Junge denn bei den Higginbothams zu suchen?« sagte Major Calkin. »Ich glaube, ich gehe mal in die Westminster-Bank, löse einen Scheck ein und frage den alten Higginbotham danach.« Er fing an zu lachen; die Luft war wieder rein; das Leben verlief wieder in den alten Bahnen: hier und da ein kleiner Skandal, ein Drink mit dem »Super«, eine Geschichte, die man dem alten Piker erzählen konnte. Auf seinem Weg zur Westminster rannte er fast in Mrs. Piker hinein. Er mußte ganz schnell in einem Geschäft verschwinden, um ihr nicht zu begegnen, und einen schrecklichen Augenblick lang dachte er, Chinky, der ihr ein wenig voraus war, würde ihm nach drinnen folgen. Er machte eine Bewegung, als würde er einen Ball die Straße hinunterschleudern, aber Chinky war kein sportlicher Hund, und außerdem trug er eine Gasmaske zwischen den Zähnen. Major Calkin mußte sich abrupt umdrehen und über eine Theke lehnen. Er merkte, daß er in einem kleinen Herrenmodengeschäft gelandet war. Er war noch nie zuvor hier gewesen. »Was kann ich für Sie tun, Sir?«

»Hosenträger«, sagte Major Calkin verzweifelt. »Geben Sie mir ein Paar Hosenträger.«

»Welche Farbe, Sir?« Aus den Augenwinkeln sah Major Calkin, wie Chinky an der Ladentür vorbeitrottete, gefolgt von Mrs. Piker. »Graublau«, sagte er erleichtert.

4

Die alte Frau schloß leise die Eingangstür und ging auf Zehenspitzen durch den kleinen, dunklen Flur. Ein Fremder hätte den Weg gar nicht gefunden, aber sie wußte genau, wo der Hutständer, das Ablagetischchen und die Treppe sich befanden. Sie hatte eine Abendzeitung in der Hand, und als sie die Küchentür so geräuschlos wie möglich öffnete, um Acky nicht aufzustören, da leuchtete ihr Gesicht vor Freude und Aufregung. Aber sie hielt sich zurück und schleppte ihren Einkaufskorb zur Tropfplatte der Spüle, über der sie die Ladung

Kartoffeln, eine Dose mit Ananasstücken, zwei Eier und ein Stück Kabeljau auspackte.

Acky schrieb gerade einen langen Brief auf dem Küchentisch. Er hatte die violette Tinte seiner Frau beiseite gestellt und die beste blauschwarze Tinte sowie den Füllfederhalter genommen, der es längst aufgegeben hatte, die Tinte noch zu halten. Er schrieb langsam und mühselig, schrieb manchmal einen Satz erst auf einem anderen Stück Papier ins unreine. Die alte Frau stand neben dem Spülbecken und beobachtete ihn, wartete darauf, daß er etwas sagte, und hielt den Atem an, der hier und da mit einem leisen Pfeifton entwich. Schließlich legte Acky seine Feder nieder. »Nun, meine Liebe?« sagte er.

»Ach, Acky«, sagte die alte Frau fröhlich, »was glaubst du wohl? Mr. Cholmondeley ist tot. Umgebracht.« Sie fügte hinzu: »Es steht in der Zeitung. Und Raven auch.«

Acky sah in die Zeitung. »Wirklich furchtbar«, sagte er mit Befriedigung. »Und noch ein Toter. Ein Massenmord.« Er las den Artikel langsam.

»Ist doch unglaublich, daß so was hier passiert, in Nottwich.«

»Er war ein schlechter Mensch«, sagte Acky, »obwohl ich nichts Schlechtes über ihn sagen möchte, jetzt, wo er tot ist. Er hat uns in etwas hineingezogen, für das ich mich geschämt habe. Ich glaube, jetzt werden wir sicher ohne Gefahr in Nottwich bleiben können.« Ein Ausdruck großer Erschöpfung stand in seinem Gesicht, als er auf die drei mit seiner kleinen, ordentlichen Schönschrift bedeckten Seiten blickte.

»Ach, Acky, du bist ganz müde davon geworden.«

»Ich glaube«, sagte Acky, »das hier stellt die Dinge klar.«

»Lies es mir vor, Lieber«, sagte die alte Frau. Ihr altes, bösartiges Gesicht war ganz zerknittert vor Zärtlichkeit, als sie sich mit einem Ausdruck unendlicher Geduld gegen das Spülbecken lehnte. Acky fing an zu lesen.

Zuerst sprach er schwach und zögernd, aber mit dem Klang seiner Stimme gewann er Selbstvertrauen, und mit einer Hand griff er nach seinem Rockaufschlag. »›Eure Eminenz‹…« Er sagte: »Ich dachte, es ist am besten, formell zu beginnen und nicht gleich auf unsere frühere Bekanntschaft zu kommen.«

»Da hast du recht, Acky, du bist mehr wert als diese ganze Bande.«

»›Ich schreibe Ihnen heute zum viertenmal, nach einer Pause von ungefähr achtzehn Monaten.‹«

»Ist das so lange her, Lieber? Es war nach unserer Reise nach Clacton.«

»›Sechzehn Monaten … Ich bin mir Ihrer entsprechenden Antwort darauf bewußt, daß mein Fall bereits vor einem ordentlichen Kirchengericht verhandelt worden ist, aber ich kann nicht glauben, Eure Eminenz, daß Ihr Sinn für Gerechtigkeit, wenn ich Sie erst einmal davon überzeugt habe, welch ein zutiefst verletzter Mann ich bin, Sie nicht dazu bringen wird, alles zu tun, was in Ihren Kräften steht, damit mein Fall noch einmal angehört wird. Ich bin dazu verurteilt, mein ganzes Leben für etwas zu leiden, was bei anderen Menschen nur als eine läßliche Sünde angesehen wird, eine läßliche Sünde, die ich nicht einmal begangen habe.‹«

»Das hast du wunderbar ausgedrückt, Lieber.«

»Hier, meine Liebe, gehe ich jetzt in die Details. ›Wie, Eure Eminenz, konnte eine Hotelangestellte die Identität eines Mannes beschwören, den sie nur einmal, ein Jahr vor dem Prozeß, gesehen hatte, in einer verdunkelten Kammer, wo sie doch in ihrer Zeugenaussage zugegeben hat, daß er ihr nicht erlaubt hatte, die Jalousie hochzuziehen? Und was die Zeugenaussage des Portiers angeht, Eure Eminenz, da habe ich vor dem Gericht danach gefragt, ob es nicht wahr sei, daß ihm der Oberst und Mrs. Mark Egerton Geld ausgehändigt hätten, aber die Frage wurde abgewiesen. Ist das Gerechtigkeit, zustande gekommen durch Skandal, Mißverständnis und Vorurteil?‹«

Die alte Frau lächelte zärtlich und stolz. »Das ist der beste Brief, den du je geschrieben hast, Acky.«

»›Eure Eminenz, es war überall bekannt in unserer Gemeinde, daß Oberst Mark Egerton mein erbittertster Feind im Kirchenrat war, und auf sein Betreiben hin wurde das Verfahren eingeleitet. Und was Mrs. Mark Egerton angeht, sie war eine böse und schlechte Person.‹«

»Ist das klug, Acky?«

»Manchmal, Liebe, gerät man an einen Punkt, da kann man nicht anders, da muß man es aussprechen. An dieser Stelle gehe ich dann auf die Beweise in den Einzelheiten ein, wie auch schon früher, aber ich glaube, ich bringe meine Argumente noch ein wenig schärfer vor. Und am Ende, meine Liebe, spreche ich den weltlich gesinnten Mann auf die einzige Weise an, die er versteht.« Diese Passage kannte er auswendig; er rasselte sie hitzig herunter und hob dazu seinen hohlen, verwirrten Blick eines gefallenen Heiligen zu ihr empor. »›Doch selbst dann, wenn wir annehmen, Eure Eminenz, daß diese durch Vorurteile und Bestechung zustande gekommenen Beweise richtig wären, was dann? Habe ich eine unverzeihliche Sünde begangen, für die ich mein Leben lang büßen muß, meines Lebensunterhalts beraubt bin und zu unwürdigen Mitteln greifen muß, um genug Geld zu verdienen, damit ich mich und meine Frau am Leben erhalten kann? Der Mensch, Eure Eminenz, und niemand weiß das besser als Sie selbst – ich habe Sie an den Fleischtöpfen des Palastes sitzen gesehen – besteht aus Leib und Seele. Ein wenig Sinnlichkeit wird auch einem Mann in meiner Tracht wohl vergeben werden. Sogar Ihr, Eminenz, habt zu Eurer Zeit zweifellos die Spiele im Heuhaufen nicht gemieden.‹« Er hielt an, ein bißchen außer Atem; sie sahen einander ehrfürchtig und mit Zuneigung an.

Acky sagte: »Jetzt möchte ich gerne noch ein paar Zeilen über dich schreiben, Liebe.« Er legte, was er nur an tiefer und reinster Liebe in sich hatte, in seinen Blick auf sie in ihrem schwarzen, schief herabhängenden Rock, ihrer fleckigen Bluse und mit ihrem gelblichen, zerfurchten Gesicht. »Meine Liebe«, sagte er, »was hätte ich getan ohne –« Er fing wieder an, einen neuen Absatz ins unreine zu schreiben, und sprach die Sätze laut vor sich hin, während er sie niederschrieb. »›Was hätte ich während dieses langen Verfahrens – nein, Martyriums – ich weiß nicht, ich kann es in Worten nicht ausdrücken – angefangen, wenn mich nicht das Vertrauen und die unerschütterliche Treue – nein, die Treue und das unerschütterliche Vertrauen meiner geliebten Frau gestützt hätte, einer Frau, über die sich Mrs. Egerton erhaben zu fühlen gestattete. Als ob unser Herr die Reichen und Hochgeborenen dazu ausersehen hätte, ihm zu dienen. Zuletzt war es dieses Verfahren, das mich gelehrt hat, zwischen meinen Freunden und meinen Feinden zu unterscheiden. Und doch zählte bei dem Verfahren für mich *ihr* Wort, das Wort jener Frau, die mich liebte und an mich glaubte – und nichts gilt daneben das Wort dieses – dieses – billigen und hinterhältigen Lästermauls.‹«

Die alte Frau beugte sich ihm entgegen, mit Tränen des Stolzes und der eigenen Bedeutung in den Augen. Sie sagte: »Das ist wunderbar. Glaubst du, daß die Frau des Bischofs das auch liest? Ach, Lieber, ich weiß, ich sollte hinaufgehen und die Zimmer oben aufräumen (vielleicht kommen junge Leute, die eines haben wollen), aber irgendwie, Acky, Lieber, möchte ich doch gerne noch eine Weile hier bei dir bleiben. Was du schreibst, das läßt mich wie eine Heilige erscheinen.« Sie ließ sich auf den Küchenstuhl neben dem Spülbecken fallen und sah zu, wie seine Schreibhand sich weiterbewegte, als beobachtete sie eine unglaublich schöne Erscheinung, die durch das Zimmer schwebte, etwas, was sie niemals zu sehen gehofft hatte und das nun erschienen war. »Und zum Schluß, meine Liebe«, sagte Acky, »habe ich vor zu schreiben: ›In einer Welt der Vorurteile und aller Arten von Unbarmherzigkeit bleibt meine Frau mein Notanker, eine Frau, der ich vertrauen kann bis zum Tod und darüber hinaus.‹«

»Sie sollten vor Scham über sich vergehen. Ach, Acky, mein Lieber«, schluchzte sie, »wenn man darüber nachdenkt, wie sie dich behandelt haben. Aber du hast die Wahrheit gesagt. Ich werde dich nicht verlassen, auch nicht, wenn ich einmal tot bin. Niemals, niemals, niemals«, und die alten, bösen Gesichter sahen einander an, ganz erfüllt von dem Glauben, der Ehrfurcht und dem gegenseitigen Leiden an einer großen Liebe, und sie versicherten einander ihre ewige Eintracht.

5

Anne probierte vorsichtig, ob sich die Tür das Abteils öffnen ließ, in dem man sie allein gelassen hatte. Sie war verschlossen, wie sie es sich gedacht hatte, trotz der taktvollen Art, mit der Saunders sie behandelt und versucht hatte, das vor ihr zu verbergen. Mit Bestürzung starrte sie hinaus auf den schmutzigen Midland-Bahnhof. Es kam ihr so vor, als sei alles, was das Leben lebenswert machte, verloren; sie hatte nicht einmal mehr einen Job, und sie sah, als ihr Blick über ein Plakat für einen Malzdrink »gegen den nächtlichen Hunger« und über eine leuchtend blau-gelbe Ansicht der Küste von Yorkshire schweifte, die ermüdende Pilgerreise von Agentur zu Agentur vor sich, die jetzt vor ihr lag. Der Zug begann sich an den Warteräumen, den Toiletten und den Mauern und Wänden vorbei vorwärts zu bewegen, hinein in ein Gewirr von Schienen.

Was für ein Dummkopf bin ich gewesen, dachte sie, als ich glaubte, uns vor einem Krieg bewahren zu können. Drei Männer sind tot, das ist alles. Jetzt, nachdem sie für so viele Tode verantwortlich war, konnte sie nicht mehr den gleichen Abscheu gegenüber Raven empfingen. In dieser Einöde, durch die sie fuhren, zwischen den Kohlenhalden, den eingestürzten Schuppen, den abgestellten Waggons auf den Schienen, zwischen denen etwas Gras hochgeschossen und unter der Schlacke wieder abgestorben war, dachte sie mitleidvoll und bekümmert an ihn. Sie waren beide auf derselben Seite gewesen, er hatte ihr vertraut, sie hatte ihm ihr Wort gegeben, und dann hatte sie es gebrochen, ohne auch nur eine Sekunde zu zögern. Er mußte von ihrem Verrat gewußt haben: In seiner toten Seele war sie für immer eingeschlossen zusammen mit dem Geistlichen, der ihn zu betrügen versucht hatte, und mit dem Arzt, der bei der Polizei angerufen hatte.

Jetzt hatte sie auch den einzigen Mann verloren, an dem ihr etwas lag: Man sah es ja immer als eine Art Wiedergutmachung an, dachte sie, wenn man auch selber litt: Sie hatte ihn für nichts verloren. Denn sie konnte keinen Krieg verhindern. Die Menschen verhielten sich wie wilde Tiere gegeneinander, sie brauchten den Krieg; in der Zeitung, die Saunders auf den Sitz ihr gegenüber gelegt hatte, konnte sie lesen, daß die Mobilisierung in vier Ländern bereits stattgefunden hatte und daß das Ultimatum um Mitternacht ablief; es stand nicht mehr auf der ersten Seite, aber das war nur, weil für die Leser aus Nottwich ein Krieg gleich vor der eigenen Tür stattgefunden hatte, ausgefochten in der Gerberei-Straße. Wie sie so etwas lieben, dachte sie bitter, als die Dämmerung aus der dunklen, aufgewühlten Erde emporstieg und die Glut der Hochöfen hinter der langen schwarzen Kette der Schlackenberge sichtbar wurde. Das hier war auch Krieg: dieses Chaos, durch das der Zug langsam davonzog, knirschend von Weiche zu Weiche wie eine sterbende Kreatur, die sich mühsam vom Schlachtfeld durch das Niemandsland davonschleppt.

Sie preßte ihr Gesicht gegen das Fenster, um die Tränen zurückzuhalten: Der kühle Druck der frostigen Scheibe stärkte ihre Widerstandskraft. Auf der Höhe einer kleinen neugotischen Kirche erhöhte der Zug seine Geschwindigkeit, und es ging vorbei an einer Reihe von Villen, dann kam offenes Feld, ein paar Kühe zogen durch ein Gatter, ein unwegsamer Feldweg, ein Radfahrer, der sein Licht einschaltete. Sie begann eine Melodie zu summen, um in bessere Stimmung zu kommen, aber das einzige, was ihr einfiel, waren »Aladin« und »'s ist ein Garten nur für dich ...« Sie dachte an die lange Busfahrt nach Hause, an die Stimme am Telefon und wie sie nicht ans Fenster gelangen konnte, um ihm zuzuwinken, und er hatte dagestanden, mit dem Rücken zu ihr, während der Zug davonfuhr. Selbst da war Mr. Davis es gewesen, der alles zerstört hatte.

Und während sie hinausstarrte in die kahle Landschaft, kam ihr der Gedanke, daß, selbst wenn sie das Land vielleicht vor dem Krieg hätte retten können, es die Sache nicht wert gewesen wäre. Sie dachte an Mr. Davis, an Acky und seine alte Frau, an den Regisseur und Miss Maydew und an ihre Zimmerwirtin mit dem Tropfen, der ständig an ihrer Nase hing. Was hatte sie veranlaßt, eine so alberne Rolle zu spielen? Hätte sie die Dinner-Einladung von Mr. Davis nicht angenommen, dann säße Raven jetzt wahrscheinlich im Gefängnis, und die beiden anderen wären noch am Leben. Sie versuchte, sich an die ängstlichen Gesichter zu erinnern, die in der High Street von Nottwich zu der Leuchtschrift hinaufgeschaut hatten, aber sie konnte sie sich nicht mehr deutlich vorstellen.

Die Abteiltür zum Gang wurde aufgeschlossen, und während sie durch das Fenster in das graue, immer schwächer werdende Winterlicht starrte, dachte sie: noch mehr Fragen. Werden sie nie aufhören, mich zu quälen? Laut sagte sie: »Ich habe doch meine Aussage gemacht oder nicht?«

Mathers Stimme sagte: »Es gibt noch ein paar Dinge zu klären.«

Verzweifelt wandte sie sich zu ihm um: »Mußtest *du* denn kommen?«

»Ich bin mit diesem Fall beauftragt«, sagte Mather, setzte sich ihr gegenüber, den Rücken zur Fahrtrichtung, und sah in die Landschaft hinaus, die auf sie zukam und hinter ihrer Schulter wieder verschwand. Er sagte: »Wir haben überprüft, was du uns erzählt hast. Es ist eine merkwürdige Geschichte.«

»Sie ist wahr«, wiederholte sie müde.

Er sagte: »Wir hatten die Hälfte aller Botschaften in London am Telefon. Von Genf nicht zu reden. Und den obersten Polizeichef.«

Mit einem Anflug von Häme sagte sie: »Es tut mir leid, wenn ich dir Ärger bereitet habe.« Aber das hielt sie nicht durch; ihre nach außen gezeigte Gleichgültigkeit fiel in seiner Gegenwart in sich zusammen, angesichts seiner großen, unbeholfenen Hände, die einmal so sanft gewesen waren, und seiner Massigkeit. »Ach, es tut mir leid«, sagte sie. »Habe ich das nicht auch schon gesagt, wenn ich deinen Kaffee verschüttet habe? Und ich muß es auch jetzt sagen, nachdem all diese Leute umgebracht worden sind. Es gibt keine anderen Worte, die mehr bedeuten, nicht wahr? Alles ist schlimm ausgegangen; ich hatte gedacht, alles sei so klar. Ich habe versagt. Ich wollte dir niemals weh tun. Ich nehme an, der Polizeichef ...« Sie fing an zu weinen, ohne Tränen; es war, als seien ihre Tränendrüsen eingefroren.

Er sagte: »Man wird mich befördern. Ich weiß nicht, warum. Mir scheint es, als hätte ich die Sache verpfutscht.« Er beugte sich vor und fügte sanft und bittend hinzu: »Wir können heiraten – gleich –, obwohl ich sagen möchte, daß du recht hättest, wenn du es jetzt nicht mehr willst. Sie werden dir eine Prämie auszahlen.«

Es war, als wäre sie ins Direktionsbüro gegangen, um die Entlassungspapiere in Empfang zu nehmen, und statt dessen gab es eine Erhöhung der Gage – oder die Zusage für eine Sprechrolle; aber so ging es nie. Sie sah ihn schweigend an.

»Natürlich«, sagte er düster, »bist du jetzt sehr populär. Du hast vermutlich einen Krieg verhindert. Ich weiß, ich habe dir nicht geglaubt. Ich habe mich geirrt. Ich dachte, ich würde dir immer vertrauen – Wir haben schon jetzt genug herausgefunden, um zu beweisen, was du mir erzählt hast, und ich dachte, es wären Lügen. Sie müssen jetzt ihr Ultimatum zurückziehen. Sie haben keine andere Wahl.« Mit einem tiefen Widerwillen gegen öffentliches Aufsehen fügte er hinzu: »Es wird die Sensation des Jahrhunderts«, und er lehnte sich mit schwerer, trauriger Miene zurück.

»Du meinst«, sagte sie ungläubig, »wenn wir ankommen – wir können gleich losgehen und heiraten?«

»Möchtest du?«

Sie sagte: »Das Taxi wird nicht schnell genug sein.«

»So schnell geht es auch wieder nicht. Es dauert drei Wochen. Eine Sondergenehmigung können wir uns nicht leisten.«

Sie sagte: »Hast du nicht etwas von einer Belohnung gesagt? Die rücke ich für die Genehmigung heraus.« Und plötzlich lachten sie beide, und es war, als ob die letzten drei Tage aus ihrem Waggon verschwanden, vom Wind zurückgewirbelt, die Schienen entlang nach Nottwich. Dort war alles geschehen, und dorthin brauchten sie nie mehr zurückzukehren. Nur ein Hauch Unruhe blieb zurück, ein langsam blasser werdendes Bild von Raven. Wenn Unsterblichkeit an die Lippen der Menschen gebunden ist, dann kämpfte er jetzt seinen letzten Kampf gegen seine Auslöschung vergeblich.

»Einerlei«, sagte Anne, als Raven sie noch einmal mit seinem Sack zudeckte: Und Raven berührte ihre eiskalte Hand, »ich habe versagt.«

»Versagt?« sagte Mather. »Es ist der größte Erfolg«, und Anne schien es, daß dieses Gefühl von Versagen niemals aus ihrem Bewußtsein verschwinden, daß es jedes Glück ein wenig umwölken würde; sie würde das niemals klären können: Ihr Liebster würde es nicht verstehen. Doch schon als die Düsterkeit von seinem Gesicht wich, versagte sie erneut – versagte bei der Buße, die sie sich auferlegt hatte. Seine Stimme blies die Wolke einfach weg; sie verflog unter seiner großen, unbeholfenen, zarten Hand.

»Ein solcher Erfolg!« Jetzt konnte er ebenso wenig dazu sagen wie Saunders, jetzt, da ihm klar wurde, was das bedeutete. Ein bißchen öffentliches Aufsehen war es schon wert. Dieses Land, über das nun die Dunkelheit sank und das hinter ihnen und ihrem Zug zurückblieb, es war für ein paar Jahre mehr wieder in Sicherheit. Er war ein Bewohner dieses Landes, und er wünschte sich nichts mehr als ein paar Jahre Sicherheit ohne Unterbrechung für etwas, das er so herzlich liebte. Daß diese Sicherheit so gefährdet war, machte sie nur noch wertvoller. Jemand verbrannte winterliches Unkraut unter einer Hecke, und auf einem dunklen Feldweg ritt ein Bauer mit einem komischen, altmodischen Bowler-Hut auf dem Kopf heim von der Jagd auf einem Pferd, das niemals einen Graben überspringen konnte. Die Lichter eines kleinen Dorfes tauchten im Fenster auf und blieben hinter ihnen zurück wie ein Vergnügungsdampfer, behängt mit Lampions; er hatte garade genug Zeit, die graue Kirche zu entdecken, die eingebettet lag zwischen Eiben und Grabsteinen, Erinnerungen an die Toten der Jahrhunderte. Die Kirche hockte da wie ein alter Hund, der sich nicht aus seiner Ecke zu rühren gedenkt. Als sie an einer hölzernen Rampe vorbeisausten, sah er einen Gepäckträger das Anhängeschild an einem Christbaum lesen.

»Du hast nicht versagt«, sagte er.

Ihr Herz war in London verwurzelt: Sie hatte keinen Blick für die dunkle Landschaft draußen, sie sah nur in Mathers glückliches Gesicht. »Das verstehst du nicht«, sagte sie und gewährte Ravens Geist noch einen Augenblick länger Zuflucht, »ich *habe* versagt.« Doch dann vergaß sie es selber ganz und gar, als der Zug nach London einfuhr, über einen großen Viadukt, unter dem die kleinen, hellerleuchteten, schäbigen Straßen mit ihren Süßigkeitenläden, ihren Methodistenkapellen, mit ihren mit Kreide auf die Pflastersteine gemalten Botschaften wie die Strahlen eines Sterns auseinanderliefen. Jetzt war sie es, die dachte: Das ist Sicherheit, und sie wischte über die beschlagene Scheibe, drückte ihr Gesicht dagegen und schaute glücklich, begierig und zärtlich hinaus wie ein Kind, dessen Mutter gestorben ist und das sich nun an ihrer Stelle um die Familie kümmern muß, ohne sich dessen bewußt zu sein, daß die Verantwortung zu groß ist. Eine Bande von Kindern rannte schreiend eine Straße hinunter, und sie wußte, sie schrien, weil sie eine von ihnen war, auch wenn sie ihre Stimmen nicht hörte und ihre Münder nicht sah; an einer Ecke verkaufte ein Mann heiße Kastanien, und es war *ihr* Gesicht, das von dem kleinen Feuer glühte, und die Süßigkeitengeschäfte waren voll weißer Gazestrümpfe, vollgestopft mit billigen Geschenken. »Ach«, sagte sie mit einem Seufzer schattenlosen Glücks, »wir sind daheim.«